NUNCA É TARDE PARA A FESTA

KELLY QUINDLEN

NUNCA É TARDE PARA A FESTA

Tradução
Sara Ramos

Copyright © 2020 by Kelly Quindlen
Copyright da tradução © 2025 by Editora Globo S.A

Permissão para publicação garantida através da Gallt and Zacker Literary Agency, LLC.

Todos os direitos reservados. Nenhuma parte desta edição pode ser utilizada ou reproduzida — em qualquer meio ou forma, seja mecânico ou eletrônico, fotocópia, gravação etc. — nem apropriada ou estocada em sistema de banco de dados sem a expressa autorização da editora.

Título original: *Late to the party*

Editora responsável **Paula Drummond**
Editora de produção **Agatha Machado**
Assistentes editoriais **Giselle Brito e Mariana Gonçalves**
Preparação **Ana Gabriela Mano**
Revisão **Nathalia Necchy**
Diagramação **Caíque Gomes**
Adaptação de capa **Carolinne de Oliveira**
Projeto gráfico original **Laboratório Secreto**
Ilustração de capa © **2020 by Kerri Resnick**
Ilustrações de quarta capa **Shutterstock | sofá: MSSA; copos: judyjump; caixa de pizza: Yuliyan Velchev**

Texto fixado conforme as regras do Acordo Ortográfico da Língua Portuguesa (Decreto Legislativo nº 54, de 1995)

Q62n
    Quindlen, Kelly
        Nunca é tarde para a festa / Kelly Quindlen ; tradução Sara Ramos. - 1. ed. - Rio de Janeiro : Globo Alt, 2025.

        Tradução de: Late to the party
        ISBN 978-65-5226-042-0

        1. Romance americano. I. Ramos, Sara. II. Título.

25-96244
                          CDD: 813
                          CDU: 82-31(73)

Meri Gleice Rodrigues de Souza - Bibliotecária - CRB-7/6439

1ª edição, 2025

Direitos de edição em língua portuguesa para o Brasil adquiridos por Editora Globo S.A.
R. Marquês de Pombal, 25
20.230-240 – Rio de Janeiro – RJ – Brasil
www.globolivros.com.br

À minha madrinha, Patty Kearney Lister.
Obrigada por nos ver como realmente somos.

CAPÍTULO UM

Era o primeiro dia de verão e estava chovendo, mas não o bastante para impedir que as pessoas entrassem na piscina. Nós as observávamos de dentro do carro de Maritza, parado no limite do estacionamento do clube, com os limpadores de para-brisa deslizando de um lado para o outro e a vibração do motor aos nossos pés. Do banco de trás, JaKory se inclinava para a frente e seu braço espremia o meu no banco do passageiro, mas eu mal reparei. Estava fascinada com as pessoas nadando na chuva.

— Vamos lá, só um pouquinho — disse Maritza. Ela estava tentando parecer corajosa, mas notei a tensão em sua voz.

JaKory respirou fundo.

— Não, valeu — falou, balançando a cabeça. — Está vindo uma tempestade e pode começar a trovejar. Eles realmente não deveriam estar na água.

Era uma galera da nossa idade, talvez uns sete ou oito adolescentes. Eles estavam jogando água uns nos outros, pulando do trampolim no estilo bola de canhão e se beijando nos cantos da piscina. Com o carro estacionado bem perto do portão, estávamos a apenas alguns metros deles, perto o bastante para vermos seus sorrisos. Eu me perguntava se os conhecíamos, se tínhamos estudado juntos. Me questionava por que eles me assustavam tanto.

— Eles moram por aqui? — perguntou Maritza.

— Não sei — respondi, analisando mais atentamente aqueles rostos eufóricos. — Devem morar.

Era algo que eu deveria saber, já que estávamos parados em frente à piscina do meu bairro. Mas a vizinhança era enorme, cheia de casas, e só parecia aumentar, então era difícil saber quem morava por ali.

— Eles parecem estar se divertindo muito — disse Maritza, com uma expressão voraz.

— E se eles arrumarem confusão? — JaKory perguntou. — E se forem expulsos pelo salva-vidas?

O salva-vidas soprava o apito com tanta força que podíamos ouvi-lo de dentro do carro, mas o pessoal na piscina apenas o ignorava. Além dos adolescentes, amontoado sob a cobertura que abrigava os banheiros estava o público habitual do clube: mães, criancinhas, professores de natação. Muito bem enrolados em suas respectivas toalhas, eles observavam aquele caos com uma expressão incrédula no rosto.

Maritza olhou para mim.

— O que você quer fazer, Codi?

Um estrondo de trovão ressoou do alto, mas os nadadores nem perceberam: tinham começado uma briga de galo. As meninas estavam em cima dos ombros dos rapazes dando gritinhos e nenhum deles se importava com a chuva que os atingia. Parecia que meu estômago ia sair pela boca, desejando estar na água com eles, ansiando por aquela imprudência pura e simples. Era algo que eu vinha sentindo cada vez mais ultimamente.

— Podemos esperar a chuva... — tentei dizer.

— A gente já tá esperando há dez minutos. Ou vai ou racha.

A rispidez de Maritza me dava nos nervos, mas eu havia aprendido ao longo dos anos que ela estava censurando mais a si mesma do que a nós. Ela sempre fora sua pior crítica.

— Por que não vamos pra casa ver um filme? — JaKory sugeriu. — Podemos nadar amanhã.

Maritza hesitou, seus olhos fixos na piscina. Em seguida, ela desligou a ignição, esticou-se perto de JaKory e pegou uma toalha no banco de trás.

— *Maritza*. — JaKory implorou.

— O que é? — retrucou ela, com uma voz estridente. — Estamos morrendo de vontade de ir numa piscina há *semanas*. Não vou desistir só porque o tempo não tá colaborando. Além do mais, aquele pessoal tá na água, então por que não podemos entrar também?

Era uma pergunta retórica, mas soou mais como uma súplica. Ficamos em silêncio por um instante, nos encarando. Até que Maritza finalmente abriu a porta do carro, cobriu o cabelo escuro e crespo com a toalha e saiu correndo na chuva. JaKory e eu nos olhamos, já sabendo o que aconteceria, antes de pegarmos nossas toalhas e ir atrás dela.

A chuva era intensa. Meus pés ficaram imediatamente encharcados e a toalha sobre minha cabeça não serviu para nada. Em questão de segundos, a chuva apertou, desabando sobre nós. Alcançamos Maritza enquanto o vento aumentava e as árvores começavam a dançar. Outro barulho de trovão fez o céu tremer.

— Acho que essa não foi a minha melhor ideia! — gritou Maritza.

— Ah, você acha?! — gritou JaKory de volta.

Ficamos parados na entrada, segurando as grades do portão. Agitada pela chuva, a água da piscina se movia como o mar e os adolescentes gritavam de alegria. Uma menina boiava de olhos fechados enquanto a água a atingia, vinda de todas as direções.

Olhei para os meus dois melhores amigos. Eles observavam fixamente o pessoal na piscina e pareciam tão inexplicavelmente assustados quanto eu.

— Eu vou voltar! — gritou JaKory. — Destranque o carro!

Maritza se virou com ele, a chave já apontada para o carro, mas eu não conseguia desviar os olhos da piscina.

— Codi! — chamou Maritza. — Vamos!

Dei uma última olhada e voltei, correndo atrás dos meus amigos.

Fazia anos que não chovia no primeiro dia de verão. Eu sabia disso porque nos últimos cinco anos consecutivos Maritza, JaKory e eu tínhamos ido nadar no primeiro dia da estação. Já era tradição nos encontrarmos na minha casa, encher um *cooler* com lanches e percorrer de chinelo, sob o sol escaldante do fim de maio, o caminho até a sede do clube na entrada do meu bairro. "Clube" soa um tanto burguês, mas todos os bairros nos subúrbios de Atlanta tinham clubes, e todos os clubes tinham piscinas, e todas as piscinas estavam cheias de bebês com fraldas encharcadas, crianças saindo de aulas de natação e mães corajosas que tinham acabado de se mudar do meio-oeste ou do nordeste do país e esperavam fazer amigos neste lugar transitório, meio sulista, meio qualquer outra coisa. E havia nós: três adolescentes aproveitando a parte rasa da piscina, totalmente entretidos com um jogo de "Quem Sou Eu?", ou dando mortal de costas, ou adivinhando qual música JaKory cantava embaixo d'água.

Começamos essa tradição no dia seguinte ao término do sétimo ano. Foi o dia em que Maritza e JaKory apareceram na porta da minha casa com roupas de banho, pistolas de água e livros para ler no verão, e eu estava tão nervosa e animada que pintei seus retratos como uma forma de agradecê-los por terem vindo. É constrangedor, eu sei, mas você precisa entender que, antes daquele sétimo ano com Maritza e JaKory, eu nunca tinha tido um melhor amigo, pelo menos não do tipo que durasse mais do que um ano letivo. E eu sabia que era o caso deles também porque, quando fui visitá-los alguns dias depois, vi que Maritza havia colado o retrato dela no espelho de seu quarto, e JaKory havia pendurado o dele em sua estante favorita.

— Você me fez parecer tão bonita e legal — disse Maritza, com um sorriso radiante.

— Minha mãe disse que você realmente captou minha essência — comentou JaKory, tentando não parecer muito satisfeito.

Eu recebi os elogios deles sem dizer nada, mas, naquele momento, senti como se tivesse engolido o sol.

Reencontramos essas pinturas no Natal passado e quase morremos de tanto rir. Elas não tinham *nada* a ver com meus amigos. O retrato de Maritza deveria mostrá-la mais desengonçada, com as sobrancelhas mais grossas e o nariz mais curvado, tipo um bico. O de JaKory deveria ter capturado seus cotovelos pontudos, suas pernas cinzentas e a expressão apreensiva de sempre. Eu havia pintado meus amigos exatamente como os enxergava em vez de como o resto do mundo os via e agora estava começando a perceber a diferença.

— Você nos fez parecer *os bambambãs* do sétimo ano. — Maritza ria enquanto passávamos os retratos de mão em mão.

— A ignorância é realmente uma bênção — disse JaKory, balançando a cabeça parecendo se divertir. — Vocês se lembram de quando passamos um mês inteiro ensaiando uma coreografia para aquela música da Céline Dion? Nós não fazíamos a menor ideia de como éramos toscos.

— Ai, Deus — murmurou Maritza, imóvel. — Acho que ainda não fazemos.

Pensei naquela conversa por semanas, imaginando se aquilo era verdade, se as outras pessoas realmente nos enxergavam daquela forma. Talvez enxergassem mesmo. Talvez, para elas,

Maritza fosse apenas a dançarina desajeitada e extrovertida de cabelos crespos, e JaKory, o garoto negro nerd, magro, neurótico e obcecado pelo Tumblr, e talvez eu não passasse de uma artista tímida, reclusa e praticamente invisível que nunca levantava a mão para dizer qualquer coisa. Talvez esse fosse o motivo de nunca ter acontecido nada de realmente *concreto* em nossas vidas.

Com o fim da segunda série do ensino médio, agora as coisas deveriam parecer grandes e importantes e, como JaKory descreveu — por mais que Maritza e eu implorássemos para que ele não usasse esse termo —, "prenhas de potencial". Mas o fato é que, para mim, nada parecia grande, importante ou repleto de potencial. Ficamos mais velhos, mais altos e, talvez, um *pouco* menos desajeitados do que éramos no ano anterior, mas eu estava começando a perceber a adolescência como uma extensão interminável das mesmas coisas de sempre: passar um tempo com meus amigos, sem que nada de novo acontecesse.

Sabe a forma como os adultos estão sempre falando sobre os adolescentes? Quando eu estava no quinto ano, minha família passou de carro por uma casa que tinha sido completamente bombardeada de papel higiênico, ao que meu pai balançou a cabeça e, com um risinho e um suspiro, apenas disse: "*Adolescentes*". Minha mãe reclamava desses tais Adolescentes todo mês de junho, quando figuras sombrias se penduravam nos trepa-trepas do playground do clube muito depois do horário de fechamento, mas ela nunca pareceu realmente irritada; parecia sentir saudades. E então temos todos aqueles filmes e séries em que atores de trinta anos fingem ser estudantes do ensino médio saindo em encontros, dirigindo carros velozes e dançando em festas caóticas dadas pelos colegas quando os adultos não estão em casa, onde algum Adolescente sempre se pendura em um lustre ou vomita aos pés de uma árvore sintética. Você cresce com essas ideias sobre o que é ser Adolescente, sobre viver intensa, vibrante e dramaticamente quebrando regras, dando uns amassos e Curtindo a Vida. Você cresce sabendo que seu destino é se tornar um deles algum dia, mas, de repente, você tem dezessete anos e está assistindo a outras pessoas pularem como bolas de canhão em uma piscina sob uma chuva torrencial e percebe que ainda não se tornou uma Adolescente de verdade, e talvez nunca se torne.

Às duas e meia, já estávamos secos e agasalhados assistindo ao segundo filme da tarde, enfurnados no meu porão com um banquete composto por refrigerante, balas e Doritos na mesa de centro à nossa frente. Maritza e eu estávamos dividindo o pacote de balas, porque ela só gostava das vermelhas e eu só gostava das azuis, enquanto JaKory não gostava de nenhuma pois dizia ser "sensível à textura".

— Talvez você goste se provar junto com um Dorito — disse Maritza, empurrando um para ele. — Vai, Kory, experimenta.

— Sai pra lá, Satanás — retrucou JaKory, afastando-a.

— Ah, JaKory, tenta! — falei, oferecendo a ele o salgadinho e uma das minhas balinhas. — Eles ficam ótimos juntos. Você vai ver que eles formam o *ship perfeito*.

Olhei para Maritza, sorrindo. Não havia nada que gostássemos mais do que provocar JaKory sobre seus hábitos obsessivos de fandom.

— Em breve, você até vai escrever fanfics sobre eles — falou Maritza, com uma expressão maliciosa. — *Ooooh, pequena jujuba, você é tão suculenta, se derrama sobre mim de novo.*

— Cala essa sua boca suja — disse JaKory enquanto eu caía na gargalhada. — Você seria uma péssima escritora de fanfic.

Maritza pareceu genuinamente ofendida.

— Eu seria uma *excelente* escritora de fanfic.

— Aliás, não era pra vocês estarem prestando atenção no filme? — disse JaKory. — Ou já conseguem admitir que ele é um saco?

— Não é um saco — respondi, olhando para as mulheres na tela. — Olha como elas são lindas.

— Foi literalmente uma cena dela se abaixando pra pegar algo na caixa de correio — retrucou JaKory, friamente.

— Mulheres são bonitas sob uma infinidade de ângulos, JaKory — disse Maritza, usando seu tom de sabichona. — Não que você consiga entender.

— Não tenho problema algum em não entender — declarou JaKory. — Mas, com ou sem lésbicas, esse filme é deplorável. Vamos ver outra coisa. Que tal um romance gay?

— Eca — dissemos Maritza e eu ao mesmo tempo.

— Vocês se aproveitam porque são duas contra um, mas eu *sempre* assisto aos filmes bestas de vocês sobre duas garotas, até mesmo os dramalhões em que uma delas leva um tiro ou é devorada por um monstro marinho, ou qualquer coisa do tipo.

— Esse nem é drama — afirmou Maritza. — É uma comédia.

— Aham, e eu tô rindo à beça.

— Tá bom — disse Maritza, jogando o controle remoto para ele. — Escolhe outra coisa. Nos dê o melhor do mundo gay.

Acho que essa era a outra parte da equação: o fator *queer*.

Quatro meses atrás, em uma noite extremamente fria de janeiro, estávamos assistindo a algo na Netflix no porão da minha casa quando Maritza começou a ficar toda nervosa e agitada, praticamente sem reagir a qualquer coisa que disséssemos.

— O que você tem? — finalmente perguntei, pausando o filme.

Ela abria e fechava a boca, como se não soubesse o que dizer.

— O quê? — perguntou JaKory, com as sobrancelhas franzidas. — Você cagou nas calças de novo?

— Vai se foder — disse Maritza, acertando-o com um travesseiro. — Isso aconteceu *uma* vez.

— O que foi? — insisti, puxando o travesseiro da mão de JaKory antes que ele pudesse revidar.

— É que eu... Tá bem — ela começou a dizer com a voz trêmula. — Então... vocês sabem que eu sou meio que a fim do Branson, né?

— Sim?

— Eu realmente gosto dele. Sério, acho ele um gostoso...

— Nenhuma novidade até aí — interrompeu JaKory.

— Cala a boca, idiota. O ponto é que... bem, eu comecei a gostar de outra pessoa também, e... hum... não é um cara.

Eu nunca tinha visto Maritza tão vulnerável. JaKory e eu a encaramos por um bom tempo e depois olhamos um para o outro, só para verificar se havíamos entendido corretamente. Então, JaKory juntou as mãos e começou a soltar aquelas típicas expressões dramáticas do tipo "Graças aos céus", "Louvado seja Nosso Senhor Jesus Cristo" e "Estamos salvos". Foi só quando Maritza lhe deu uma cotovelada no estômago que ele parou e gritou:

— Eu também sou gay! Tão gay que nem eu aguento!

— Eu não sou gay, JaKory. Você não ouviu o que acabei de falar? Eu gosto dos dois!

— Bissexual! Tanto faz!

Os dois se derrubaram em um abraço desajeitado, rindo de alívio. Maritza chegou a beijar a testa de JaKory, emocionada, e ele não parava de enxugar as próprias lágrimas. A única coisa que eu pude fazer foi ficar sentada ali, atônita, enquanto os dois se acalmavam. JaKory ser gay não foi exatamente uma surpresa — há anos Maritza e eu especulávamos essa possibilidade —, mas Maritza gostar de meninas foi definitivamente um choque.

Eu sabia que era minha vez de dizer alguma coisa, mas as palavras ficaram presas na minha garganta. Permaneci inerte, sentindo um estranho desejo de parar o tempo e gravar na memória cada pequeno detalhe daquele instante, desde as lágrimas de alegria escorrendo pelo rosto de JaKory até a textura felpuda das meias laranja de Maritza. Senti meu coração explodindo com o significado de tudo aquilo.

Depois de um tempo, Maritza disse:

— Bem, acho que nós três podemos fofocar sobre garotos.

Foi nesse exato momento que eu caí na gargalhada. Maritza e JaKory ficaram olhando para mim, e então balancei a cabeça e as palavras saíram.

— Não podemos — afirmei. — Acontece que, na verdade, eu gosto de meninas.

No fim, acabamos deitados no chão de tanto rir. Maritza não parava de apertar nossas mãos, e JaKory ficava repetindo: "Quais as chances, sabe?" Quando minha mãe nos chamou para jantar, nos sentamos à mesa da cozinha da minha casa tentando esconder nossos risinhos secretos até que JaKory se engasgou com a água quando meu pai perguntou se ele queria um pedaço de linguiça.

Acho muito significativo o fato de nós três sermos *queer*. Ou talvez não seja. Talvez apenas explique melhor por que sempre nos sentimos um pouco diferentes das outras crianças e por que nunca nos identificamos com mais ninguém do mesmo modo como o fazemos uns com os outros. De qualquer forma, isso me fez ter ainda mais certeza de que eu nunca encontraria pessoas que me entendessem como Maritza e JaKory me entendiam.

Ainda não havíamos contado aos nossos pais. Os de Maritza eram católicos devotos, a mãe de JaKory estava sobrecarregada com muitos turnos de enfermagem e meus pais já me consideravam estranha o bastante, visto que não herdei nem um gene do charme perfeito e inteiramente norte-americano que eles carregavam. Mas era mais do que isso. Não contamos a mais ninguém simplesmente porque ainda não era relevante. Eu nunca havia beijado alguém, e JaKory também não. O único beijo de Maritza foi no verão passado, no Panamá, com um rapaz que andava com os primos dela. Em resumo, não tínhamos experiência, então por que se preocupar em fazer uma reivindicação de identidade? Nossa sexualidade — ou, como JaKory às vezes a chamava, nossa "gosto-alidade" — era algo que nós sabíamos ser real, mas que ainda não tinha se concretizado.

O problema mesmo é que eu não tinha certeza se algum dia iria se concretizar.

— Meu Deus, eu quero um namorado — lamentou JaKory, encarando atordoado o filme que havia escolhido. Ele abraçou o travesseiro, como se isso fosse ajudar.

— Eu também — falou Maritza. — *Ou* uma namorada. Apenas alguém com quem eu possa flertar por mensagem e beijar quando quiser.

— Sim, e eventualmente fazer *mais* do que beijar — acrescentou JaKory, arqueando as sobrancelhas. — Mas antes de qualquer coisa precisamos dar o primeiro passo. — Ele inspirou profundamente e depois exalou. — Droga, eu preciso tanto beijar alguém. Vocês não querem beijar alguém?

Me afundei ainda sob o meu cobertor. Eu realmente *não* gostava de pensar no fato de ter dezessete anos e nunca ter beijado. Por mais que meus amigos quisessem falar sobre isso, eu nunca tinha nada a dizer. Acho que é porque eu sabia, bem lá no fundo, que apenas falar a respeito não me levaria a lugar algum.

— Eu já beijei alguém — anunciou Maritza, se gabando. Ela gostava de nos lembrar dessa conquista pelo menos uma vez por semana. Olhei para JaKory e fingi que estava me esfaqueando no rosto.

— Eu tô te vendo, idiota — disse ela, atirando uma bala em mim.

— Eu sei — respondi, jogando a bala de volta. — E, por falar nisso, você beijou um *garoto*.

— Isso conta, Codi. Eu *gosto* de garotos.

— Sim, mas você não quer beijar uma garota também?

Maritza ficou em silêncio. Ultimamente, ela estava mais sensível em relação à própria bissexualidade e, por um momento, fiquei com medo de tê-la ofendido.

— É óbvio que quero — confessou ela, com a voz estremecida. — Na verdade, acho que vai ser até melhor do que beijar um menino.

— Como? — perguntei.

— Não sei, tipo... mais delicado.

— Prefiro apaixonado em vez de delicado — opinou JaKory, balançando a cabeça. — Quero *sentir* alguma coisa. Quero que seja tipo... tipo aquele momento em que você ouve o verso perfeito de um poema. De tirar o fôlego.

— Acho que é a mesma sensação de quando você tá no topo de uma montanha-russa, logo antes de descer — disse Maritza.

JaKory fez uma careta.

— Você sabe que eu odeio montanha-russa — retrucou.

— E daí? Você ainda sabe como é a sensação de estar lá, com borboletas no estômago e o coração batendo forte...

— E quase desmaiando ou prestes a vomitar pra tudo que é lado...

— O que você acha, Codi? — perguntou Maritza.

Me mantive encarando a tela da TV, sem olhar para eles.

— Não tenho certeza — respondi, tentando parecer desinteressada. Eu não queria participar daquelas fantasias; elas me constrangiam quase tanto quanto a minha falta de experiência.

— Você nunca pensou sobre isso? — insistiu ela.

Esperei um pouco. Maritza e JaKory ficaram em silêncio.

— Não sei — respondi finalmente. — Acho que é como se... Não quero pensar muito sobre isso, porque quero que me surpreenda quando acontecer.

Eles permaneceram calados. Então Maritza disse:

— Mas isso não é tirar o corpo fora?

Levantei a cabeça para olhar para ela.

— O quê?

— Só tô dizendo que, tipo, você não pode simplesmente esperar ser surpreendida pelo seu primeiro beijo. Uma parte de você tem que *ir* atrás. Por exemplo, se eu não tivesse mandado umas indiretas para o E.J., ou feito um esforço para encontrar ele, a gente nunca teria se beijado.

Senti meu coração acelerar. Era típico de Maritza achar que tinha a solução para tudo. Dessa vez, porém, eu sabia que ela estava certa, mas não queria admitir. O problema é que eu não sabia como "ir atrás". Não sabia nem por onde começar.

O argumento de Maritza parecia ter sugado toda a energia da sala. Nenhum de nós olhava um para o outro; ficamos perdidos em nossos pensamentos. Até que JaKory disse, com a cabeça baixa:

— Minha mãe e Philip terminaram.

Maritza e eu levantamos a cabeça. A mãe de JaKory estava namorando Philip há um ano e JaKory sempre dizia que nunca a tinha visto tão feliz.

— O quê? — disse Maritza em um susto. — Quando?

— Na semana passada, durante as provas finais — murmurou JaKory. — Eu não queria falar sobre o assunto. Foi mais fácil me concentrar nos estudos.

Maritza e eu trocamos olhares. JaKory se preocupa muito com a mãe. Ela tinha se divorciado do pai dele anos atrás, e ele sempre ficava angustiado com o fato de ela estar sozinha.

— O que aconteceu? — perguntei, com delicadeza.

— Ela disse que ela e Philip não estavam na mesma página, que o que eles tinham era o vento impetuoso, mas nunca o céu azul e calmo.

— Sua mãe é uma poeta do caralho — observou Maritza.

— E se a solidão estiver no meu DNA? — perguntou JaKory em voz baixa. — E se eu nunca encontrar o amor por não ser compatível com ninguém, que nem meus pais?

— Ah, Kory, você vai encontrar o amor, sim — confortou Maritza.

— Com certeza você vai encontrar alguém — falei, olhando para ele. — Você é maravilhoso demais para não conseguir.

Mesmo ao dizer isso, senti uma dúvida pairando no fundo do meu estômago. Se eu acreditava com tanta certeza que JaKory estava destinado a encontrar alguém, isso não significava que eu também poderia acreditar que o mesmo valia para mim? E, no entanto, eu não conseguia imaginar como ou quando isso poderia acontecer. Maritza devia estar pensando algo parecido, porque ela segurou a própria cabeça e disse:

— Todos nós vamos encontrar alguém. Eu só preciso descobrir como.

Essa afirmação soou mais como um desejo do que uma certeza. Pela segunda vez no dia, me peguei ansiando por algo que parecia estar fora do meu alcance.

Naquele momento, ouvimos o barulho da porta do andar de cima se abrindo, seguido de passos descendo as escadas. Eu me sentei enquanto JaKory pausava nosso filme gay; felizmente, a tela mostrava apenas o interior do apartamento do personagem principal. Meu irmão mais novo, Grant, apareceu na entrada, afastando o cabelo dos olhos. Ele parecia suado, do mesmo modo como todos os garotos de catorze anos parecem suados, mesmo quando não estão. Suas pernas tinham ficado longas, mas ainda eram tão magras que davam a impressão de que ele estava andando por aí com pernas de pau.

— Você pode me dar uma carona até o cinema hoje à noite? — perguntou ele, sem fôlego.

Fiquei olhando para ele por um instante, surpresa com o pedido. Fazia meses que não me pedia nada, desde que teve um pico de crescimento e começou a "se descobrir", como dizia meu pai. Grant e eu éramos muito próximos quando mais novos — ele até dançou comigo algumas coreografias da Céline Dion uma vez —, mas, no último ano, depois que começou a se destacar nos esportes e a passar mais tempo com os próprios amigos, ficou bastante óbvio que ele não me via como nada além da irmã mais velha e chata.

— Por que a mamãe ou o papai não te levam? — perguntei.

— Eles têm aquele baile de gala do trabalho da mamãe — respondeu Grant, revirando os olhos. — Falaram para eu pedir pra você. Mamãe disse que eles não te dão dinheiro pra gasolina à toa. E aí, você pode me levar?

— Não sei, talvez. Me pergunta mais tarde.

Ele inclinou a cabeça para trás como se eu fosse intragável.

— Por favor, Codi, todos os meus amigos vão!

Eu odiava quando Grant mencionava "todos" os amigos dele. Eu sempre achava que ele falava de propósito, para esfregar na minha cara que ele tinha um grupo inteiro de pessoas com quem sair, enquanto eu só tinha Maritza e JaKory.

— É a cinco minutos daqui — continuou Grant. — E não é como se você estivesse ocupada.

— Eu estou com meus amigos — retruquei, irritada, apontando para Maritza e JaKory.

— Fazendo o quê? Enfurnados no porão, como sempre fazem?

Senti meu rosto ficar quente. Meu irmão mais novo havia desenvolvido um traço de crueldade recentemente. Não se manifestava com frequência, mas, quando acontecia, eu nunca sabia o que responder.

— Grant — interrompeu Maritza —, se você quiser que a gente te leve, tenta pedir sem nos insultar.

Maritza tinha o costume de falar com Grant como se ele fosse o irmão mais novo dela. Acho que isso se deve a todos os verões que ela passou aqui, enquanto Grant a seguia por toda parte, tentando impressioná-la com suas tentativas fracassadas de falar em espanhol, ou talvez fosse porque ela era filha única e sempre quis ter irmãos. Eu costumava ficar orgulhosa que ela se sentisse tão próxima dele, mas ultimamente isso começou a me incomodar. Eu odiava a sensação de que havia um muro entre mim e Grant, e o jeito com que Maritza falava com ele como se *ela* fosse a irmã mais velha legal e descontraída só fazia com que eu me sentisse pior.

Grant respirou fundo.

— Se vocês puderem me levar hoje à noite — disse ele com toda a calma —, eu agradeceria muito.

Fiquei olhando para ele. Teria sido muito satisfatório dizer não, mas Maritza pareceu ler minha mente.

— Codi — disse ela.

Eu a ignorei, e então foi minha vez de respirar fundo.

— Tá bem — falei para o meu irmão. — Mais alguma coisa?

Os olhos de Grant se voltaram para a TV.

— O que vocês estão assistindo?

— Nada — nós três respondemos juntos.

Ele pareceu desconfiado por um segundo, mas logo deu de ombros, saiu do cômodo e subiu correndo os degraus, fechando a porta com uma pancada.

CAPÍTULO DOIS

Levamos Grant ao cinema por volta das sete e quinze. A chuva havia cessado e o sol brilhava discretamente enquanto percorríamos estradas conhecidas. Foi Maritza quem dirigiu, sobretudo porque ela gostava de estar no controle, mas também porque seu carro era mais novo que o meu e tinha cheiro de "Chuva de verão", o aromatizador dela. Grant ficou estranhamente quieto no caminho até lá. Quando saiu do carro, olhou em volta para as dezenas de pessoas que entravam no prédio antes de se voltar para nós.

— Podem me buscar às nove e meia?

— Claro — falou Maritza antes que eu pudesse responder. Grant parecia distraído.

— Valeu — disse, ajeitando o cabelo para o lado com as mãos. Ele fechou a porta e se apressou em direção à bilheteria.

Maritza, JaKory e eu fomos comer pizza em nossa lanchonete local favorita, a Mr. Cheesy. No último ano, desde que Maritza e eu tiramos a carteira de motorista, nós três viemos aqui dezenas de vezes. O dono gostava tanto de nós que costumava nos dar refrigerantes de graça e já chegou até a colocar uma foto nossa na Parede da Fama, atrás do balcão. Nós devoramos nosso pedido de sempre, uma pizza havaiana grande com muito queijo, enquanto usávamos a toalha de papel sobre a mesa para jogar Pobre, Rico ou Milionário, e Maritza e JaKory gritaram quando ambos acabaram se casando com Michael B. Jordan.

— Vamos andando até a Walgreens — falou JaKory depois que pagamos e saímos pela porta da lanchonete. — Quero dar um cartão pra minha mãe. Ou talvez flores.

— Seus cartões são os melhores — elogiei, roubando um gole do copo de Sprite que ele havia pedido para viagem. — Como se chama aquilo mesmo? Sobre as palavras serem a sua...

— Linguagem do amor — JaKory completou instantaneamente. Ele adorava responder a perguntas. — A minha é palavras de afirmação. A sua provavelmente é tempo de qualidade. E a da Maritza é ser mandona.

— Cala a boca — reclamou Maritza, empurrando-o de brincadeira. — É óbvio que a minha é toque físico.

A loja Walgreens estava bastante iluminada e silenciosa. Seguimos JaKory até o corredor de cartões comemorativos e começamos a vasculhar a seção "Condolências/Pensando em Você". Maritza ficou entediada e foi para um corredor diferente.

— Esse aqui tem um apelo espiritual que com certeza vai agradar a mamãe — disse JaKory, analisando o cartão bege que segurava —, mas esse outro aqui é de *Dancing with the Stars*, que é nosso programa favori...

— Eeeeei! — Maritza apareceu gritando no final do corredor com um arco e flecha de brinquedo na mão. — Atenção, suas vagabundas!

Ela atirou uma flecha de plástico no meu quadril, seguida por outra que atingiu uma fileira de cartões comemorativos. Arremessei as duas na direção de Maritza, enquanto ela colocava no arco de plástico uma terceira flecha. JaKory deu meia-volta e saiu de perto, resmungando que estávamos fazendo uma cena.

— Fica parada pra eu poder praticar! — gritou Maritza, seus olhos me perseguindo pelo corredor.

— Ficou doida, é?! — gritei de volta enquanto pegava um carrinho de compras perdido e o empurrava em sua direção. Ela deu um berro e tropeçou em uma prateleira de bichos de pelúcia, derrubando uma porção de ursos vestidos de camisas havaianas.

Quando terminamos nossa guerra de arco e flecha e nos juntamos a JaKory, no caixa, ele já havia comprado os dois cartões e um pacote de jujubas. Expressando um quê de vergonha quase inexistente, Maritza colocou o conjunto de arco e flecha no balcão e pegou a carteira para pagar.

— Por favor, perdoe minhas filhas. — JaKory pediu ao atendente no caixa, o qual fez questão de olhar para nós com uma feição amarga. — Elas não saem muito de casa.

Chegamos ao cinema para buscar Grant cerca de quinze minutos antes do horário que havíamos combinado com ele. Maritza desligou a ignição e esperamos lá com as janelas abaixadas, aproveitando a brisa morna de verão. As pessoas estavam saindo aos montes do cinema, mas ainda não havia nem sinal do cabelo castanho desgrenhado ou das pernas de pau magricelas do meu irmão.

Depois de alguns minutos, nós o avistamos. Ele se misturava a uma multidão de crianças que tentava parecer mais velha do que era. Bem no meio delas, Grant ria e gritava, posando para a câmera e arrumando o cabelo entre uma foto e outra.

— Que diva — bufou JaKory, balançando a cabeça.

— Quantos bilhões de amigos ele tem, caralho? — perguntou Maritza.

— Meu pai diz que eles são o "bando" do Grant — falei em um tom sarcástico, e Maritza e JaKory riram.

Era difícil não me sentir menosprezada quando meus pais enalteciam a vida social de Grant. Na época da faculdade, meu pai tinha sido o típico garoto de fraternidade, aquele que dava festas lendárias e inventava apelidos para todos os amigos. Ele ainda tinha o costume de viajar com "os caras" todo inverno para esquiar. Minha mãe não era extrovertida como ele — acho que sou mais parecida com ela nesse sentido —, mas era magnética à sua maneira, e sempre sabia como falar com as pessoas, mesmo que fosse discreta. Um exemplo: ela foi eleita rainha do baile no ensino médio. Papai ainda brincava com ela sobre isso sempre que saíam juntos. A mamãe descia as escadas toda arrumada, e ele a girava, dizendo: "Caramba, querida, você poderia ter sido rainha do baile." Os olhos da mamãe brilhavam em resposta, enquanto Grant caçoava em voz baixa e eu ficava no meu canto me perguntando se não tinha mesmo sido adotada.

Olhei atentamente para o meu irmão, registrando seu sorriso exuberante e tentando reprimir o sentimento negativo que dava voltas em meu estômago. Então, percebi que algo parecia... *estranho*. Grant havia se afastado do grupo e se aproximado de um pilar, e seus trejeitos estavam agora rígidos e bruscos. Ele parecia quase nervoso.

Senti uma queimação no estômago.

— Com quem ele está falando? — perguntei, mais para mim mesma do que para meus amigos. Maritza batucava com uma flecha no volante.

— Provavelmente com o Ryan, não? Ou Brian? Qualquer que seja o nome daquele bestalhão, amigo dele.

— Não — eu disse, tentando fazê-la entender —, é outra pessoa. Olha como ele fica mexendo no cabelo.

Maritza e JaKory ficaram quietos, observando com atenção. Estávamos os três em silêncio. Então, Maritza perguntou:

— Você acha que ele tá falando com uma garota?

Eu não conseguia responder. Minha respiração estava presa; meus nervos estavam à flor da pele.

— Ele tá se mexendo de novo — observou JaKory.

Grant se aproximou das luzes brancas que emanavam do prédio. E então, como meu instinto já dizia, uma garota saiu de trás do pilar.

A menina era magra e tinha aparelho nos dentes, seus cabelos eram longos e grossos, e ela sorria para o meu irmão mais novo de um jeito nervoso e tímido. Grant estava segurando o próprio braço e acenando demais com a cabeça enquanto mudava o peso de uma perna para a outra.

— Puta merda — disse Maritza, lentamente. — Ele tá num encontro.

Senti um calafrio e o meu corpo inteiro se retraiu. Era como se o universo estivesse me pregando uma peça, e eu mesma tinha arrumado o cenário sem querer. Enquanto meus amigos e eu lamentávamos nossa falta de experiência romântica no porão, meu irmão mais novo deu uma volta em nós três para que o levássemos a um *encontro*. Eu sabia que Grant estava crescendo, que ele tinha começado a se interessar por garotas, que fotos e popularidade eram parte de sua rotina agora... e, no entanto, nunca tinha parado para pensar que ele estava realmente se tornando um Adolescente e que talvez estivesse se saindo melhor nisso do que eu.

A garota disse alguma coisa. Parecia estar meio sem jeito. Grant se aproximou um pouco mais, afastando o próprio cabelo dos olhos.

— Eles vão se beijar — disse JaKory, sem fôlego.

Eu queria desviar o olhar, esconder o rosto com as mãos e fingir que aquilo não estava acontecendo, mas não consegui.

Inclinado sobre ela, Grant hesitou. O momento se estendeu por tempo demais e o *timing* acabou se perdendo. Por fim, a garota se aproximou para abraçá-lo. Depois de dar um beijo rápido na bochecha dele, ela deu meia-volta e, com um sorriso que parecia guardar um segredo no rosto, saiu correndo em direção a um grupo de garotas que a aguardavam rindo de um jeito bobo.

Grant continuou paralisado. Ele jogou a cabeça para trás e respirou fundo.

Também respirei fundo, e me virei na direção de Maritza e JaKory. Seus olhos encontraram os meus imediatamente, e ficou óbvio que nós três estávamos sentindo a mesma coisa. Fiquei com uma sensação perturbadora de alívio terrível, como se eu tivesse conseguido um tempo a mais para um prazo que eu não tinha percebido que estava chegando.

— Será que a gente envia uma mensagem para ele? — perguntou Maritza baixinho.

Antes que eu pudesse responder, Grant olhou em nossa direção. Ele percebeu que estávamos assistindo a tudo, e seu rosto congelou.

— Merda — falei. Minha própria voz soou estranha.

Grant desviou o olhar, fechando a cara. Então, tomou coragem e caminhou em nossa direção com a cabeça baixa e a postura rígida. Seus amigos tentaram chamá-lo, mas ele os ignorou. Abriu a porta do carro e deslizou para o banco de trás sem dizer uma palavra.

Eu queria dizer algo, encarnar meu pai e fazer uma piada que pudesse quebrar a tensão, mas eu nunca soubera como fazer isso. Saímos do estacionamento do cinema sem falar nada, enquanto Maritza aumentava o volume da música para encobrir o silêncio constrangedor.

Quando chegamos ao primeiro semáforo, Maritza quebrou o silêncio.

— E aí... como foi o filme?

Grant se mexeu no assento de trás.

— Foi estúpido.

Olhei para o reflexo do meu irmão no espelho retrovisor. Ele estava encostado na janela, com a bochecha apoiada na mão. A irmã mais velha que havia em mim queria confortá-lo e oferecer sugestões, como eu fazia quando éramos mais novos, mas eu não tinha a experiência necessária para esse tipo de conselho.

— Grant — começou Maritza, usando um tom de voz pretensamente tranquilizador —, não foi nossa intenção ver aquilo...

— Não quero falar sobre isso — Grant a cortou, irritado.

Meus nervos estavam novamente à flor da pele. Eu queria que Maritza esquecesse o assunto, que nos deixasse ir para casa e fingisse que nada tinha acontecido, mas ela não era do tipo que deixava as coisas para lá.

— Aquela garota visivelmente gosta de você — disse ela. — Deu pra ver pelo modo como ela te olhava.

Grant não disse nada.

— Eu sei que pode ser assustador tomar a iniciativa — Maritza prosseguiu—, mas você vai ter outra...

— Maritza — interrompi em voz alta. — Pelo bem de todos nós, *cala a boca*.

Maritza pareceu escandalizada. O semáforo ficou verde e ela avançou com o carro.

— Só estou tentando ajudar — disparou ela —, já que a irmã mais velha dele não tá dizendo nada...

— Ele não precisa da sua ajuda — respondi, sentindo meu rosto ficar quente.

— É, bom, ele com certeza não precisa da *sua*.

— Você quer me dizer alguma coisa com isso?

— Calma aí, pessoal — disse JaKory, abrindo os braços entre nós. — Vamos respirar um segundo. Tá todo mundo se sentindo um pouco vulnerável...

— Estamos bem! — vociferou Maritza.

— Maritza, fica na sua pista, literal e figurativamente. Codi, deixa pra lá. O Grant está bem. Ele não quer a ajuda de ninguém e isso é uma escolha dele.

— Eu não precisaria da ajuda de *nenhum de vocês três* mesmo — disparou Grant.

JaKory, agora ofendido, jogou as mãos para o alto e se virou para a janela.

As palavras de Grant me machucaram. Demorei um pouco para recuperar o fôlego, mas então me virei e, com o coração acelerado, encarei meu irmão mais novo.

— Você não precisa da ajuda de *ninguém* — afirmei. — Ainda é muito novo para estar se preocupando com essas coisas, se quer saber.

Grant me encarou de volta, sem se dar ao trabalho de desencostar a cabeça da janela.

— Eu tenho catorze anos. Todo mundo da minha idade namora.

— É, mas não deveriam.

— Você provavelmente só tá dizendo isso porque *você* nunca namorou. Aposto que nunca nem *beijou* ninguém, aliás nenhum de vocês...

Meu sangue ferveu.

— Cala a boca, Grant! É lógico que eu já beijei alguém e, mesmo se não tivesse, pode apostar que eu nunca iria amarelar na hora!

— Vai se foder, Codi!

— EI! — vociferou JaKory, com uma voz estrondosa. — Parem de falar, todos vocês. Só *parem*!

Um silêncio pesado e corrosivo se instaurou no carro. Encarei o para-brisa sem de fato enxergá-lo, enquanto ardia por dentro. Estava com raiva, magoada e envergonhada, mas acima de tudo eu me odiava e odiava o mundo limitado em que estava vivendo.

— Você deveria colocar o cinto de segurança, Grant — resmungou JaKory.

Grant não se mexeu. Eu não queria mais ter que lidar com ele, mas a irmã mais velha que havia em mim não podia deixar isso passar.

— Grant — falei com firmeza. — Coloque o cinto de segurança.

Mesmo assim, ele não se mexeu.

— Qual é o seu problema? — disparei, virando-me para olhá-lo novamente. — Coloca o cinto de segurança! Agora!

A maneira como Grant me olhou naquele instante — com ódio e ressentimento — confirmou que, mais do que nunca, éramos dois estranhos. Que meu irmão mais novo havia se tornado um adolescente popular, confiante e descolado; ele não precisava da irmã mais velha e desajeitada para nada. Grant afivelou o cinto de segurança em um movimento rápido e irritado, então encostou a testa na janela e não falou mais nada. Quando Maritza parou na entrada da nossa casa alguns minutos depois, ele saiu correndo do carro, sem se preocupar em fechar a porta.

Com o motor ainda ligado, meus amigos e eu ficamos lá dentro ouvindo a música tocar. Eu não tinha nada a dizer, especialmente para Maritza.

— Vejo vocês depois — anunciei, saindo do carro. Não me dei ao trabalho de convidá-los para entrar.

O quarto do meu irmão era o primeiro do andar de cima. Fiquei em frente à porta dele por um longo minuto, sentindo as vibrações da música alta e estridente que ele ouvia. A placa pintada à mão por nossos avós ainda estava pendurada em sua porta: um pequeno retângulo de madeira com desenhos de trens e bolas de futebol e "Quarto do Grant" escrito em letras onduladas e infantis.

Fiz algo que nunca havia feito antes e levantei o dedo do meio para a porta dele.

Sozinha em meu quarto, olhei ao redor e fiz um inventário do meu mundo. O moletom da NASA que eu havia roubado de Maritza há um mês e sempre me esquecia de devolver. Um exemplar surrado de um dos livros de *Doctor Who* que JaKory vivia me pedindo emprestado. Selfies de nós três no meu porão, no pátio da escola, no drive-thru da Taco Bell.

Nenhum sinal de uma vida que fosse além disso. Nenhum buquê murcho do baile de formatura, nenhuma foto tremida de alguma noitada da qual eu não me lembrava de nada, nenhum ingresso de cinema guardado como recordação de algum encontro com uma garota bonita. O constrangimento esmagador que senti no carro já tinha passado, mas agora havia no lugar um poço de vergonha em meu estômago, ameaçando de forma sorrateira todas as ideias que eu tinha a respeito de mim mesma.

Meu irmão estava virando um adolescente de verdade. Ele foi a um encontro com uma garota esta noite; provavelmente pagou pelos ingressos do filme e comprou doces para ela. Talvez tenha segurado sua mão em meio a escuridão do cinema e, ao fim da sessão, puxou-a para longe do seu mar de amigos e chegou muito, muito perto de beijá-la. E eu assisti a tudo de dentro do carro da minha melhor amiga, depois de termos travado uma guerra de arco e flechas de brinquedo em uma loja.

Como eu havia chegado aos dezessete anos sem que nada estivesse realmente *acontecendo*? Com certeza meu pai já tinha vivido uma série de aventuras selvagens na minha idade. E certamente a mamãe já havia beijado alguns garotos quando foi coroada rainha do baile. Eles sempre falavam sobre o ensino médio com aquele tom de voz nostálgico, com aquele brilho travesso no olhar. Como tinham sido seus verões no ensino médio? O que aprontavam tarde da noite, em seus carros velozes? E como eram seus amigos? Seriam parecidos com os meus?

Maritza e JaKory. Eles sempre foram o centro da minha vida, mas agora, de repente, ela parecia pequena demais. Em que medida isso tinha a ver com eles, e em que medida tinha a ver comigo?

CAPÍTULO TRÊS

Acordei cedo na manhã seguinte. Estava chovendo de novo e, por algum tempo, fiquei deitada ouvindo a chuva, deixando que os sentimentos da noite passada escoassem dentro de mim. Meus pais tinham chegado tarde da festa de gala, falando em voz baixa, seus sapatos fazendo barulho no chão da cozinha. Eu fingi que estava dormindo quando minha mãe passou pela porta do meu quarto e abriu uma fresta para dar uma olhada.

Quando finalmente desci as escadas, a chuva havia cessado e o sol atravessava as janelas, tímido e branco como uma pérola, espalhando-se pela sala de estar. Grant estava na cozinha comendo cereal. Ele fazia questão de bater a colher na tigela enquanto olhava fixamente para a TV da cozinha. Eu o ignorei e fui servir minha tigela de cereal, mas, quando abri a geladeira, faltava alguma coisa.

— O leite acabou?

Grant não respondeu, mas logo vi que em sua tigela havia muito mais leite do que ele precisava. Os cereais coloridos estavam praticamente se afogando ali. A caixa de leite vazia estava no banco ao lado de Grant. Bati a porta da geladeira e peguei uma banana.

Por volta de meio-dia, JaKory me ligou, me convidando para tomar um café.

— Isso é porque você quer conversar sobre o que aconteceu ontem à noite? —perguntei.

JaKory soltou um suspiro longo e sofrido.

— Você não quer?

O pequeno poço de vergonha ainda borbulhava no meu estômago.

— Talvez — admiti.

— O sol saiu — argumentou ele, com uma voz sedutora. — Você pode aproveitar pra pintar.

Soltei uma risada. Ele sabia como me fisgar.

— Te busco em quinze minutos — falei.

O rio Chattahoochee era a coisa mais subestimada de Atlanta. Ele serpenteava pelo noroeste da cidade, longo, vasto e reluzente. Ninguém falava muito a seu respeito, mas passávamos por ele o tempo todo, até mesmo ao atravessar a rodovia interestadual. Era como um segredo aberto, algo que esquecíamos que estava lá.

Nossa cafeteria favorita se situava às margens do Chattahoochee, em um pequeno e tranquilo refúgio atrás da rodovia. A cafeteria em si ficava localizada em um enorme aglomerado de contêineres, mas sua parte externa se estendia até o rio, onde havia jardins bem-cuidados e uma grama rasteira que se alastrava até a fileira de árvores rodeadas por urtigas. Era possível caminhar sobre as pedras na margem do rio ou sentar-se em uma das espreguiçadeiras Adirondack com vista para a água, ouvindo o som incansável da correnteza.

Normalmente, meus amigos e eu vínhamos para cá com nossas mochilas e passávamos horas por aqui. Maritza estendia um tapete para praticar ioga e JaKory e eu nos sentávamos à mesa de piquenique — ele de um lado, imerso em um livro, e eu do outro, pintando as cores mais vibrantes que pudesse encontrar.

Nossa mesa habitual ainda estava úmida por causa da chuva. Limpei meu lado sem me importar muito, enquanto JaKory secava metodicamente cada parte de seu banco com um guardanapo. Quando ele terminou, eu já havia tirado meu caderno de desenho e as aquarelas da bolsa. Havia um canteiro de calêndulas vibrantes às margens do rio que eu estava ansiosa para pintar.

No início, ficamos em silêncio, mas não de um jeito tenso — era mais como se houvesse um cobertor macio sobre nós. Pude sentir que estávamos prestes a ter uma conversa franca. JaKory e eu éramos bons nisso. Às vezes tentávamos manter as aparências perto de Maritza, mas, entre nós dois, sempre dizíamos exatamente o que estávamos sentindo.

— Você também se sentiu horrível ontem? — perguntou JaKory.

Tirei os olhos da mistura de cores que eu estava fazendo e o encarei.

— Eu não me sentia tão péssima assim há um bom tempo.

JaKory ficou em silêncio. Então comprimiu os lábios e disse:

— Escrevi um poema sobre isso quando cheguei em casa.

Sorri para ele.

— Claro que escreveu.

— Gostei muito de um verso. *Minha juventude é infinita, mas meus medos são íntimos.*

Misturei minhas tintas laranja e amarela. Eram cores explosivas, promessas tão vibrantes quanto a juventude infinita de que falava JaKory. E, ainda assim, aqueles medos íntimos se sobressaíam.

— Eu também tenho medo — admiti. — Medo de... nem sei do quê.

— Tô tão puto comigo mesmo. — JaKory sussurrou. — Eu sempre soube que era diferente... negro, nerd, *queer*... Mas sinto que estou perdendo alguma coisa, e que nada disso é o real motivo. É como se eu mesmo me impedisse. Sei que é isso.

Murchei ao ouvir aquilo. JaKory estava expressando a mesma verdade que me corroía os ossos. Será que Maritza também se sentia assim? Será que nós três estávamos presos à codependência da nossa amizade porque isso era mais fácil do que enfrentar nossa inércia individual?

— O que a gente faz? — perguntei cabisbaixa.

JaKory me olhou fixamente.

— A Maritza tem um plano. Ela está vindo até aqui pra gente conversar sobre isso.

Eu o encarei de volta.

— Como assim "um plano"? Achei que seríamos só eu e você hoje. E você sabe que não tô a fim de falar com a Maritza depois do que ela fez ontem à noite. Não lembra do que ela me disse? *Ele com certeza não precisa da* sua *ajuda.*

— Ela não quis dizer isso.

— Você sabe que quis.

— A gente é família, Codi. Famílias brigam e fazem as pazes.

— Então você simplesmente a convidou sem me falar nada?

Ele olhou por cima do meu ombro.

— Olha ela aí. Só escuta e mantenha a mente aberta, tá bom?

Girei o corpo, pega de surpresa com essa armação. Por que JaKory estava preparando o terreno para que eu me encontrasse com Maritza? Por que eu sentia como se estivesse em uma emboscada?

Maritza se aproximou com cautela, observando o chão como se pudesse tropeçar a qualquer momento, embora fosse a mais graciosa de nós três. Ela se sentou ao lado de JaKory e colocou um croissant grande sobre a mesa como se fosse uma oferta de paz.

— Tudo bem? — perguntou ela, olhando diretamente para mim.

— Tudo — respondi, sem olhar nos olhos dela. JaKory examinou o croissant, mas eu ignorei a oferta de paz e voltei à minha pintura.

— Como foi a reunião do acampamento de dança? — perguntou JaKory, nitidamente tentando quebrar o gelo.

Maritza fazia parte da equipe de dança da escola e, neste verão, estava trabalhando como professora assistente no acampamento de dança do ensino fundamental. Era uma posição altamente concorrida, para a qual apenas alguns dançarinos eram escolhidos, e ela estava muito empolgada, sobretudo porque isso ia adicionar créditos à sua candidatura para o Instituto de Tecnologia da Geórgia no outono. A única desvantagem é que se tratava de um compromisso para o verão inteiro e, pela primeira vez, ela ia perder a viagem anual com sua família para o Panamá.

— Foi boa. — Maritza deu de ombros. Seus olhos escureceram. — Tirando o fato de que a Vivien Chen estava sendo uma otária arrogante, como sempre.

Vivien Chen era a inimiga declarada de Maritza. Ela era da nossa turma na escola do ensino médio Buchanan e uma das pessoas mais inteligentes e qualificadas do colégio. Infelizmente, ela tinha um talento especial para as mesmas coisas em que Maritza se saía muito bem: ciências e dança. No ano passado, as duas estiveram na mesma turma de física avançada *e* competiram pelo cargo de capitã da equipe de dança. Maritza tirou as melhores notas em física, mas Vivien acabou conseguindo o posto de capitã. Maritza reagiu muito mal; no dia em que o treinador anunciou o resultado, em abril, ela chorou por duas horas no meu carro.

— JaKory disse que você tem um plano — falei incisivamente, olhando para ela. — Prefiro ouvir sobre isso do que sobre Vivien Chen.

Maritza me encarou por um instante. Então as palavras saíram de sua boca, altas e aceleradas como sempre.

— Escuta, sinto muito por ontem à noite, Codi. Eu não devia ter te atacado daquela forma. É que... eu fui pega de surpresa. Nunca imaginei, nem por um segundo, que seu irmão mais novo fosse a um encontro antes de mim. Antes de qualquer um de nós.

Só se ouvia o som da correnteza do rio. Fiquei olhando para as aquarelas, tentando entender minhas emoções.

— Codi-kid — chamou Maritza, usando meu antigo apelido. Ela empurrou o croissant na minha direção. — Me desculpa, de verdade. Foi algo idiota de se dizer. Eu estava me sentindo mal comigo mesma e... bem, acho que nós três ficamos meio abalados.

Ela partiu o croissant e estendeu um pedaço na minha direção. Eu ainda estava irritada, mas minha vontade de ouvir sobre o plano dela prevaleceu. Olhei para Maritza e peguei o pedaço de croissant que ela estava me oferecendo.

— Rá! — exclamou, sorrindo — Amolecer o coração de vocês com comida sempre funciona.

— Cala a boca — falei, revirando os olhos e mergulhando meu pedaço de croissant no café fresco que ela também havia trazido. — Vai me contar o que tá rolando ou não?

Ela juntou as pontas dos dedos, empolgada.

— Beleza, então... sabe a Rona, aquela garota da minha equipe?

— Aquela que ficava sentada no colo do Ben Reed enquanto o sr. Clanton "descansava os olhos" durante a aula de saúde? Sei.

— A gente tava conversando agora há pouco e ela mencionou uma festa que vai rolar hoje à noite. Um tal de Ricky Flint que acabou de se formar vai dar uma festa na casa dele. A Rona vai e disse que qualquer pessoa pode ir. E adivinha onde ele mora?

Um sentimento de apreensão tomou conta de mim.

— Onde? — perguntei.

— No seu bairro, Codi. — Maritza me encarou com olhos brilhantes e ardilosos, como se estivesse contando o desfecho de uma piada muito boa. Ao lado dela, JaKory assentia com a cabeça, triunfante. Era óbvio que ela já tinha contado essa parte para ele.

Eu sabia onde eles estavam querendo chegar com isso, mas não era algo que eu queria ouvir. Estávamos entrando em uma conversa para a qual eu não estava preparada.

— E por isso... vocês acham que a gente deve evitar dirigir por ali, caso eles acidentalmente incendeiem a casa? — perguntei.

— Ha, ha — disse Maritza, com ironia e revirando os olhos. — Mas sério, quer ir?

Eles olharam para mim cheios de expectativa. JaKory acenou de leve com a cabeça, como se estivesse tentando me encorajar.

— Na verdade, não — respondi calmamente.

— Mas pensa um pouco! — insistiu Maritza. Ela deslizou no banco para ficar cara a cara comigo. — É tão perto que a gente pode ir *andando*. E aí vamos poder beber!

— Beber? — repeti, atordoada. — Desde quando a gente bebe?

— Desde hoje, porque quero tentar coisas novas. Nós vamos beber e conhecer pessoas e talvez... *talvez*... a gente esbarre com alguma garota ou algum garoto bonito com quem possamos conversar, flertar e *beijar*. Tipo, não é isso que você quer também?

Olhei para JaKory tentando pedir ajuda, mas ele desviou o olhar.

— A gente não pode simplesmente chegar na festa de um cara aleatório — rebati.

— Por que não?

Tive dificuldade para articular o que estava sentindo.

— Nós... nós não... O que eu quero dizer é: o que vamos fazer? Simplesmente entrar e agir como se tivéssemos sido convidados? Não conhecemos ninguém. A gente nunca foi em uma festa antes.

Maritza se inclinou para a frente com uma expressão de urgência.

— Escuta — disse ela. —, ontem à noite seu irmão estava em um *encontro*, algo que nenhum de nós jamais teve, e vimos ele chegar muito perto de beijar uma garota pela primeira vez, uma coisa que eu queria fazer há um *tempão*. Eu me senti uma merda. Você não? Tô cansada de sentir que estou perdendo alguma coisa. A gente continua saindo só nós três, fazendo as mesmas coisas de sempre, assistindo aos mesmos filmes ruins de todo dia... — Ela juntou as mãos à sua frente e respirou fundo. — Precisamos experimentar coisas novas, conhecer outras pessoas. Como disse Einstein: "A definição de insanidade é fazer a mesma coisa repetidas vezes e esperar resultados diferentes".

Olhei para os dois.

— Gente, isso não é um experimento — falei, em uma tentativa de freá-los, de chamá-los de volta à realidade. — Não podemos simplesmente jogar coisas na parede e esperar que grudem. A gente precisa se planejar, descobrir a melhor maneira para estarmos prontos...

— Toda a nossa adolescência é um experimento. — Maritza me interrompeu. — E já tá na hora da gente tentar algo novo. Agora. *Hoje.*

Fiquei em silêncio, sentindo uma onda de pânico percorrer meu corpo.

— Ela tá certa, Codi — disse JaKory, baixinho. — É bem óbvio que não estamos felizes com a nossa atual situação, então precisamos mudar alguma coisa.

Olhei para Maritza.

— Por que você falou sobre o plano primeiro com o JaKory? Por que não contou pra nós dois ao mesmo tempo?

Eles trocaram olhares breves e significativos que fizeram meu estômago embrulhar.

— O quê? — disparei.

— Bem... é que... não leva pro coração, mas eu sabia que você seria a pessoa mais difícil de convencer. Você é mais... tipo...

— O quê? — questionei, ríspida.

— Acomodada — disse JaKory, fazendo uma careta.

— Eu não sou acomodada! — gritei. — Não mais do que *você*, pelo menos!

Os olhos dele faiscaram.

— É, mas... bem, eu cansei de ser acomodado. Cansei de ter medo.

Ele obviamente havia sido afetado pelas palavras de Maritza. É como se ela tivesse desenhado uma linha na areia, e ela estava no lado em que ficavam os corajosos, ousados e aventureiros, e eu, onde permaneciam os covardes, fracos e estagnados. JaKory estava se alinhando ao lado pelo qual ele gostaria ser lembrado.

— Desculpa — pediu Martiza, sem parecer se sentir realmente culpada. — Mas parece que, com você, eu preciso insistir mais. Você se contenta em ficar na sua zona de conforto.

— Não fala assim comigo — protestei, levantando a voz.

— Então para de agir assim — rebateu ela, no mesmo tom que o meu.

— Agir como?

— Como se você fosse *pequena*. Como se tivesse medo de tudo.

— Eu não tenho medo...

— Acho que tem, sim. Você sempre teve medo de se expor, mesmo quando quer muito alguma coisa. Será que você não vê que merece muito mais, Codi?

Senti um aperto no peito; minhas bochechas queimavam. Maritza nunca havia me atacado dessa forma, atingindo diretamente meus pontos fracos como meu irmão fazia. Eu a encarei, e ela me encarou de volta. Havia algo além de raiva nos olhos dela. Demorei um pouco para identificar, mas quando o fiz, meu estômago revirou.

Era pior do que raiva, pior do que pena: alguma parte de Maritza tinha vergonha de ser minha amiga.

Fiquei completamente sem fôlego. Justamente quando eu começava a me preocupar com o fato de que precisaria ter uma vida que fosse além daquela amizade, *eles* chegaram à mesma conclusão sobre mim em um piscar de olhos. Meus melhores amigos estavam prontos para me deixar para trás e partir em uma nova aventura juntos. Fiquei olhando para os dois como se nunca os tivesse visto antes. De certa forma, senti como se eu nunca tivesse visto a mim mesma de verdade antes.

— E então? — falou Maritza depois de uma longa pausa. — Vamos hoje à noite?

O silêncio perdurou por um bom tempo. Fiquei observando a correnteza do rio. O momento se estendeu.

— Não — respondi. — Se é isso que vocês realmente pensam de mim, então não quero fazer parte desse plano estúpido. Divirtam-se.

Quando me levantei, percebi que eles desviaram o olhar um do outro. Uma parede impenetrável parecia estar se formando no meu peito e, de repente, fiquei desesperada para sair de perto dos dois.

Fiquei no meu quarto aquela noite, ouvindo música e desenhando por horas. Era reconfortante e familiar, mas em vários momentos me flagrei olhando para o caderno de desenho sem realmente enxergá-lo, perdida em visões de Maritza e JaKory naquela festa. Eles estavam em algum lugar aqui, no meu bairro, mas não para me encontrar. Isso nunca tinha acontecido antes.

Será que estavam aliviados por eu não estar com eles? Será que estavam fazendo novos amigos, descolados e extrovertidos? Será que estavam se esgueirando pelos cantos escuros com outros adolescentes, dando e recebendo os beijos que tanto desejavam?

Por volta da meia-noite, decidi me deitar para finalmente dormir, mas, assim que me levantei para escovar os dentes, meu celular vibrou com uma mensagem.

> **Maritza Vargas:** Você tá acordada? Sei que não sou sua pessoa favorita no momento, mas bebi demais e não consigo dirigir.
> Você pode vir encontrar a gente e levar meu carro de volta pra sua casa??

Fiquei um tempo apenas encarando a mensagem. Emoções conflitantes lutavam por atenção dentro de mim: mágoa, ressentimento e até mesmo um desejo amargo de dizer não. Mas então imaginei Maritza tentando dirigir depois de ter bebido e pensei no que poderia acontecer com eles, e essa era uma ideia insuportável para mim.

Calcei meus sapatos e respondi antes de perder a coragem.

Me manda o endereço.

CAPÍTULO QUATRO

Era uma noite úmida. Os postes estavam acesos e iluminavam os arredores. Andei apressada pela calçada enquanto verificava as instruções no meu celular. O endereço enviado por Maritza ficava logo atrás da sede do clube, então, pelo menos até lá eu conhecia o caminho. Era o mesmo percurso familiar que nós três havíamos feito centenas de vezes juntos.

Eu estava tranquila até chegar à rua onde o garoto morava. Não o conhecia, mas só a ideia de alguém com coragem suficiente para dar uma festa na ausência dos pais era o bastante para me intimidar. Era estranho constatar que esse cara fazia o mesmo trajeto que eu, da escola para casa, todos os dias; que provavelmente crescemos nadando na mesma piscina local; e que, no entanto, a sua postura diante da vida parecia ser muito diferente da minha.

A rota no celular me levava até o final de uma rua sem saída. Passei lentamente pela longa fileira de carros estacionados — carros que eu sabia pertencerem às pessoas que estavam na festa. Qual seria a sensação de ser alguém assim? Como seria mentir para os pais sobre onde estava indo, buscar os amigos e ir para uma festa com a esperança, ou até a certeza, de que vai dar uns pegas em alguém atraente lá?

Um pouco antes de alcançar o primeiro carro, passei por um aglomerado de magnólias gigantescas, cujas folhas se movimentavam, sussurrando noite adentro. Apressei o passo, segurando meu celular com força, ainda absorta em minhas visões imaginárias sobre a festa.

Foi então que ouvi alguma coisa. Era um garoto, sua voz estava baixa e angustiada.

— A gente já tá aqui fora há mais de dez minutos...

Outro garoto, com a voz ainda mais baixa que a do primeiro, o interrompeu.

— Tá tudo bem, ninguém vai perceber que a gente saiu...

— Cara, você sempre diz isso, mas já ficamos por um triz mais de uma vez...

As vozes vinham das árvores. Fiquei parada na calçada, com o coração martelando de culpa por estar ouvindo sem querer.

— Vou voltar — disse a primeira voz. — Te vejo depois.

E então, antes que eu pudesse me mexer, uma silhueta emergiu das árvores.

Eu estava a ponto de dizer alguma coisa, para que eles soubessem que eu estava ali e não acabassem se assustando, quando...

— Espera — disse o outro garoto, correndo para alcançar o primeiro. Vi o contorno de seu braço segurando o do primeiro garoto, puxando-o para perto, e então seus corpos se fundiram, a poucos metros de mim, e ouvi sons que só tinha ouvido em filmes.

O único pensamento em minha cabeça era *beijando*. Os dois estavam *se beijando*. E lá estava eu, paralisada no escuro, presenciando tudo.

— Tá bom, tá bom — falou o primeiro garoto, com uma voz mais suave agora. Ele respirou fundo e começou a se afastar. — Chega por enquanto.

E então ele se virou. E deu um passo brusco para a frente. E me viu.

Eu estava com a boca aberta, pronta para me explicar, mas...

— Quem tá aí?! — gritou, dando um pulo para trás.

O segundo garoto, o que havia corrido atrás do primeiro, se aproximou rapidamente. Por um segundo infinito, ele ficou em silêncio e imóvel diante de mim. Em seguida, apontou a lanterna do celular diretamente para o meu rosto.

Levantei os braços na altura dos olhos, tentando bloquear a luz branca e intensa, mas não adiantou.

— Quem é você? — perguntou o segundo garoto, em um tom agressivo demais para os meus ouvidos.

Senti um pânico sufocante no peito. Parecia que minha mente não estava funcionando. Tampouco minha voz.

— Eu perguntei: *quem é você?* — repetiu ele. — O que você tá fazendo aqui?

— Desculpa — consegui dizer, com o coração martelando dolorosamente e as mãos sobre o rosto. — Eu só estava caminhando...

— Você só estava *caminhando*?

— Sim. — Respirei fundo. — Até o final da rua.

— Por quê?

— Meus amigos estão em uma festa lá. Ficaram bêbados e precisam de uma carona. Vim andando de casa até aqui.

— Da sua casa?

— Eu moro na parte de trás do bairro.

Eles ficaram em silêncio, até que disseram:

— Qual é a festa?

— Não sei, é de um cara da Buchanan, não me lembro o nome dele.

O garoto ficou quieto. Houve uma pausa. Meu coração ainda batia forte.

— Será que você pode... — comecei a dizer, tentando soar confiante. — Será que você pode desligar a lanterna?

O silêncio perdurou por um momento, mas então a luz se apagou. Abaixei as mãos e pisquei na escuridão, mas só conseguia ver manchas brancas.

— Cacete — sussurrou o primeiro garoto. Sua respiração estava curta e fraca. — Eu te disse que isso ia acontecer.

— Não se preocupa — disse o segundo garoto. — Ela não vai contar pra ninguém, certo? Você provavelmente nem consegue enxergar a gente, né?

— Não, não consigo — respondi imediatamente.

— Eu vou voltar — anunciou o primeiro garoto. — Não deixa ela me seguir.

— Espera — chamou o segundo garoto. — Pera aí, cara, qual foi!

Meus olhos se ajustaram à escuridão. Consegui enxergar o primeiro garoto sair correndo, desaparecendo na noite, enquanto o outro o observava. Este, então, se voltou para mim. Ficamos olhando um para o outro na penumbra. O silêncio entre nós era angustiante.

— Desculpa — falei, enfim. — Não tive a intenção de me intrometer nem nada disso.

Ele me ignorou e caminhou de volta em direção às árvores. Eu só via sua silhueta, alta e grande, no escuro. Ele ficou absolutamente imóvel, até que, de repente, do nada, bateu a mão com força contra um tronco.

Meu coração acelerou em alerta. Esse cara era um estranho e estava nitidamente instável. Dei um passo abrupto para me afastar, mas então percebi...

Ele estava chorando. Dava para ouvir de onde eu estava na calçada. O garoto apoiou as costas na árvore, segurando a mão machucada.

Fiquei paralisada pela segunda vez, dividida entre dois instintos.

A noite retumbava em meus ouvidos. O poste de luz à frente era brilhante e convidativo. Atrás de mim, a respiração do garoto soava pesarosa e desesperada.

Caminhei de volta até ele.

Sacudindo a mão no ar, ele xingava baixinho. Fiquei ao seu lado, pronta para correr caso ele voltasse a ficar violento.

— Eu tô bem. — O garoto resmungou sem olhar para mim.

— Vai procurar seus amigos.

Ele parecia solitário, abatido, quase como se já esperasse acabar a noite naquele estado. Ainda respirava com dificuldade, flexionando a mão com cautela. Eu me aproximei e segurei seu pulso.

— Para de se mexer — falei.

Ele ficou quieto. Segurei a mão dele e acendi a lanterna do meu celular. A palma estava rasgada e coberta de sangue, mas o dorso da mão e os nós dos dedos estavam intactos.

— Você não deu um soco? — perguntei. — Só bateu nela?

— Eu sabia que dar um soco era uma ideia ruim — ele respondeu, sarcástico. — Não sou fã de dedos quebrados.

— Mas é fã de pele rasgada? — retruquei, sem conseguir me conter.

Ele puxou a mão de volta. Abaixei meu celular e ficamos frente a frente embaixo da árvore.

— Quem é você? — perguntou ele.

Era a terceira vez que ele perguntava, mas seu tom de voz era mais suave agora.

Pisquei. Eu ainda estava nervosa, mas sabia que era justo contar a ele, especialmente depois de tê-lo visto em um momento tão vulnerável.

— Meu nome é Codi. Teller.

— Codi Teller — repetiu, como se estivesse testando a pronúncia. — E você estuda na Buchanan?

— Sim, sou da segunda série... Indo para a terceira, na verdade. Quem é você?

Ele levou alguns segundos para responder.

— Ricky Flint — falou finalmente. — É para a minha festa que você está indo.

Por um instante, não consegui pensar em nada. Todo esse incidente já parecia surreal e agora era quase um absurdo cômico. Eu não conseguia acreditar que o garoto da festa sobre a qual eu havia pensado o dia todo, o garoto que eu imaginava ser a essência do adolescente popular, descolado e inerentemente *hétero* estava aqui se escondendo entre as árvores depois de beijar outro garoto.

— Você vai contar pra alguém? — perguntou ele.

Percebi que ele tentava manter a voz firme, mas havia nela certa fragilidade.

— Tanto faz pra mim — continuou —, mas... mas ele se importa.

Foi inesperado o modo como falou aquilo. Não soou como se estivesse tentando fazer eu me sentir culpada; foi mais como se ele estivesse me reconhecendo como igual, sabendo que eu tinha testemunhado algo privado e delicado que poderia ser usado contra ele e o outro garoto se eu quisesse. Ele estava me dando a opção de escolher.

— Não — respondi, olhando para ele. — Não vou contar a ninguém.

Ele me encarou por um bom tempo.

— De verdade, prometo. — Eu hesitei, tentando encontrar as palavras para dizer em seguida. — Sabe, eu entendo. Se fosse eu dando uma festa... o que com certeza não aconteceria, mas, se acontecesse... eu também estaria aqui fora, tentando beijar uma garota.

Ele não reagiu em um primeiro momento. Depois, com uma voz incerta, perguntou:

— Uma garota?

— Eu gosto de garotas — respondi com uma confiança que não tinha.

Até aquele momento, eu não havia percebido a importância de contar a alguém que não fosse Maritza ou JaKory. Me senti vulnerável e poderosa ao mesmo tempo.

— Ah — falou o garoto, enfim. — Entendi. Legal.

Eu tinha esperado uma reação mais efusiva, mas talvez ele não tenha percebido o que significava para mim compartilhar algo desse tipo com um estranho.

— Hum... aquele outro cara... é seu namorado?

— Não — respondeu ele, convicto. — Não, nós só estamos...

Ele se calou, balançando a cabeça. Eu estava ardendo de curiosidade para saber mais sobre os dois, mas guardei as perguntas para mim.

— O que você vai fazer com a sua mão? — perguntei.

— Ah — disse ele, como se tivesse se lembrado de repente. — Não é nada demais. Já arrumei machucados piores no futebol.

Futebol. Esse era o tipo de cara que tinha uma vida extracurricular agitada; que era conhecido por fazer coisas grandiosas e que provavelmente tinha muitos amigos, mesmo que eu não conseguisse imaginar isso agora.

— Vou pegar alguma coisa para limpar isso — disse ele, afastando-se das árvores. — É... você ainda vem pra minha festa?

— Ah, verdade, sim — falei, indo atrás dele.

Foi uma mudança abrupta em relação ao momento que havíamos acabado de compartilhar na escuridão. De repente, estávamos caminhando juntos pela calçada como se fizéssemos aquilo todos os dias, como dois amigos indo para a próxima aula. Tive aquela sensação desconcertante de intimidade que vem quando se caminha no mesmo ritmo de um desconhecido; eu estava tão consciente de como meu corpo se movia e como o dele se movimentava junto ao meu que a situação me parecia bizarra.

Passamos por várias casas antes de chegarmos ao fim da rua sem saída. Os postes de luz estavam mais concentrados nessa parte e pude ver melhor como ele era. Era um garoto negro, alto, musculoso, de pálpebras grossas e, quando ele olhou de lado para mim, vi que era bem bonito.

— Por que você não veio pra festa mais cedo? — perguntou ele. — Com seus amigos?

— Ah. Hum. — Eu não sabia ao certo como responder sem revelar o quanto eu não era nem um pouco legal. — Festas não são muito a minha praia.

Ele acenou com a cabeça.

— Eu entendo. Elas podem ser um sucesso ou um fracasso.

Olhei para ele.

— Você já deu festas antes?

— Uma ou duas vezes. Minha irmã mais velha se safou inúmeras vezes, então achei que poderia continuar o legado dela. Não gosto muito de ser anfitrião, mas eu não tinha nada pra fazer e meus pais estão fora da cidade por causa do feriado prolongado, por isso achei que seria bom... sabe... — Ele fez um gesto desajeitado. — Ter uma chance de ver pessoas.

Pelo jeito que ele falou, eu me perguntei se "pessoas" se referia ao garoto com quem ele estava nas árvores. Chegamos à entrada da garagem, ao lado da caixa de correio, e ficamos olhando para a pequena subida que levava à porta da sua casa. As luzes estavam acesas e uma vibração distante de música chegava até nós. Havia uma placa no jardim da frente, como as que todos os formandos do último ano do nosso bairro exibiam — PARABÉNS, RICKY! FORMANDO DA BUCHANAN —, e, ao lado, uma bandeira da Universidade da Geórgia fincada na grama.

— Você passou para a UGA? — perguntei, impressionada. Era quase impossível entrar na Universidade da Geórgia; somente os melhores alunos da nossa escola eram admitidos. Eu já estava temendo a inscrição que teria de fazer no outono.

— Aham — disse Ricky, como se não fosse nada demais —, morro de vontade de ir para lá desde que eu era pequeno.

— Uau.

Ele não entrou em detalhes. Estava olhando para a própria mão, ainda coberta de sangue.

— Ei, Codi? — Ele hesitou, se virando com cautela para mim. — Antes de ir embora com os seus amigos... você poderia me fazer um favor? Poderia entrar lá e pegar antibiótico e uns curativos?

Fiquei olhando para ele. Não havia como ele entender a enormidade do que estava me pedindo. Ricky não sabia como eu ficaria apavorada se me aventurasse entrando em uma festa sozinha, mas eu também não sabia como explicar isso a ele.

— Eu mesmo iria — esclareceu, em um tom de desculpas —, mas não tô a fim de lidar com todas as perguntas.

— Eu... eu iria — gaguejei —, mas... mas não conheço ninguém lá dentro.

Ele olhou para mim por um longo momento. Me senti pequena e insignificante, condenada a ser a mesma pessoa limitada que sempre fui, a mesma pessoa que Maritza e JaKory pareciam acreditar que eu era.

Ricky assentiu, como se tivesse percebido que havia cometido um erro.

— Certo, não se preocupa, eu entendo. Hum... Foi um prazer te conhecer.

Ele estendeu sua mão boa. Fiquei parada, sem querer me despedir dele, sem querer me despedir da versão de mim que ele havia conhecido nas árvores.

Minha juventude é infinita, mas meus medos são íntimos.

A definição de insanidade é fazer a mesma coisa repetidas vezes e esperar resultados diferentes.

Essa era a minha chance de fazer uma escolha diferente, ainda que, e especialmente se, isso me assustasse.

— Na verdade... — falei, me virando para ele. — Onde você guarda o kit de primeiros socorros?

* * *

A música estava alta; essa foi a primeira coisa que notei. A segunda foi o grande número de pessoas que preenchiam os espaços da casa. A maioria delas se concentrava na cozinha, pelo que pude perceber, mas também havia uma galera aglomerada no corredor e na sala de estar. Algumas pessoas estavam em grupos, conversando; outras, eram garotos e garotas se beijando descaradamente na frente de todos. Parecia que eu estava observando os adolescentes na piscina novamente, só que dessa vez eu estava na água com eles e não sabia nadar.

Meu coração martelava e minhas mãos suavam. A escada ficava na parede oposta e eu me movi naquela direção, me concentrando apenas nos porta-retratos pendurados na parede. Tive que pedir licença ao passar por uma multidão de garotas amontoadas que riam e gritavam com vozes agudas, mas nenhuma delas pareceu me notar. Eu estava prestes a chegar ao primeiro degrau quando alguém me agarrou por trás.

— Eeeeeei! Você veio!

Maritza me apertava com muita força, falando alto no meu ouvido. Em seguida, JaKory se pendurou em mim, gritando:

— A festa tá incrível, Codi! Eu me sinto gregário! Me sinto *divertido*!

Eu nunca tinha visto meus amigos bêbados antes. Os olhos de Maritza estavam pesados e sem foco; o sorriso de JaKory parecia frouxo e despreocupado. Eles pareciam um pouco mais bêbados do que todos ao redor, mas ninguém parecia notar.

— Não acredito que você entrou! — Maritza sorriu. — Vamos pegar uma bebida pra você!

— Não, tô de boa… — Tentei dizer, mas eles me arrastaram até a cozinha, onde a música estava mais alta e o ar era quente e úmido por causa da enorme quantidade de gente. Antes que eu pudesse recusar, Maritza colocou uma cerveja na minha mão.

— Tem tanta gente atraente aqui — sussurrou ela. Seu hálito cheirava a álcool puro. — Caras *e* garotas que fazem o meu tipo, mas eu não sei como falar com nenhum deles!

— Ela tomou um fora — denunciou JaKory, com um braço pendurado no meu ombro. — Foi tão dilacerante, Codi, que eu senti no meu peito.

— O JaKory ficou a fim daquele branco baixinho, mas não tem nem coragem de chegar perto dele!

— Eu não posso ser um fracasso — sussurrou JaKory, cambaleando ligeiramente. — Sou um covarde, Codi? Diz que não sou um covarde.

— Você vai levar a gente pra casa, Codi? Desculpa por termos ficado bêbados, não era minha intenção, mas eu fiquei nervosa. E me desculpa por ter sido uma idiota, mas você não pode esquecer que somos melhores amigas e que eu te amo até a lua, tá bom?

Olhei para os olhos turvos de Maritza. A mágoa que senti antes ainda estava fresca no meu peito, mas eu não tinha tempo para lidar com ela agora. Eu precisava voltar para o Ricky.

— Escuta, gente, preciso ir ao banheiro, tá? Esperem aqui que eu já volto.

Entreguei a eles minha cerveja intocada e abri caminho entre aquele aglomerado de corpos quentes e suados até chegar novamente à escada. Comecei a subir os degraus depressa, rezando para que não houvesse ninguém no andar de cima.

— Ei! — alguém gritou lá de baixo. — O segundo andar está fora dos limites! Regras do Ricky!

Senti meu pescoço ferver e meu coração bater mais forte, mas tudo o que fiz foi olhar para trás rapidamente e dizer *Banheiro* na esperança de que o cara não gritasse comigo de novo.

Foi fácil encontrar o banheiro. Levei apenas dois segundos para localizar a pomada antibiótica e os curativos na prateleira de remédios e mais alguns segundos para molhar uma toalha de mão que encontrei no armário. E então encarei o fato de que precisaria voltar para o andar de baixo. Respirei fundo, tentando me acalmar, e me forcei a sair antes que pudesse pensar duas vezes.

Ninguém disse nada enquanto eu descia as escadas correndo. Porém, logo antes de chegar à porta da frente, tive que parar de novo. Uma garota que reconheci vagamente estava tentando tirar uma foto de outras garotas e eu quase entrei no meio.

— Ah, desculpa... — falei.

— Desculpa, pode passar... — disse ela.

— Não, fica à vontade...

— Obrigada...

— Você quer que eu tire? Pra você aparecer na foto também?

Falei automaticamente, de forma impulsiva, esquecendo que não queria estar ali, esquecendo que minhas mãos estavam cheias de materiais de primeiros socorros e uma toalha molhada. Foi quase como se essa parte casual e descolada do meu cérebro tivesse falado antes que meu verdadeiro eu pudesse assumir o controle, e, naquele momento, fiquei atônita com a minha voz.

E então as outras reagiram. Percebi na hora que havia dito a coisa errada: as meninas que estavam posando para a foto se mexeram desconfortavelmente e a garota que estava tirando a foto sorriu como se estivesse tentando se recuperar de uma picada de inseto.

— Não, tá tudo bem — falou com uma positividade exagerada —, mas obrigada.

Ela se virou para tirar a foto. Esperei que terminassem, consciente de que meu rosto e meu pescoço deviam estar completamente vermelhos de vergonha. Era por *isso* que eu não ia a festas ou interagia com ninguém além de Maritza e JaKory: porque eu não sabia o que dizer ou fazer. Eu nem sequer sabia como *existir* perto de outras pessoas da minha idade.

— Pronto — disse a garota, entregando o celular para as outras antes de se virar e olhar para mim. — Obrigada por esperar. Elas estão me pedindo pra tirar essa foto há uns dez minutos.

Foi difícil olhar diretamente para ela. Seus olhos eram bonitos, com uma tonalidade verde-mar, e ela exibia um sorriso caloroso que eu achava que não merecia.

— Desculpa se eu falei alguma coisa inconveniente — deixei escapar.

Ela balançou a cabeça.

— Não falou. É que... — Ela olhou para trás e baixou a voz. — Todas elas vão para a UGA no próximo semestre, por isso queriam uma foto juntas, e eu... hum... não consegui entrar.

Pisquei, sem saber o que dizer. A garota curvou os lábios em um pequeno sorriso, pelo qual pude ver que ela estava arrasada, mas tentando se manter firme diante da situação. Eu não conseguia acreditar que ela estava confiando a mim, uma desconhecida, algo que obviamente a deixava magoada.

— Foi uma sacanagem elas fazerem você tirar a foto, então — falei.

Ela abriu um sorriso mais solto e genuíno dessa vez.

— Sim! Foi, não foi? Eu nem sou tão amiga delas assim. — Ela olhou atentamente para mim, absorvendo meu rosto de uma forma que eu não esperava. — Eu te conheço da escola, né?

Uma onda de calor se espalhou pelo meu corpo. Ricky não me conhecia e ninguém naquela festa tinha me olhado mais de uma vez, mas uma garota com um sorriso bonito não só lembrou de já ter me visto como também me reconheceu como alguém que pertencia.

— Sim — respondi —, sou da segunda série...

Antes que eu pudesse continuar, duas pessoas se aproximaram por trás da garota e começaram a puxá-la para longe, rindo e gritando. Era uma menina baixinha e alegre de cabelos ruivos e um cara grande e corpulento, com o cabelo na régua e olhos brilhantes. Os dois eram visivelmente amigos muito próximos dela.

— Vamos lá! — gritou a ruiva. — O Leo e o Samuel estão tomando na bundinha!

A garota com quem eu estava conversando ria enquanto tentava resistir aos puxões dos amigos.

— Peraí, gente, eu tô conversando com a...

Mas o cara do cabelo na régua a puxou, interrompendo-a.

— A gente já traz ela de volta! — gritou ele na minha direção, arrastando a garota para longe. — Ei, alguém aí viu o Ricky?!

Houve um grande alvoroço na sala à medida que todos começaram a se dirigir para a cozinha ao mesmo tempo e, de repente, eu era a única pessoa que restava ali. Por um momento, esqueci onde eu estava e, até olhar para as minhas mãos e ver a pomada, esqueci que havia me aventurado nessa festa maluca para pegar os primeiros socorros para o machucado do Ricky. Dei as costas para o mar revolto de gente que seguia rumo à cozinha e, me dei conta, já estava de volta do lado de fora, respirando ar puro, deixando meus nervos se acalmarem no silêncio.

Ricky ainda estava lá embaixo, em frente à garagem, esperando por mim.

— Tá tudo bem? — perguntou ele. — Ouvi uma barulheira vindo de dentro agora há pouco.

— As pessoas estão tomando na bundinha...? — falei. — O que quer que isso signifique.

— Tá falando sério? Que droga, eu falei pra eles que isso estava fora dos limites.

— Estão te procurando. Ouvi um cara perguntar se alguém sabia onde você estava. Aqui — disse, entregando a ele os suprimentos —, deixa eu acender uma luz.

Apontei a lanterna do meu celular para que ele pudesse limpar a mão e, enquanto o observava, a adrenalina inebriante que senti dentro da casa começou a esfriar e desaparecer. Me senti estranha, mas era um tipo bom de estranheza, como se eu tivesse me surpreendido da melhor maneira possível.

— Valeu — disse Ricky, amassando a embalagem do curativo. — Fico te devendo uma. Quer entrar mais um pouco?

Fui pega desprevenida pela pergunta. Parecia tão possível, claramente ao meu alcance... Quer dizer, eu não tinha acabado de entrar lá? Não havia conversado com alguém que não conhecia? Será que eu não poderia voltar, lado a lado ao anfitrião da festa, e sentir que pertencia àquele espaço?

Eu queria voltar. E, pela primeira vez, eu consegui *admitir* isso. Mas não queria exagerar. Não esta noite.

— É melhor eu ir embora — falei. — Talvez na próxima.

Ricky me olhou, como se parecesse estar tentando me entender.

— Tá certo — disse por fim. — Foi muito legal conhecer você, Codi. Talvez a gente possa sair juntos algum dia.

— Eu realmente adoraria — concordei.

— E obrigado por... hum... não contar a ninguém o que você viu.

Ele olhou para mim mais uma vez, sério e cauteloso. Então, se virou e desapareceu na casa, e eu permaneci ali, na entrada da garagem, com uma versão um pouquinho diferente de mim mesma.

— A garota era tão *gata*, Codi, você não faz *ideia*...

— Onde a gente tá? Vamos pedir um cheeseburger?

— Ela tinha uma boca linda, e seus olhos me atingiram diretamente na alma; não sei por que ela foi embora daquele jeito...

— Ou nachos! A gente devia comer nachos!

— Será que vocês dois podem CALAR A BOCA? — gritei, empurrando JaKory para o banco de trás.

Estávamos a uma curva da minha casa, e Maritza e JaKory estavam ainda mais bêbados do que quando os encontrei pela primeira vez na festa. Eu tentava dirigir com cuidado para não bater o carro de Maritza, mas os dois estavam gritando no meu ouvido desde o momento em que me encontraram do lado de fora.

— Chegamos — anunciei, desligando os faróis do carro de Maritza enquanto encostava em frente à minha casa. — Agora me escutem. — Eu me virei para encará-los. — Vocês dois estão *muito* bêbados e fazendo *muito* barulho, e meus pais vão ficar *muito* zangados se pegarem a gente entrando de fininho uma hora dessas. Então, é o seguinte: vocês vão me seguir até o porão sem abrir a boca, entenderam?

JaKory deu uma risadinha no banco de trás. Maritza suspirou dramaticamente e disse:

— Mas você ainda não entendeu o quanto aquela garota era gata.

— Maritza, eu entendi, e sinto muito que você não tenha beijado ela, mas tá na hora da gente ir dormir.

— Você vai fazer nachos pra gente? — perguntou JaKory.

Suspirei. Alguns dias atrás, ver Maritza e JaKory bêbados daquele jeito teria sido hilário. Mas agora, depois da conversa que tivemos à beira do rio e depois da noite inesperada que tive sem eles, tudo o que eu queria era ficar sozinha com meus pensamentos.

Consegui guiá-los pela entrada com bastante facilidade; JaKory só tropeçou duas vezes. Quando finalmente entramos no porão, peguei água para nós três, um saco de pretzels e, no armário, cobertores e travesseiros extras.

JaKory se enfiou em um saco de dormir no chão, enquanto eu e Maritza nos recolhemos nos sofás. Por um tempo, ficamos apenas comendo pretzels e bebendo água, sem conversar. Depois, Maritza passou a mão no próprio rosto e disse:

— Foi muito divertido, Codi. Você devia ter chegado mais cedo.

Não respondi. Esse era o momento em que eu normalmente teria contado a eles sobre Ricky, o garoto autêntico e tridimensional que cruzou o meu caminho esta noite, e sobre o momento em que decidi entrar na festa apesar do meu medo persistente. Mas, deitada ali na escuridão, qualquer desejo de compartilhar minha experiência se evaporou no ar. Esta noite, eu havia provado que podia ser maior do que eles acreditavam. Que eu podia ser corajosa, destemida e, talvez, até um pouco Adolescente de verdade. E, por enquanto, a única pessoa que precisava saber disso era eu.

— Não quero que você perca as oportunidades — continuou Maritza, olhando para mim em meio à sua névoa de embriaguez. — Você precisa ter experiências, sabe?

— Experiências. — A voz de JaKory ecoou do chão. Seus olhos estavam fechados e ele respirava pela boca.

Eu me levantei, apaguei a luz que faltava e me enrosquei ainda mais no cobertor de lã. Três minutos depois, meus dois amigos já estavam roncando. Eu estava acostumada à típica respiração noturnas deles, mas não conseguia pegar no sono, não conseguia desligar a mente.

Pela primeira vez, deixei meus amigos no porão e fui dormir na minha cama.

CAPÍTULO CINCO

Eu tinha que trabalhar às nove horas da manhã seguinte, o que significava ter que acordar Maritza e JaKory bem antes de eles terem dormido o suficiente para curar a ressaca. Estavam grogues e lentos, e JaKory não parava de falar sobre o quanto queria comer batatas fritas. Levei os dois para fora usando a entrada do porão para que minha família não visse a ressaca óbvia em suas caras.

— Parece que tem um elefante na minha cabeça — disse Maritza, apoiando-se na porta do carro.

— Dois elefantes. — JaKory se queixou, esfregando os olhos.

— Sim, e não deu em nada — resmungou Maritza. Ela olhou para mim por baixo do cabelo bagunçado. — Mas você fez falta, Codi-kid.

Ela falou com sinceridade, parecia até ter se esquecido da nossa discussão inflamada do dia anterior. Maritza sempre foi boa em relevar os defeitos da nossa relação. Normalmente eu apreciava isso, mas algo em mim havia mudado dessa vez.

— É, vocês disseram isso ontem à noite — falei de forma ríspida.

Maritza me encarou. Claramente ela percebeu que eu ainda não tinha superado a nossa discussão.

— Ué, é verdade, a gente realmente sentiu sua falta.

Um silêncio pairou sobre nós. Eu não quis responder. Os olhos de JaKory se suavizaram. Ele se aproximou e me envolveu em um abraço.

— Vê se perdoa a gente, tá bom? Era a hora de tentar algo novo. Obviamente, não deu certo, mas pelo menos tentamos.

Retribuí o abraço sem muita vontade e me afastei do carro.

— É melhor vocês irem, se não vou me atrasar pro trabalho.

Maritza estava com uma cara de quem queria insistir no assunto, mas, pela primeira vez, ela deixou passar.

— E eu vou me atrasar para o compromisso com o meu café em quinze minutos depois de acordar — falou. — Vamos, JaKory.

— Eca — disse JaKory, acomodando-se no banco do passageiro —, não consigo suportar a ideia de tomar um café escaldante agora.

— Então vamos tomar café gelado, gênio — debochou Maritza, fechando a porta.

Observei enquanto eles se afastavam do meio-fio, ainda discutindo, e, ao caminhar pela entrada da garagem até meu carro, não pude evitar a sensação de alívio por eles terem ido embora.

Eu trabalhava em uma loja de varejo chamada Bodes&Bolsas. Era uma pequena butique em um centro comercial cuja clientela predominante era formada por famílias suburbanas e no qual os gerentes decoravam os postes de luz com banners do tipo "O VERÃO CHEGOU!". Na Bodes&Bolsas, vendíamos carteiras, bolsas estampadas e basicamente qualquer coisa com temática animal. Não sei direito quem teve a ideia genial de combinar essas duas coisas, mas muitas mulheres da região pareciam adorar. Elas vinham comprar toalhas de mão com bordados de jacarés, saleiros e pimenteiros em formato de coelhinhos e até protetores labiais com corujas no rótulo. Uma senhora vinha toda semana perguntar se já havíamos colocado as *garras* em algum item com gazelas.

Meu cargo oficial era "Assistente de vendas", mas não sei se é um nome muito adequado, já que eu não falava com os clientes enquanto pudesse evitar. "Esquisita que fica no fundo da loja e se irrita quando os clientes pedem ajuda" talvez fosse um título melhor. Acho que a única razão pela qual me mantinham por perto era porque eu sabia trabalhar na caixa registradora e nunca reclamava quando me pediam para pegar algum turno extra.

Aquele sábado dava início ao fim de semana do Memorial Day e, por isso, estávamos esperando um grande volume de vendas. Minha gerente, Tammy, me fez segui-la pela loja assim que abrimos. Ela queria me instruir, mais uma vez, sobre como abordar os clientes com uma atitude "espirituosa".

— Sorria mais, Codi, mais — disse ela, apontando para os cantos da própria boca. — Você não pode parecer que está indo ao dentista.

Tammy podia ser condescendente às vezes, mas eu sabia que ela estava grata por eu ter aceitado fazer hora extra naquele fim de semana. Dois dos outros vendedores, que eram estudantes de faculdade, haviam cancelado de última hora para passar o feriadão com os amigos no lago.

— Graças a Deus podemos contar com você — disse Tammy, alisando o adesivo de zebra em meu crachá. — Você não é como esses jovens que só querem saber de festejar com os amigos e ignoram as responsabilidades.

Não respondi. Um grupo de adolescentes da minha idade se aglomerava em frente à vitrine da loja, passando um cigarro entre eles. Todos gargalhavam e empurravam os ombros uns dos outros, obviamente curtindo uma piada interna.

Tammy acompanhou minha linha de visão e seu rosto endureceu imediatamente.

— Aaah, esses delinquentes — sibilou a gerente, caminhando em direção à porta. —Vem, Codi.

— Ah, não, eu vou só...

— Você precisa aprender a lidar com esse tipo de situação — disse ela, me puxando pelo braço.

Saímos pela porta. Eles olharam para nós, mas não se deram ao trabalho de esconder o cigarro.

— Vocês estão tumultuando — repreendeu Tammy, com as mãos nos quadris —, e preciso que saiam antes que eu chame os seguranças.

Um deles riu na cara dela. Eu o reconheci, era aluno da minha escola, talvez do primeiro ano.

— A gente só tá tomando café da manhã — disse ele, bagunçando o próprio cabelo.

— Aaah, e nicotina é café da manhã agora? — A voz de Tammy soou irônica e estridente.

— A gente mantém uma dieta balanceada, senhora — respondeu uma das garotas, com um sorriso presunçoso.

— Tem uma porção de bancos naquela direção — disse Tammy, apontando de forma incisiva. — Por que vocês não dão uma voltinha e vão tomar um belo de um café da manhã *sentados*?

Obviamente ela achou que aquela era uma frase impactante, que encerrava a discussão. Os garotos, por sua vez, só deram risada e se afastaram da vitrine. Enquanto se distanciavam, lançaram olhares na minha direção e eu desviei o rosto, tentando ficar invisível.

— Malditos delinquentes — repetiu Tammy quando voltamos para dentro da loja. — Vou te falar uma coisa, não sinto falta dessa fase da vida. De jeito nenhum. Eu costumava acordar com uma ressaca infernal, esparramada no chão do quarto da minha amiga, achando que eu era muito maneira. Tá vendo esse monstrinho?

Ela arregaçou a manga da camisa e me mostrou uma tatuagem desbotada em seu antebraço.

— É uma larva de tequila mexicana — explicou ela. — É isso que acontece quando você apronta nessa idade.

— Eu meio que gostei — comentei, com as bochechas ainda coradas.

— Ah, bem... — disse ela, com um olhar distante. — Faz parte, eu acho, todo mundo é jovem um dia.

Eu não conseguia acreditar. Até a *Tammy*, com seus adesivos de animais e suéteres de cabra, já foi mais legal e extrovertida do que eu.

Me senti ansiosa até o final do expediente. Quando terminou, uma hora da tarde, dirigi de volta para o meu bairro até chegar ao sinal de parada obrigatória em frente ao clube, onde fiquei por um bom tempo com o carro em ponto morto, até ouvir uma buzina atrás de mim.

Minha casa ficava à direita. Por impulso, virei à esquerda.

A casa de Ricky era diferente à luz do dia. Não havia uma fila de carros à frente nem música reverberando pelos arredores. Parecia até menor, talvez porque não houvesse dezenas de adolescentes lá dentro.

Eu não sabia ao certo o que estava fazendo ali. Era provável que Ricky nem estivesse em casa; talvez estivesse com os amigos, ou com aquele garoto. E mesmo que de fato estivesse em casa, ainda havia a grande possibilidade de ele só ter sugerido que deveríamos sair juntos um dia por pura educação.

Ainda assim, algo dentro de mim queria estar lá. Eu me lembrava do impulso corajoso e selvagem que senti ao entrar naquela casa ontem à noite, e queria aquela sensação de volta.

Me aproximei da porta da frente, hesitante. Na noite anterior, eu tinha passado por ela com pressa, ávida para atravessar a multidão de pessoas. Hoje, eu teria de tocar a campainha e esperar que Ricky me encontrasse ali, com as axilas suadas e o short cáqui de trabalho grudado nas coxas.

Apertei a campainha. Uma nota musical abafada ressoou dentro da casa e, depois de alguns segundos, Ricky abriu a porta.

— Codi — disse ele, surpreso. Parecia cansado e sonolento, como se não tivesse dormido muito.

— Oi — falei casualmente. — Como tá sua mão?

Ele pareceu ter sido pego desprevenido pela pergunta ou talvez por eu estar ali.

— Ah. Tá tudo bem — falou, mostrando os curativos novos. — Acho que foi bom eu ter passado antibiótico logo de cara. Obrigado mesmo.

— Não foi nada.

Ele assentiu e eu também, e então não tive ideia do que dizer em seguida.

— Hum… E você e seus amigos chegaram bem em casa? — perguntou ele.

— Ah, sim. Eles estavam bem bêbados, mas foi um trajeto rápido, só dois minutos até a parte de trás do bairro.

Ele me olhava com curiosidade, exatamente como na noite passada, como se ainda não tivesse certeza do que pensar de mim.

— Então… você veio aqui me ver? — perguntou ele.

— Bem, sim… Hum… Eu pensei que talvez você precisasse de ajuda para limpar. Tinha muita gente aqui e deve ser chato ter que arrumar tudo sozinho…

Ricky me observou mais uma vez. Sua expressão tinha um quê de cautela. Mas, alguns segundos depois, ele abriu a porta por completo e disse:

— Você sabe como limpar uma casa sem deixar que ela fique estranhamente perfeita, certo?

Ele chegou para o lado e me deixou entrar.

Limpar os vestígios daquela festa foi como estar em uma escavação arqueológica. Cada pocinha de algum líquido suspeito, mancha e cerveja pela metade contava uma história sobre as pessoas que estiveram ali na noite passada. Ricky tinha uma resposta para tudo o que eu encontrava. A pizza com balas azedas, comida pela metade, era obra de Julie Nguyen, cujas criações culinárias ficavam mais bizarras a cada festa; a capa preta e barata pertencia a um cara que eu conhecia da aula de literatura, Daniel Parrilla, também conhecido como "Mágico Dan", apelido que ele recebeu porque gostava de fazer truques de mágica sempre que ficava bêbado ("O garoto é um farsante", comentou Ricky); a calcinha fio-dental verde brilhante que encontrei em um vaso de plantas provavelmente era de Aliza Saylor, que, pelo visto, não aguentava usar roupas íntimas depois de três copos de margarita.

— E aí ela simplesmente começa a tirar a roupa? — perguntei a Ricky, enquanto usava um papel-toalha para pegar a calcinha antes de jogá-la em um saco de lixo.

Ele riu, seus olhos fixos em mim.

— Você parece horrorizada.

— Quer dizer, é um pouco...

— Esquisito — completou ele, assentindo. — Pois é, as amigas dela sempre brincam dizendo que fazem parte da "Patrulha Calcinha".

Olhei de novo para a calcinha fio-dental, sentindo um calor subir pela minha nuca.

— Imaginei que alguém tivesse perdido depois de, tipo, transar por aqui.

— Num canto da sala de estar da minha família? — Ele riu de um jeito descontraído, como se achasse que eu estava tentando ser engraçada. — Que nada. Tenho quase certeza de que a pegação tava rolando na lavanderia, porque meu amigo Leo ficou lá a noite toda. Ele sempre chega cedo nas festas, encontra o local mais provável das pessoas quererem transar e fica lá de segurança, cobrando dez dólares de quem aparecer depois querendo usar o espaço.

— Tá brincando.

— É o que banca a maconha dele. O Leo é um homem de negócios.

Enquanto o escutava, eu sentia que tudo aquilo era muito distante do meu mundo, mas Ricky não parecia estar me julgando. Ele pôs os maiores hits de James Brown para tocar enquanto limpávamos o piso da cozinha e cantou intensamente, dançando com as mãos e os joelhos no chão. Em dado momento, ele fisgou meu olhar e me desafiou a dançar junto, mas eu só consegui rir e esfregar o chão com mais força.

— Você precisa descontrair — afirmou ele, erguendo o corpo para se sentar sobre os calcanhares. — Nem James Brown te anima? Quer que eu coloque Enya ou algo assim?

— Muito engraçado.

— Vai, se solta um pouco.

Senti minhas bochechas corando e balancei a cabeça, enquanto voltava a esfregar o chão. Ricky ficou perplexo, mas não disse mais nada. Ele aumentou o volume da música e começou a limpar algum respingo nas banquetas da cozinha.

Trabalhamos sem conversar por um tempo, até que encontrei uma coleção de tampinhas de cerveja sobre um dos balcões.

— Devemos jogar isso fora? — perguntei.

Ricky fez uma pausa.

— Ah... sim — respondeu com o olhar fixo nas tampinhas. — Provavelmente eram do Tucker... Sabe, o cara com quem você me viu. Ele sempre faz isso.

Ricky jogou as tampinhas no saco de lixo que estava segurando. Tive a impressão de que ele as teria guardado se eu não estivesse lá.

— Estou com fome — disse ele, sem olhar para mim. — Você quer almoçar?

Eu me acomodei em um banco próximo ao balcão, agora limpo, e fiquei apoiada sobre os cotovelos enquanto Ricky fazia misto-quente de frigideira para nós. Ele virava os sanduíches mais do que o necessário e ficava batendo o cabo da espátula no balcão, como se estivesse se comunicando em código Morse. Percebi que ele estava agitado, mas não sabia o porquê.

— Eu nunca coloco presunto — falei, tentando retomar o ritmo da conversa. —Só faço queijo-quente.

— Você tá perdendo.

— Meu melhor amigo não come queijo-quente de jeito nenhum. Ele diz que é nojento.

— Ahm... — balbuciou Ricky, como se não estivesse realmente me ouvindo. — Me lembra de nunca dar rolê com ele.

— Pois é — Fiz uma pausa. — Mas ele é gay também.

Ricky se mexeu de um jeito estranho. Esperei que dissesse alguma coisa, mas ele ficou quieto.

— Foi ele que eu vim buscar ontem à noite — continuei. — Ele e minha outra melhor amiga, que é bi. Você não chegou a conhecer eles, né? Maritza Vargas e JaKory Green?

Ricky separou nossos sanduíches em pratos de cerâmica padronizados, ainda sem olhar para mim.

— Não, acho que não conheci.

—Ah. Bom, eles disseram que se divertiram muito. — Eu hesitei. — Você... Você sempre se encontra com aquele garoto... o Tucker... em festas?

Ricky estava prestes a me passar um prato, mas parou no meio do ar. Ele me encarou, seu olhar era sério e cauteloso.

— Codi, você acha que eu preciso da sua ajuda ou algo assim?

Eu o encarei de volta, completamente desconcertada com o tom sério de sua voz.

— O quê?

— Você acha que eu sou, tipo, um garoto no armário que precisa de alguém para conversar? Foi por isso que veio até aqui?

— Não?

— Porque não tem problema você saber sobre mim e o Tucker, mas eu não *preciso* que alguém saiba. Não é nada de mais. Não é uma coisa séria. Eu não estou preocupado com isso. Eu tô tranquilo.

Senti o calor subindo pelo meu rosto. Foi exatamente como na noite passada, com a garota que estava tentando tirar a foto: de alguma forma, eu havia dito a coisa errada.

— Eu não estou... — comecei a me explicar, tentando encontrar as palavras certas. — Não, eu não vim por isso.

Ele me encarou mais uma vez.

— Por que você veio até aqui?

O jeito que ele perguntou foi áspero e fez com que eu me sentisse tão estúpida e pequena que tudo o que eu mais queria era enfiar minha cabeça em um buraco de tanta vergonha. Por que eu fui tão idiota a ponto de ter vindo aqui? Que presunção, que burrice achar que esse garoto gostaria de me convidar para o mundo dele. Fiquei com vontade de sair correndo daquela casa e nunca mais voltar.

Mas então me lembrei, com um aperto no estômago, da acusação que Maritza havia feito na beira do rio:

Você sempre teve medo de se expor, mesmo quando quer muito alguma coisa.

Tentei me estabilizar. Não importava o que acontecesse, eu não ia perder essa chance de fazer um novo amigo só porque era covarde demais para me expor.

— Não estou tentando te ajudar nem nada do tipo — falei devagar. — Na verdade, eu nunca beijei ninguém, também nunca namorei nem tive um encontro, então como é que eu poderia ajudar alguém com esse tipo de problema? Meus amigos quiseram vir à sua festa pra conhecer gente nova, e eu não queria vir, só que depois... Olha, eu nem sei como fazer isso, tá bom? Não saio com ninguém além da Maritza e do JaKory, mas ontem à noite eu conheci você e... e senti que seria legal te conhecer melhor. E isso não me acontece há muito tempo. É só isso, tá bom? Foi por isso que eu vim aqui.

Silêncio. Nenhum de nós havia tocado nos sanduíches. Eu queria desviar o olhar, desejei estar em qualquer lugar que não fosse aqui, nessa posição vulnerável, mas me forcei a sustentar o olhar dele.

— É melhor eu ir embora? — perguntei.

Ricky continuou me encarando. A música preenchendo o silêncio entre nós.

Por impulso, peguei o celular dele e aumentei o volume da música. "I Got You", de James Brown, ecoou pela cozinha, e eu comecei a dançar de repente. Fiz o máximo de passos que consegui me lembrar da época em que meus amigos e eu ensaiávamos coreografias para as músicas da Céline Dion, mas, na maior parte do tempo, eu estava apenas improvisando e me permitindo ser completamente ridícula. Peguei até a capa do Mágico Dan sobre a mesa e a girei como se fosse um parceiro de dança.

No começo, Ricky parecia envergonhado por mim, e eu quase parei. Mas então ele começou a rir.

— Muito bom — disse ele, balançando a cabeça para baixo e para cima. — Muito bom.

Quando me dei conta, ele estava dançando comigo. Seus movimentos eram harmoniosos no início, mas logo ele se deixou levar pela minha energia, entregando-se ao ridículo. Dançamos até o final da música e, quando James Brown soltou aquele último "Hey!", eu fiz uma pirueta maluca e caí deitada no chão, enquanto as notas finais ecoavam nos meus ouvidos.

Ricky apertou o botão de pausa assim que a próxima faixa começou. Ele me olhou com um sorriso radiante.

— Tá certo — falou, como se tivesse, enfim, tomado uma decisão a meu respeito. — Eu não esperava por isso.

Eu sorri.

Ricky ficou me observando por um instante e, então, um sorriso malicioso tomou conta de seu rosto.

— Vem comigo até o deque. Vou te mostrar uma coisa.

A área onde ficava o deque estava clara e escaldante em comparação ao frescor do interior da casa. Fiquei perto da porta telada enquanto Ricky abria caminho em meio às latinhas de cerveja espalhadas pelo chão. Ele tinha um ar travesso, e eu não pude deixar de responder àquilo com um sorriso.

— Ontem você disse que não sabia o que era tomar na bundinha — começou Ricky, com um olhar sugestivo. Ele foi até uma caixa com latas de cerveja e pegou duas. — Vamos corrigir isso.

Ele estava sorrindo muito, como se gostasse de ser uma péssima influência e soubesse que isso era exatamente o que eu precisava.

Uma onda de nervosismo tomou conta de mim.

— Nesse instante?

— Você tem alguma coisa melhor para fazer?

Esfreguei meu pescoço.

— Bom... eu *queria* muito comer aquele sanduíche...

Ele revirou os olhos.

— Vem cá.

Fui até onde ele estava e parei ao seu lado. Ricky me estendeu uma cerveja e eu hesitei.

— Isso vai me deixar bêbada?

— Um pouquinho alta, talvez, mas bêbada não. Você teria que tomar algumas latinhas para ficar realmente bêbada.

Eu não conseguia me decidir. Nunca tinha bebido uma cerveja antes, mas também nunca tinha tido *vontade* de tomar uma antes, e aquele parecia um lugar seguro para experimentar pela primeira vez.

— Não vou deixar nada acontecer com você — assegurou. — E é claro que você só deve tomar se quiser, mas, só pra constar, acho que você vai se divertir.

Assenti e peguei a lata que ele me ofereceu.

— A cerveja tá quente — disse Ricky —, então o gosto vai ser nojento, mas isso pouco importa quando você tá entornando uma latinha.

— Vamos entornar?

— Sim, vamos entornar.

Ele tirou as chaves do carro do bolso e explicou o que iríamos fazer. Escutei com bastante atenção, tentando me certificar de que estava entendendo direito.

— Cara — disse ele, dando um empurrãozinho no meu ombro. — Respira. Não é um bicho de sete cabeças.

— Tá — falei, tentando me tranquilizar.

— Pronta?

Assenti com a cabeça e virei minha cerveja na horizontal. Ricky usou uma faca para abrir um buraco na lateral do fundo da lata, depois fez o mesmo na dele, e nós as aproximamos da boca como se estivéssemos prestes a comer milho na espiga.

— Um, dois, três... e... abre a tampa! — gritou Ricky.

Abri a lata e comecei a beber pelo buraco no fundo, jogando a cabeça para trás com vontade. A cerveja era quente e tinha um gosto sutil de alumínio, mas eu engoli o mais rápido que pude, ignorando as gotas que escorriam pelo meu pescoço e pela camiseta.

— ISSO! — gritou Ricky, com o rosto e a camiseta intactos.

— Você tá com tudo! Continua!

Bebi até o final e deixei a lata cair no deque. Eu me inclinei para frente, com as mãos apoiadas nos joelhos, e limpei a boca como os garotos costumam fazer. Ricky gritou de alegria e me puxou para um abraço.

— Isso — disse ele, com os braços ao meu redor — foi do caralho.

Beber cerveja acabou deixando meu estômago inchado e estufado, como se eu tivesse bebido refrigerante, mas com um efeito colateral a mais.

— Então é assim que as pessoas se sentem quando estão bêbadas. — Eu ri enquanto usava a mangueira para lavar as manchas de cerveja no deque.

— Você não está bêbada — disse Ricky, comendo seu sanduíche. — *Talvez* um pouco alta.

— De qualquer forma, a sensação é boa. Agora entendo por que aquela garota quer tirar a calcinha o tempo todo.

— Por favor, não faça isso.

Dei uma risada.

— Vou poupar você.

Ricky tinha razão ao dizer que o gosto da cerveja seria um tanto nojento, mas eu estava gostando do efeito mesmo assim. Era como se eu pudesse rir com mais facilidade, sem me sentir aprisionada na minha cabeça.

— Faltou limpar ali — falou Ricky, apontando para um canto do deque.

Virei a mangueira na direção dele, jogando água em suas pernas e pés descalços, e gargalhei quando ele se assustou e acabou deixando o sanduíche cair.

— Vou comer assim mesmo — declarou, pegando o lanche encharcado e colocando-o na boca. — Agora, chega aqui, precisamos dar um jeito nessas manchas de cerveja na sua camiseta.

Ele arrancou a mangueira das minhas mãos e mirou diretamente no meu torso, encharcando minha camiseta de trabalho. Eu gritei e, em um impulso, recuperei a mangueira, molhando a camiseta e o short dele.

Corremos pelo deque, perseguindo um ao outro, até que ambos estivéssemos encharcados dos pés à cabeça.

— Merda — resmunguei, tirando o tênis e estirando meus pés descalços à luz do sol. — E agora? Temos mais coisas para limpar?

— Que se dane a faxina — disse Ricky. — Vamos dar uma volta.

Ricky me emprestou uma camisa tamanho XGG para que eu pudesse disfarçar meu short úmido. Estendemos toalhas grossas nos assentos da caminhonete dele e entramos descalços. O interior tinha cheiro de *garoto*, uma mistura de perfume com suor de chuteiras de futebol, e havia vestígios de Ricky por toda parte: uma escova de cabelos no porta-copos, uma tirinha de fotos típica de cabine no compartimento lateral e uma borla de capelo de formatura pendurada no espelho retrovisor.

Dirigimos até uma lanchonete, onde Ricky pediu frango empanado, *tater tots*, ou os famigerados bolinhos de batata, e sorvete Snickers. Na caminhonete, com os vidros abertos, devoramos a comida quente e degustamos o sorvete com cuidado para evitar um congelamento cerebral. Ricky colocou "Feeling Good", de Nina Simone, para tocar e cantou junto, a plenos pulmões, enquanto se vangloriava de como havia despertado o interesse dos outros jogadores do time pela música dela. Em seguida, ele continuou dirigindo sem rumo, simplesmente fazendo curvas sempre que lhe dava vontade.

Depois de um tempo, fomos parar às margens do rio. Ricky estacionou a caminhonete de frente para a água e apoiamos os pés no painel, raspando os últimos resquícios do sorvete no fundo dos copos.

— Então, o que você, Maritza e JaKory fazem quando saem juntos? — perguntou Ricky. — Algo parecido com isso?

Eu compartilhei com ele. Falei sobre nossos filmes, a piscina, nossas festas do pijama que acontecem todo Halloween, sobre como Maritza não conseguia assistir a um filme de Harry Potter sem ter uma crise de riso ao ver os centauros e sobre o fato de JaKory ter escrito um poema para cada pessoa da minha família. Eu observava sua expressão constantemente, receosa de que ele pudesse ficar entediado, mas o tempo todo Ricky manteve um olhar atento que me fazia sentir que ele realmente se importava com o que eu dizia.

Quando já havia falado o bastante, perguntei de volta:

— E os seus amigos? O que você mais gosta neles?

Ele olhou para o rio. Deve ter se passado um minuto inteiro, mas ele não parecia pressionado a dar uma resposta imediata. Por fim, ele começou a balançar a cabeça, como um gesto para si mesmo, e disse:

— Sinto que a gente poderia ter se conhecido no jardim de infância.

— Como assim?

— Eu conheci a maioria dos meus amigos no ensino médio, mas sinto que poderia ter conhecido cada um deles no parquinho do jardim de infância... As coisas fluem de um jeito natural e fácil, sem nenhum atrito. Lembra como era fácil fazer amigos naquela idade?

Fiquei maturando o que ele disse; parecia algo de que eu havia me esquecido há muito tempo, mas compreendi o que ele quis dizer. Me perguntei se Maritza e JaKory sentiam isso em relação a mim e, principalmente, se eu sentia o mesmo em relação a eles.

Voltamos para a casa dele na hora do jantar. Troquei a camisa de Ricky pela minha camiseta, que já estava seca depois de ficar exposta ao sol. Ele me acompanhou até o meu carro e me abraçou como se fôssemos amigos há muito tempo.

— Me manda mensagem pra gente combinar de se ver de novo — disse ele.

— Pode deixar — respondi, e falei sério.

CAPÍTULO SEIS

O verão ficou a todo vapor depois do Memorial Day. Os dias estavam mais ensolarados e escaldantes; minhas coxas queimavam toda vez que eu me sentava no banco do meu carro. Meu pai ia para o escritório usando camisetas polo de algodão e minha mãe caminhava descalça até a caixa de correio quando chegava do trabalho. A piscina do bairro ficou movimentada, sempre sediando alguma confraternização ou festa de aniversário, e a Bodes&Bolsas estava o tempo todo lotada de mães carregando suas crianças por todo lado. Eu trabalhava quase todos os dias, esfregando os braços para me aquecer no ar-condicionado gelado da loja e suando imediatamente ao sair para o estacionamento quando o expediente chegava ao fim.

Eu, Maritza e JaKory costumávamos nos ver quase todos os dias durante o verão, mas este ano, com meu trabalho na Bodes&Bolsas e o de Maritza no acampamento de dança, estávamos nos vendo pouco. Parte de mim ficava triste — quase nostálgica — com isso, mas outra parte não se importava em ter um pouco de espaço, especialmente depois daquele dia à beira do rio. JaKory, no entanto, não tinha ideia do que fazer por conta própria. Ao contrário de mim e de Maritza, ele não tinha arrumado um emprego de verão, tampouco havia tirado a carteira de motorista — e digamos apenas que o transporte público nos subúrbios não era dos melhores. Ele estava tão entediado sem os nossos encontros habituais na piscina do bairro que começou a nos enviar mensagens que eram, basicamente, um monólogo interminável de seus pensamentos ao longo do dia.

JaKory Green: Decidi que vou fazer uma curadoria e montar a minha lista de livros para o verão, com direito a romances clássicos e aos lançamentos mais recentes. E assim que a escola perceber que a minha lista é muito melhor do que aquela compilação deplorável deles, vão me pedir para vendê-la ao distrito. Isso vai ocupar minha mente enquanto vocês duas estão "trabalhando" (lê-se: traindo a nossa mocidade).
Maritza Vargas: Se você fosse só um pouco mais dramático, conseguiria o próprio reality na Bravo.

Meu irmão passou os primeiros dias de junho em um acampamento de basquete para alunos do fundamental. Meus pais o levavam de manhã antes do trabalho, mas eu fiquei encarregada de ir buscá-lo à tarde. Todos os dias, eu esperava do lado de fora do ginásio até que Grant entrasse no carro fedendo a suor, e então passávamos os dez minutos de trajeto para casa conversando apenas sobre o que nossa família comeria no jantar. Às vezes, havia um momento de silêncio em que eu queria dizer algo interessante ou engraçado, qualquer coisa que o fizesse olhar para mim do mesmo modo que olhava quando era mais novo, mas eu nunca conseguia reunir coragem para tomar a iniciativa.

Em pouquíssimo tempo, minha amizade com Ricky se tornou a coisa mais interessante acontecendo na minha vida. Demos mais voltas de carro, às vezes para comprar milkshakes, outras vezes só para conversar. Ele me contou mais sobre sua família, seu desempenho no futebol e até mesmo sobre os pesadelos que tinha de vez em quando; eu lhe contei sobre minha arte, meu irmão e o medo que sentia ao falar com qualquer pessoa que eu não conhecesse. Quando conseguiu dois ingressos para assistir ao jogo do Braves — cortesia de seu emprego de meio período na empresa de vendas de software do pai —, ele me chamou para acompanhá-lo, e lá comemos cachorro-quente e nachos com os pés apoiados nos assentos vazios à nossa frente.

Parte de mim desejava contar a Maritza e JaKory sobre Ricky, mas havia outra parte, uma maior, que preferiu guardar segredo. Por um lado, Ricky tinha me pedido para não contar a ninguém sobre ele e Tucker, e eu não fazia ideia de como poderia explicar o fato de tê-lo conhecido sem tocar no assunto. Mas havia um motivo mais profundo, sobre o qual eu não me permitia ficar pensando. Algo sobre estar com Ricky me fazia sentir como uma versão nova e melhor de mim mesma, e eu não estava pronta para compartilhar essa versão com mais ninguém, nem mesmo — talvez especialmente — com meus dois melhores amigos.

Na primeira quinta-feira de junho, depois que Maritza e eu saímos do trabalho, nós buscamos JaKory e fomos para um parque às margens do Chattahoochee, a vários quilômetros da cafeteria. O dia estava ensolarado e o céu, límpido, totalmente sem nuvens.

Nós nos misturamos às pessoas que caminhavam pela trilha do parque e seguimos caminho, com Maritza afastando JaKory dos atletas que tentavam abrir passagem em suas corridas. Após um longo trecho, a trilha se tornou mais densa, envolta por árvores, e Maritza descobriu um caminho estreito de terra que levava até o rio. Uma imponente rocha escarpada se erguia sobre a água, nos oferecendo o lugar perfeito para nos acomodarmos. Ficamos ali, balançando as pernas e assistindo aos caiaqueiros deslizando suavemente pela correnteza.

— A gente devia aprender a andar de caiaque — disse Maritza, olhando para frente. — Parece uma daquelas coisas que você faz para se sentir vivo.

— De jeito nenhum — discordou JaKory, esticando suas pernas esguias. — Fico assustado com o fato de que você tem que esconder metade do seu corpo nesse barquinho.

— Você é um esquisitão.

— Eu tenho ansiedade.

— Diante de coisas estranhas.

Era um dia agradável, com uma brisa suave emanando da água. Me inclinei para trás, apoiando as mãos sobre a pedra quente. JaKory parecia tão satisfeito quanto eu, com o queixo inclinado para o céu e a luz do sol dançando sobre sua pele. Maritza, no entanto, parecia inquieta e agitada. Ela não parava de bater um graveto no próprio joelho.

— Estou pensando em garotas — anunciou ela.

— Desnecessário — disse JaKory, com os olhos ainda fechados.

— Você *não* está pensando em garotos?

— Não, eu estava pensando em acidentes de caiaque.

— Você é meio perturbado — disse Maritza com naturalidade. Ela se virou para nos analisar melhor, protegendo os olhos com a mão. — Então, qual vai ser o nosso próximo passo para conhecer pessoas? Acho que podemos dar uma olhada neste parque.

Bufei sem querer.

— O quê? — questionou ela.

— Você quer conhecer alguém *aqui*? São duas horas da tarde de uma quinta-feira. As pessoas aqui ou estão aposentadas, ou são pais e mães de família.

— Não, eu vi um monte de gatas.

— Tá bem, mas então elas provavelmente estão na faculdade.

— E daí? Eu poderia sair com alguém que tá na faculdade.

— Não, não, nem a pau — disse JaKory, balançando a cabeça. — Eu nunca poderia sair com alguém tão experiente. Deve ser angustiante.

— JaKory, *lógico* que poderia — afirmou Maritza. — Você é bonito e inteligente e... bem, *às vezes* você é engraçado.

— Cala a boca.

— Não dá pra forçar uma coisa que deveria ser orgânica — opinei. — É simplesmente bizarro dar em cima de alguém no parque.

— É só a gente não agir de forma *bizarra* — argumentou Maritza, mas não parecia muito confiante. — Vamos tentar fazer amizade primeiro. Como é que a gente vai conhecer alguém se não tentar?

JaKory e eu resmungamos e reclamamos, mas, como sempre, Maritza levou a melhor. Caminhamos pelo parque por meia hora, lançando olhares estranhos para qualquer um que passasse por nós. E, no geral, eu estava certa: quase todas as pessoas ali pareciam estar aposentadas ou ser pais e mães de primeira viagem. Vimos um garoto que possivelmente tinha mais ou menos a nossa idade, mas JaKory se recusou a ir até ele, para grande irritação de Maritza.

— Minha salvação — disse JaKory quando chegamos a um *food truck* de tacos. Ele se virou para Maritza. — Vamos aceitar que esse experimento em particular falhou e que é hora de comer para esquecer.

— Tá — suspirou Maritza. — Eu devia saber que era uma ideia estúpida. Devo estar fazendo alguma coisa errada...

Ela se arrastava, perdida nos próprios pensamentos; eu dei um tapinha em suas costas e a guiei em direção ao *food truck*. Entramos na fila atrás de um bando de pessoas que esticavam o pescoço para ler o cardápio. JaKory apoiou as mãos sobre meus ombros e começou a cantarolar "Sriracha" em um tom baixinho.

Maritza, no entanto, ficou subitamente distraída com outra coisa.

— Cara, olha lá, ela é uma gata — sussurrou ela, me cutucando para que eu desse uma olhada na garota dentro do *food truck*.

De fato, ela era bonita: mais ou menos da nossa idade, com cabelos escuros e compridos sob um boné de beisebol verde-escuro. Maritza sorria para ela como uma abestalhada.

— Vamos falar com ela — sussurrou novamente.

Senti uma pontada de adrenalina no estômago, mas meu lado racional sabia qual seria o resultado.

— Vai você — falei. — Vou ficar só observando, tentando pegar umas dicas.

Sorri para mostrar que estava brincando, mas Maritza franziu a testa.

— Você vai me deixar fazer isso sozinha?

Ela ficou séria, como se eu estivesse realmente a abandonando.

— Qual é, Maritza. Eu não vou simplesmente flertar com alguém que não conheço.

— Mas esse é exatamente o objetivo desse exercício. De que outra forma a gente poderia conhecer essa garota?

— Mas ela provavelmente nem é... Tipo, olha pra ela. Ela parece ser hétero.

— Você tá estereotipando. — Maritza rebateu, cruzando os braços, mas havia um leve traço de dúvida em sua voz.

Chegamos à janela do trailer. A garota era ainda mais bonita de perto, e eu me esforcei para manter contato visual enquanto fazia meu pedido, sentindo os olhares de Maritza e JaKory sobre mim. JaKory pediu em seguida, com um ar superior e convencido, imune ao charme de uma garota atraente. Depois foi a vez de Maritza.

— Você gosta desse que vem com carne de porco? — perguntou Maritza à garota com uma voz estranha.

— Sim, é muito bom — respondeu a garota, com naturalidade.

— Legal. — Maritza hesitou. — Hum... você gosta do de carne assada?

— Aham, esse também é bom.

— Maravilha — disse Maritza, tentando um sorriso corajoso.

A garota sorriu de volta sem muito entusiasmo.

— Hum... e o vegetariano?

— Sim, ele... tem ótimos vegetais. — A garota tamborilou os dedos no balcão, esperando, já impaciente.

As bochechas de Maritza ficaram levemente rosadas.

— Vou querer um de frango desfiado mesmo — falou rápido, abaixando a cabeça para fingir estar ocupada ao procurar sua carteira.

JaKory e eu permanecemos em silêncio enquanto caminhávamos até uma mesa de piquenique. Maritza parecia envergonhada e comemos nossos tacos com uma energia murcha. JaKory tentava melhorar o clima elogiando exageradamente cada detalhe de seu prato.

— Nossa, essa alface está *fresca* — disse ele. — Tão verde, tão *verdejante*...

Maritza engoliu em seco e olhou de novo para o *food truck*. A fila havia diminuído e a garota bonita ainda estava na janela.

— Vou tentar de novo — disse ela com firmeza. E então se virou para mim. — Você vem?

Fiz uma careta. JaKory me lançou um olhar que dizia: *Se ferrou!*

— Desculpa, Maritza, mas acho que não temos a menor chance — falei calmamente.

Maritza cruzou os braços e olhou para a garota, depois para nós e, em seguida, para a garota novamente. Por um momento, pensei que ela fosse desistir, mas então ela se levantou e, com uma postura ereta e determinada, caminhou na direção do trailer.

— O que ela tá *fazendo*? — perguntou JaKory, quase como se estivesse sentindo dor.

Observamos ansiosos enquanto Maritza se aproximava da garota na janela, que a olhou com uma expressão educada, mas confusa assim que Maritza começou a falar.

A cena toda durou menos de trinta segundos. Maritza estava forçando um sorriso confiante, a garota soltava uma risada forçada, e meu coração pulsava com a tensão do momento, até que Maritza se virou e veio em nossa direção.

JaKory e eu nos olhamos, ambos esperando que ela se sentasse, mas Maritza passou direto por nós. Levantamos e corremos atrás dela, alcançando-a, cada um de um lado, enquanto a grama se transformava em asfalto.

— O que aconteceu? — perguntou JaKory.

— Tá tudo bem? — perguntei.

Maritza continuou caminhando depressa em direção ao carro, e só se virou para nós depois de alcançar a maçaneta.

— Ela não estava interessada.

JaKory e eu paramos, nos encarando.

— Por que não? — perguntei, cautelosa.

Maritza suspirou, longa e dolorosamente.

— Ela tem namorado.

Olhei para ela com empatia.

— Ela foi escrota?

— Não — respondeu Maritza, evitando contato visual e cruzando os braços sobre o peito. — Ela foi muito legal.

Ficamos em círculo, com um silêncio constrangedor pairando sobre nós. Tudo parecia artificial e esquisito.

JaKory colocou um de seus braços longos e esguios em volta dos ombros de Maritza.

— Você tentou — disse ele. — Agora você não vai passar o resto do dia pensando "e se...", e isso é muito mais do que eu e a Codi podemos dizer.

Maritza não se deixou afundar no abraço de JaKory. Ela apertou os próprios braços e disse:

— Desculpa por ter tentado forçar isso em vocês. Eu só estou... *tão* cansada de me sentir assim.

— Assim como? — perguntou JaKory com delicadeza.

— Como... como se eu não soubesse o que fazer com essa parte de mim que gosta de garotas.

Engoli em seco. Nunca tinha ouvido Maritza falar sobre isso daquela forma.

— Eu sinto muito — falei em voz baixa.

— Pelo quê? — disse ela, revirando os olhos para si mesma. — Por não ter feito papel de boba como eu? Deixa pra lá, Codi-kid.

Não consegui pensar em nenhuma palavra que pudesse confortá-la. Entramos no carro e deixamos o parque para trás, em silêncio.

— O que você quer deste verão? — perguntou Ricky na tarde seguinte.

Estávamos sentados no Starbucks, tomando café gelado com adoçante extra. Ricky estava acordando às seis da manhã nos últimos dias; ele estava passando por um treinamento matinal no estágio em vendas de software, o que implicava um longo trajeto até o centro da cidade, que se alongava por causa do trânsito na hora do rush. Ele parecia cansado, mas estava se animando com o café.

— Como assim? — eu disse.

— É que, bom, você já experimentou tomar na bundinha...

— Ele sorriu. — O que mais você quer experimentar? Bungee jumping? Derrubar um boi?

— Roubo de joias, talvez.
— Ótima escolha.
— Não sei. Quem disse que eu preciso experimentar mais coisas?

Ele me olhou com ceticismo.

— Eu tô começando a te entender, Codi Teller, e sei que você quer mais deste verão do que só trabalhar na Sacos&Sapos.

— Bodes&Bolsas. — Eu ri.

Ele levantou as sobrancelhas, esperando por uma resposta.

— Estou perguntando porque você parece meio pra baixo hoje. Um pouco inquieta. O que tá rolando?

Suspirei e aproximei minha cadeira da dele, certificando-me de que não seríamos ouvidos.

— Maritza tentou flertar com uma garota no parque ontem, mas levou um fora — falei em voz baixa. — E a Maritza é *bonita*. Tipo, muito mais bonita do que eu.

Ricky pareceu confuso, então elaborei:

— Não sei se algum dia vou conhecer uma garota. Parece impossível.

— Quem disse?

Eu o encarei.

— Para, não seja condescendente.

— Não estou sendo. Por que não você não poderia conhecer uma garota?

Dei uma risada sarcástica.

— Em primeiro lugar, quantas garotas gostam de garotas também? Não muitas, pelo menos em comparação com o número de meninas que gostam de meninos. E daí, onde eu vou encontrar essas garotas? Tipo, às vezes é óbvio, mas às vezes não é! A garota de ontem, por exemplo... Eu falei para a Maritza que ela parecia ser hétero, e acabou que ela era mesmo, mas nem sempre isso é verdade, né? Se eu não conhecesse a Maritza, nunca diria que ela gosta de garotas. Ela é minha melhor amiga desde o sétimo ano, mas eu não percebi até ela falar sobre isso abertamente. Com o JaKory foi óbvio, mas sobre a Maritza... eu literalmente não fazia ideia. *E aí*, ainda que eu conheça uma garota que goste de garotas, quais são as chances de ela gostar de mim? E se eu não fizer o tipo dela? E se eu for muito sem graça, ou muito quieta, ou...

— Gentil? Ou interessante? Ou sincera? Poxa, Codi, não seja tão dura consigo mesma. E por que você tá tão preocupada em ser o tipo *dela*? E se ela não for o *seu* tipo?

Olhei nos olhos dele.

— Como você conheceu o Tucker?

Ele desviou o olhar, balançando a cabeça.

— É diferente. A gente não tem nada.

— Mesmo assim, vocês se beijaram.

Ele olhou ao redor, alarmado, preocupado que alguém pudesse estar nos ouvindo.

— Estou te dizendo, não tem nada entre a gente — reiterou, com uma voz baixa e muito séria. — Eu só conheço o Tucker por causa do meu amigo Samuel. Eles eram do mesmo time de beisebol e ficaram muito amigos este ano, e aí o Tucker acabou colando com a gente em algumas festas. Só isso.

— Pera. Então vocês só se encontraram em festas?

Ricky não estava olhando para mim.

— Em resumo é isso.

— Como vocês acabaram ficando?

— Que inquisição é essa, Codi?

Ele elevou o tom de voz e eu me encolhi na cadeira.

— Desculpa — falei, baixinho. — Eu só fiquei me perguntando.

Aquela expressão defensiva permaneceu em seu rosto por mais um minuto, mas depois se dissipou e ele balançou a cabeça rapidamente.

— Não, tudo bem. Só não estou acostumado...

Ele se calou, e o clima entre nós ficou ainda mais pesado.

— Desculpa — continuou ele. — Só acho que você não deve se basear nas minhas pegações aleatórias com o Tucker. A gente mal se conhece. O máximo de conversa que já tivemos foi um dia em uma lanchonete, quando o Samuel saiu para ligar para a namorada dele. Ficamos sentados sozinhos por alguns minutos, então ele me disse que sentia que não se encaixava no time e fiquei chocado com aquilo. O Tucker é o melhor jogador de beisebol da nossa escola, sabe? Demorei muito para entender do que ele estava falando. Mas eu nem tinha o número dele até alguns dias atrás, e foi só porque ele me mandou uma mensagem pra ter certeza de que você não tinha falado pra ninguém sobre o que viu.

Fiquei surpresa ao ouvir aquilo; eu não imaginava que o Tucker continuaria preocupado com isso depois da festa.

— Ele só falou sobre isso?

— Sim. — A voz de Ricky soou ressentida. Ele se remexeu, batendo os dedos na tampa do café.

— Então... — falei, tentando preencher o silêncio entre nós. — Você tá certo sobre eu querer algo deste verão.

Ele finalmente olhou para mim.

— É mesmo?

— Sim, eu quero... — falei devagar, balançando a cabeça. Era constrangedor admitir isso para ele, mas me forcei a continuar mesmo assim. — Quero crescer. Quero me tornar uma pessoa mais corajosa e extrovertida. Quero me *assustar*, sabe? Estou cansada de me enquadrar no tipo "artista tímida".

Ricky piscou, me contemplando.

— Qual é o problema de ser artista?

Dei de ombros.

— Não me entenda mal, eu amo pintar. Adoro meu lado criativo; sou grata por ele. Mas também não quero que essa seja a única maneira de... sabe... de eu me conectar com o mundo.

Ricky franziu a testa, pensativo.

— E o que a Maritza e o JaKory acham disso?

Mexi meu canudo dentro do copo de café.
— Não falei com eles sobre isso.
— Por que não?
— Porque eles... não parecem acreditar que eu possa ser algo mais do que sou agora.
Ricky ficou quieto, me observando.
— Seus amigos não deveriam acreditar no seu potencial mais do que qualquer outra pessoa?
Hesitei, tentando decidir se queria ter essa conversa. Eu nunca havia falado sobre os defeitos de Maritza e JaKory para ninguém, que dirá para outra pessoa da nossa idade, mas também nunca havia tido alguém em quem eu pudesse confiar.
Respirei fundo e me decidi.
— Sabe o que eu mais gosto de pintar?
— O quê? — Ricky perguntou.
— Retratos. Adoro pintar pessoas e tentar capturar aqueles pequenos detalhes que fazem elas ser quem são. Cicatrizes de catapora, ou um jeito específico de mexer as sobrancelhas, esse tipo de coisa. Eu costumava pintar retratos da Maritza e do JaKory todo ano quando a gente estava no fundamental.
— Isso é muito fofo...
— Só que, uns meses atrás, a gente encontrou os primeiros retratos que pintei deles e percebi que estavam totalmente equivocados. Maritza e JaKory acharam hilário, mas eu fiquei com vergonha.
Ricky franziu a testa.
— Mas quantos anos você tinha quando fez esses retratos?
— Doze, mas esse não é o ponto. Não foi a falta de habilidade técnica que me deixou com vergonha, foi a minha percepção. Eu pintei os meus amigos como se eles fossem *perfeitos*. Não retratei nem um defeito sequer. E sabe o que mais encontrei depois aquela noite? Um autorretrato que havia feito na mesma época, e eu tinha me pintado com *tantos* defeitos. Quanto mais eu olhava pra ele, mais me lembrava da sensação de encarar

meu reflexo no espelho pra passar o que eu sentia para o papel. Eu me sentia um *lixo*.

Fiz uma pausa para recuperar o fôlego. Ricky me observava com atenção.

— Eu nem cheguei a compartilhar isso com Maritza e JaKory. E agora fico me perguntando, por exemplo, que tipo de criança de doze anos se conhece tão mal, ou tem uma autoestima tão baixa, que glorifica os amigos em suas peças artísticas, mas não consegue nem se ver de verdade? E acho que talvez... talvez eu ainda esteja fazendo isso. — Respirei fundo. — Tenho me apegado *tanto* à Maritza e ao JaKory, como se eu nunca fosse ter nada além da amizade deles, sendo que, no fundo, eu quero ter espaço para tentar coisas diferentes, e fazer novos amigos, e conhecer uma garota que vai enxergar um lado meu que eles nunca vão ver.

Ricky mantinha uma expressão firme enquanto me olhava.

— Caramba — disse ele em voz baixa. — É muita coisa para se manter guardada.

Desviei o olhar, constrangida.

— Isso tem me afetado muito nos últimos dias. Tenho me sentido tão dividida. Eu amo a Maritza e o JaKory, mas também sinto esse...

— Ressentimento?

— Sim — confirmei, como se fosse a coisa mais vergonhosa que eu pudesse imaginar.

Ricky estendeu a mão sobre a mesa e apertou meu pulso.

— Acho que tá tudo bem se sentir assim, Codi. Parece normal para mim.

Eu ri, meio sem energia.

— Você disse que poderia ter conhecido seus amigos no jardim de infância.

A expressão de Ricky mudou; ele agora tinha um ar solene e pensativo.

— Eu sinto isso de verdade — disse ele —, mas também há coisas que preciso resolver dentro de mim em relação a eles. Medos e inseguranças que me pegam quando estamos juntos.

Esperei que terminasse de falar, mas ele não disse mais nada. Deixei o silêncio crescer ao nosso redor.

— Ricky?
— Sim?

Inspirei, sabendo que era uma pergunta arriscada.

— Seus amigos... Eles sabem sobre o Tucker?

Ele olhou para o chão. Eu não o conhecia bem o suficiente para ter certeza, mas ele quase parecia envergonhado.

— Não — respondeu ele.

Assenti com a cabeça. Eu soube ali que não deveria insistir no assunto.

— A Maritza e o JaKory sabem sobre mim? — perguntou, sem se preocupar em esconder o receio em sua voz.

— Não. Eles nem sabem que eu conheço você.
— Não sabem de nada?
— De nada.

Ele examinou minha expressão.

— Tentando guardar alguma coisa para si mesma?
— Sim — respondi, meio culpada.

Ele acenou com a cabeça.

— Eu sei como é. Tipo, tem coisas que eu também prefiro guardar pra mim.

Percebi que ele estava falando do Tucker e que, de certo modo, estava me pedindo para não insistir mais naquele assunto.

Ficamos em silêncio, dando longos goles em nossos cafés. Então Ricky olhou para mim.

— Mas, só pra constar, acho que você é uma pessoa muito legal e que pode se tornar quem você quiser. Talvez você chegue lá tendo Maritza e JaKory nas arquibancadas, ou talvez eles fiquem ali no campo, ao seu lado. Mas, de qualquer forma, você vai dar um jeito. Tenho certeza de que eles são boas pessoas, já que são seus amigos.

Respirei fundo, sentindo meu estômago se acalmar.

— Obrigada, Ricky.

Ele me ofereceu um sorriso acolhedor.

— Agora, sobre as garotas...

— Sim? — Eu ri.

— Consegue pensar em alguém com quem você possa ter uma chance?

— Não.

— Mesmo com todas aquelas garotas bonitas da escola? Você realmente nunca conheceu ninguém que chamou sua atenção?

Algo se agitou na minha mente. Pensei na garota com quem havia conversado na festa, a que me reconheceu da escola, mas eu não sabia quem ela era nem se gostava de garotas.

— O quê? — indagou Ricky.

— Nada.

— O quê? — insistiu.

— Bom... tinha uma garota na sua festa. Bem bonita. Mas não sei o nome dela.

— Você conversou com ela?

— Muito rapidamente.

— E?

Contei a ele sobre minha gafe com a foto e sobre como a garota foi extremamente gentil em relação a tudo.

— E ela me reconheceu — falei, tentando não parecer muito contente. — Ela sabia que a gente era da mesma escola.

— Mas você não perguntou o nome dela?

— Os amigos dela interromperam. Eles chegaram e começaram a arrastar ela pra ver uns caras tomando na bundinha.

— Como eles eram?

Descrevi a garota e os amigos dela. Os olhos de Ricky brilharam.

— Você conhece ela? — perguntei, meio esperançosa, meio aterrorizada.

Ele sorriu, com aquele brilho malicioso em seus olhos.

— Talvez.

— Ricky, por favor, não conta pra ela...

— Relaxa, Codi. — Ele riu, erguendo as mãos. Sua energia calorosa de sempre estava de volta, como se ele tivesse tomado um pouco de sol junto com o café. — Tá tudo sob controle.

Durante o trajeto de volta ao nosso bairro, eu o importunei com perguntas, mas ele se recusou a me dizer qualquer coisa que fosse.

— Você vai ver. — Ele ficou repetindo. — Sua espera vai valer a pena.

Quando viramos na minha rua, ele mudou o rumo da conversa.

— Sabe quando você disse que foi óbvio com o JaKory? — perguntou ele, usando de novo um tom mais discreto.

— O quê?

— Quando você estava falando sobre a Maritza gostar de garotas, que isso te surpreendeu...

— Ah, sim...

— Mas que com o JaKory não foi uma surpresa.

Eu sabia aonde ele queria chegar com isso e tentei pensar em uma resposta que soasse indiferente.

— É, não foi. Fazia um tempo que Maritza e eu achávamos que ele era gay.

Ricky olhou para mim.

— Por quê?

Eu não sabia como elaborar uma resposta sem fazer com que ele desse importância demais a ela.

— Sabe... pela forma como dá pra perceber com alguns caras.

Ricky ficou em silêncio por um bom tempo. Então, ele perguntou:

— Eu não sou um desses caras, sou?

Eu não sabia ao certo como responder. A verdade é que ele *não era* um desses caras, pelo menos até onde eu sabia, mas também não queria que ele ficasse martelando isso na cabeça como se fosse uma grande questão.

— Não… — respondi, insegura. — Acho que não. Mas não se trata de algo ruim ou bom, é só… sabe…

Sua expressão era indecifrável. Ele não tirou os olhos da fachada da minha casa, mas fez um gesto sutil com a cabeça.

— Legal — falou, embora parecesse tudo menos isso. — Até mais, Codi.

Ele me deu um sorriso forçado e eu desci da caminhonete.

CAPÍTULO SETE

JaKory Green: Qual são os planos pra hoje à noite, companheiras? Pensei em comida indiana e outro filme ~especial~.
Maritza Vargas: Falando assim parece até que a gente vai assistir pornô. Mas topo. Tem um que quero ver sobre duas garotas interessadas em uma menina bissexual.
JaKory Green: Parece safado, mas beleza.

Era sábado à noite e eu estava trabalhando no turno de fechamento da Bodes&Bolsas, sem nada para fazer além de mexer no celular.

Até que Ricky apareceu do nada.

— O que você tá fazendo aqui? — perguntei, olhando para cima ao ouvir o som da campainha.

Ele entrou na loja observando tudo com curiosidade.

— Eu queria comprar um bode.

— Engraçado.

Ele estava vestido como se fosse sair para algum lugar. Ricky se aproximou da caixa registradora, seus olhos percorrendo a fileira de bolsas atrás de mim, e reconheci que o perfume que ele estava usando era o mesmo da noite da festa. Ele estava a caminho de outra festa? E se estivesse, será que veio me convidar para ir junto?

— Tem grandes planos pra hoje? — perguntei, tentando não soar muito interessada.

Antes que ele pudesse responder, Tammy rapidamente surgiu da sala de estoque, sem fôlego. Tinha sido uma noite pouco movimentada e ela se empolgou ao ver um cliente em potencial.

— Olá, podemos te ajudar a encontrar alguma coisa? Quer dar uma olhada nas nossas luvas de cozinha com estampa de panda?

Ricky ofereceu um sorriso educado, mas os cantos de seus lábios tremiam ligeiramente.

— Ah, não, obrigado. Só vim falar com a Codi rapidinho.

O entusiasmo de Tammy desapareceu. Ela me olhou como se eu tivesse lhe oferecido um pedaço de torta e tomado de volta.

— Tá certo — disse ela, fazendo uma pequena reverência desajeitada antes de se retirar para a copa.

Ricky se virou para mim, com as sobrancelhas erguidas, como quem diz: *Que mulher louca*.

— Tudo bem eu ter entrado?

— É tranquilo — falei, acenando com a cabeça. — Ela só não tá acostumada com gente vindo me visitar.

— Que horas você sai?

— Às nove.

Ele deu um sorriso de lado como se isso fosse exatamente o que ele queria ouvir, e ficou óbvio que ele iria me fazer alguma proposta.

— Quer sair comigo e com meus amigos?

Processei aquele convite lentamente. Ricky e eu estávamos saindo bastante, mas sempre éramos só nós dois. Eu ainda não havia conhecido nenhum de seus amigos. Fiquei extasiada e apavorada com o fato de ele ter sugerido isso.

— Você tem alguma outra coisa pra fazer? — insistiu.

Pensei nas mensagens que havia trocado com Maritza e JaKory sobre nos encontrarmos mais tarde.

— Maritza e JaKory queriam ver um filme — respondi, mordendo o lábio.

— Mais um dos mesmos filmes antigos que vocês sempre assistem?

Ali ele me pegou. Fiquei olhando para ele, adiando minha resposta. Aquele sorriso convencido ainda estava em seu rosto.

— Bom, se você mudar de ideia, acho que vai ser um rolê divertido. Vamos comer no Taco Mac e depois só Deus sabe o que vai acontecer. — Ele fez uma pausa, seus olhos brilhavam. — Vou esperar no carro. Podemos ir juntos se você decidir vir.

Eu hesitei. Já tinha confirmado com Maritza e JaKory, mas sabia exatamente como a noite seria com eles. A oferta de Ricky era a promessa de algo novo.

Exalei o ar e revirei os olhos para ele.

— Você sabe que eu vou dizer sim.

— Eu sei! — Ricky exclamou, cantarolando. Ele pegou um pacote de guardanapos de festa que estampavam um porco usando colar de pérolas.

— Você vai levar um desses pra minha festa de despedida antes de eu ir pra faculdade, né?

Antes que eu pudesse dar alguma resposta que não fosse uma risada, ele se virou e desapareceu pela porta, fazendo a campainha tocar novamente.

Tammy reapareceu e me lançou um olhar curioso.

— Ele é seu namorado? — perguntou, como se não conseguisse acreditar.

— Não — respondi, limpando uma mancha no balcão do caixa —, nem perto disso.

* * *

Ricky pôs um álbum da Aretha Franklin para tocar durante o percurso até o restaurante. Notei que ele tinha o hábito de ouvir certos artistas quando estava de bom humor e Aretha era um deles. Mesmo depois de estacionarmos nos fundos do restaurante, ele deixou o motor ligado até que a música terminasse.

— Pronta? — perguntou.

Meu estômago estava revirado. Eu não tinha ideia de como eram os amigos de Ricky. E se fossem arrogantes, maldosos ou descolados demais? E se não gostassem de mim? E se eles fizessem Ricky perceber que, na verdade, ele também não gostava de mim?

— Codi — chamou ele, como se estivesse lendo minha mente. — Relaxa. Meus amigos são legais. Você vai gostar deles. — Ele saltou da caminhonete. — Mas tira esse crachá.

— Ricky — falei, enquanto o seguia em direção ao restaurante —, quantas pessoas vamos encontrar aqui?

— Só algumas — disse ele, dando de ombros. — Vamos lá, estou desejando esse *queso* o dia todo.

Ele me guiou pela entrada do restaurante. Tentei andar de forma calma e casual como ele, mas meu coração batia forte e eu não sabia o que fazer com meus braços.

Havia um pequeno grupo de pessoas em uma mesa no centro do restaurante e, quando Ricky e eu nos aproximamos, elas se viraram para nós com os braços erguidos e sorrisos bobos. Eu olhei para eles sem realmente percebê-los; estava muito concentrada em me sentar logo para que parassem de olhar para mim.

— Onde você estava? — perguntou um garoto de voz estrondosa. Eu o reconheci da festa do Ricky, era o cara com cabelo na régua.

— Fui encontrar a Codi — disse Ricky, gesticulando em minha direção. — Todo mundo conhece a Codi, né?

Senti meu rosto esquentar quando todos olharam para mim, mas Ricky não me deu tempo para ficar constrangida: ele puxou uma cadeira para mim, se virou para o garoto do cabelo na régua e disse:

— Cliff, se apresenta.

Os amigos de Ricky não hesitaram nem por um segundo. Todos sorriram e me disseram seus nomes, e nenhum deles questionou por que Ricky havia me trazido. Cliff, Samuel e Leo haviam sido do mesmo time de futebol que Ricky; pareciam se exercitar tanto quanto ele, exceto Leo, que era mais baixo e esguio. Terrica deu uma balançadinha em seu assento ao me cumprimentar; ela tinha ombros delicados, dentes impecáveis e poderia facilmente ser modelo. Depois foi a vez de Natalie, a ruiva bonita de quem eu me lembrava da festa; ela se apresentou e me ofereceu um pouco de sua salsa. E, por fim, do lado de Natalie...

Era ela. A garota com quem eu havia conversado na festa. A garota sobre a qual eu havia contado a Ricky.

— Lydia — disse ela, acenando para mim. — É um prazer te conhecer oficialmente, Codi.

Fiquei completamente vermelha.

Enquanto os outros conversavam, disfarcei um olhar questionador para Ricky, me perguntando se ele sabia que Lydia era a mesma garota de quem eu havia falado no Starbucks. O sorriso que ele me devolveu indicou que, sim, ele sabia exatamente quem ela era.

— Te odeio — sussurrei.

— De nada — sussurrou de volta.

A mesa estava barulhenta e agitada. Quase me senti sufocada ao ver eles gritando sem parar e roubando as batatas fritas uns dos outros. Terrica estava tentando organizar todo mundo para um jogo, mas ela falava de uma forma tão suave que precisou bater na mesa para chamar a atenção.

— *Obrigada* — disse ela, erguendo as sobrancelhas. — Vamos continuar? Tá na vez do Leo.

— Nãoooo — disse Leo, balançando a cabeça rapidamente —, é a vez da Natalie. — Ele fez uma careta exagerada para mostrar que estava mentindo.

— Você é um grande de um mentiroso — retrucou Terrica —, mas tudo bem, a Nat pode ir.

— Qual é o jogo? — perguntou Ricky.

— "Não me julgue, mas".

Samuel se inclinou para a frente, dirigindo-se a mim.

— Peço desculpas pela Terrica. Ela é obcecada por jogos. Nunca dá um minuto de paz pra gente.

— *Dá licença* — pediu Terrica, batendo no braço dele. — Fica quieto, idiota, porque esse jogo é incrível. Codi, você já jogou?

Corei novamente, surpresa com a atenção.

— Hum, não, nunca joguei.

— Maravilha, maravilha — disse Terrica, batendo palmas enquanto todos os outros soltavam suspiros dramáticos.

— A Terrica *adora* explicar as coisas. — Ricky declarou.

— Ignora eles, Codi — disse Terrica, levantando as mãos como se estivesse bloqueando os amigos da conversa. — Ok, então, é bem simples. Na vez da pessoa, ela fala "Não me julgue, mas...", e depois diz algo constrangedor, nojento ou estranho sobre si mesma. Se essa frase também se aplica a você, então você tem que beber. O objetivo é fazer com que o maior número possível de pessoas beba com você. Obviamente, estamos jogando com chá e refrigerante em vez de álcool...

— O que significa que vai demorar muito mais para chegar nos tópicos sensuais. — Cliff interrompeu, tirando gargalhadas dos outros.

Eu ri desconfortavelmente.

— Hum... legal. Parece maneiro.

— Né? — Terrica respondeu, radiante. — Ok, Nat, é a sua vez.

Natalie jogou seus longos cabelos ruivos para trás. Ela exalava um ar descontraído e autoconfiante, como se não aceitasse desaforo de ninguém.

— Tá... — começou ela, como se fosse a coisa mais fácil do mundo. — Não me julguem, mas... no ano passado eu tive um sonho erótico com o Elfo Keebler.

A mesa explodiu em risadas e gritos. Fiquei quieta, observando todos eles, tentando sorrir para não parecer deslocada. Eu nunca havia confessado um sonho erótico a *ninguém*; pensando bem, não tinha nem certeza se já havia tido um. Talvez essa tenha sido uma má ideia e eu devesse ter seguido o plano original de encontrar Maritza e JaKory. Eu podia imaginá-los na mesma situação: JaKory se sentaria em silêncio, segurando os próprios braços, completamente fora de sua zona de conforto; Maritza, por sua vez, tentaria aliviar a tensão dizendo o sonho sexual mais insano que conseguisse imaginar, mesmo que fosse pura invenção. Os dois estariam tão desconfortáveis quanto eu.

Eu estava mergulhada em pensamentos, desejando que Maritza e JaKory estivessem ali, quando uma dor repentina me trouxe de volta para o presente. Ricky havia beliscado meu braço. Olhei para ele, sobressaltada.

— Tá tudo bem? — sussurrou, fazendo um gesto com a cabeça em direção aos amigos, tentando me lembrar de estar presente com eles.

Eu respirei.

Ao lado dele, Cliff fingia estar horrorizado, com os olhos arregalados e a boca aberta.

— Isso muda tudo — dizia ele para Natalie, afastando sua cadeira da dela. — Vamos ter que terminar.

Natalie deu de ombros e colocou uma batata frita na boca, permanecendo inabalável. Ao lado dela, Lydia não conseguia parar de rir. A gargalhada dela era alta e fazia todo o seu rosto ficar rosado. Sem querer, me peguei sorrindo.

— Será que eu deveria tentar encolher? — continuou Cliff, curvando-se em sua cadeira. — Isso me deixaria mais atraente pra você?!

Natalie não aguentou e caiu na gargalhada. Ela agarrou a mão de Cliff, que fingiu se afastar dela e se virou para Ricky.

— Ricky, Ricky! Você pode me arranjar um chapéu vermelho?

— E um casaco verde! — gritou Samuel.

Eu estava rindo agora, imaginando Cliff, com seus braços enormes e seu queixo quadrado, vestido como o pequeno Elfo Keebler. Antes que eu pudesse me conter, minha voz escapuliu da boca, entrando na piada:

— Você também vai precisar de orelhas pontudas.

Foi como se o tempo tivesse parado: por um segundo, eu estava em queda livre, me preparando para o pior. Então todos riram. Ricky sorriu para mim, e meu coração disparou.

— Beleza, beleza, agora é a vez do Cliff! — disse Terrica.

Cliff pigarreou. Ele deu um sorrisinho, seus olhos dançando de um lado para o outro.

— Não me julguem, mas… eu já transei na casa do Samuel.

— Que porra é essa, cara? — disse Samuel.

— Foi com o Samuel? — perguntou Leo, inexpressivo, e Terrica lhe deu um tapa no ombro.

— Tem pelo menos quatro aqui que precisam beber — disse Lydia. Ela olhou para Natalie. — Quer dizer, eu acho, né.

— Hum, *sim* — disse Natalie, aproximando-se de Cliff. — É bom que você esteja falando de mim.

Cliff riu e colocou o braço em volta dela.

— É claro que estou falando de você.

Olhei para o resto da mesa, tentando descobrir quem eram as outras duas pessoas.

— Vamos, pombinhos — disse Cliff. — Ou vão me dizer que nunca transaram lá antes?

Ele estava falando com Samuel e Terrica. Eles se entreolharam, reviraram os olhos e beberam.

— Valeu, otário — disse Samuel.

— De nada. Mais alguém?

Houve uma pausa. Então Ricky suspirou e tomou um gole de seu refrigerante.

— Eita! — gritaram os rapazes. — Pera, pera, pera!

— Com quem foi? — perguntou Leo.

Ricky balançou a cabeça.

— Não vou dizer.

Ele estava bancando o descolado, como se fosse o tipo de cara que come quieto, mas eu tinha um palpite sobre essa resposta. Ricky havia me dito antes que tinha conhecido Tucker por meio do Samuel, e eu logo imaginei que ele deve ter ficado com o Tucker na casa do Samuel.

— Típico do Ricky — reclamou Cliff, balançando a cabeça.

— Nunca fala pra gente sobre os contatinhos.

— Meus negócios são meus negócios — disse Ricky.

— Agora não é mais — falou Terrica —, porque é a sua vez.

A mesa ficou em silêncio. Observei Ricky, esperando para ver o que ia dizer, imaginando até onde ele iria com seus amigos. Será que ele já havia dado *algum* indício de sua sexualidade?

— Beleza — disse ele, limpando a garganta. Ele pareceu pensativo por um momento, depois falou de forma lenta e cuidadosa: — Não me julguem, mas... às vezes, quando estou sozinho... — Ele respirou fundo. — Eu escuto Nickelback.

A mesa explodiu em risos.

— Que isso, cara! — gritou Leo. — Têm coisas que a gente simplesmente não deve contar!

— Eu sei, eu sei — disse Ricky, escondendo o rosto com as mãos. — Nunca me senti tão envergonhado.

Foi a primeira vez que eu ri de verdade durante o jogo. O fato de o Nickelback ser uma porcaria era uma daquelas piadas culturais que eu realmente entendia, e eu já conhecia Ricky o bastante para perceber como era engraçado o fato de ele gostar da música deles em segredo.

— E pensar — falei, surpreendendo a mim mesma novamente — que mais cedo você estava na maior brisa ouvindo Aretha Franklin.

Os amigos de Ricky riram de novo, batendo palmas como se minha provocação fosse a melhor coisa que já tivessem ouvido. Eu podia sentir meu pescoço esquentando, mas da melhor maneira possível.

— Então, quem vai beber nessa? — perguntou Terrica, com as sobrancelhas levantadas.

Houve uma pausa e então todos nós tomamos um gole.

— Foi o que eu pensei, caralho! — disse Ricky, fingindo um olhar de fúria.

Agora era a minha vez. Respirei fundo, com o coração acelerado. Eu estava tentando pensar no que iria dizer desde que a Terrica explicou o jogo. Natalie e Cliff me deixaram nervosa com suas confissões eróticas, mas senti uma abertura quando Ricky falou sobre música.

— Tá — comecei a falar, tentando manter a voz firme. — Não me julguem, mas... eu achava que aquela música do TLC era sobre um garoto chamado Jason Waterfalls.

— Pera, o quê? — perguntou Natalie, mas eu quase não a escutei por causa de outra voz.

Lydia havia gritado exatamente ao mesmo tempo:

— O quê? Eu também!

Nós nos olhamos e ela sorriu para mim.

— Do que vocês estão falando? — perguntou Cliff.

Lydia se virou para ele, ainda sorrindo.

— Sabe aquela música? *Don't go chasin' waterfalls...?* — cantou ela.

— Eu achava que elas estavam cantando para um cara chamado Jason Waterfalls — falei, rindo. — Tipo, "Não se vá, Jason Waterfalls!".

— Exatamente! — reforçou Lydia. — Pensei que o Jason fosse um garoto muito legal, muito bonito, e elas estavam implorando para que ele não fosse embora.

— Sim! Eu só percebi que era *chasing* e não *Jason* quando estava, tipo, no oitavo ano — falei.

— Você é a *primeira* pessoa que eu conheço que também achava isso! — exclamou Lydia.

Natalie interveio, abrindo os braços entre nós.

— Muito bem, suas esquisitonas, tomem um gole — disse ela tranquilamente. — O resto de nós tem ouvidos que realmente funcionam.

O olhar de Lydia encontrou o meu enquanto cada uma de nós tomava um gole de nosso chá doce. Foi então que senti uma coisa, o mesmo tipo de sensação que tive quando ela me reconheceu na festa do Ricky: uma ancoragem calorosa e cheia de esperança, como se, talvez, eu realmente pertencesse a este lugar.

O jogo continuou e agora, pela primeira vez, senti que estava realmente participando. Eu ria com facilidade, mantinha contato visual quando se dirigiam a mim e até aceitei a asa de frango que Cliff me ofereceu. Eu estava vivendo a experiência, absorvendo tudo, deslumbrada ao perceber que conseguia me virar. Se eu pudesse pintar aquele momento para guardá-lo para sempre, teria dado vida a cada textura e cor. Sobrancelhas franzidas, braços esticados, guardanapos usados espalhados pela mesa. O amarelo dos limões, o verde dos pimentões, as mãos marrons, os lábios delicados e cor-de-rosa. Cada um deles era um pequeno e, ao mesmo tempo, infinito milagre que eu nunca pensei que conheceria.

Por volta das dez e meia, o estacionamento do Taco Mac estava quase deserto. Nós nos juntamos perto dos poucos carros que restavam ali enquanto todos discutiam o que fazer em seguida. No final, a insistência de Leo em "colar no terraço" venceu.

— O que é "o terraço"? — perguntei quando Ricky e eu voltamos para o carro dele.

— A mãe do Leo trabalha em uma empresa de design gráfico que é, tipo, toda moderna e com "escritório com conceito aberto", essas coisas. Eles têm acesso ao terraço do prédio, e aí a gente vai pra lá às vezes.

— E é permitido?

Ricky olhou para mim, protelando sua resposta.

— Bom, não é *des*permitido.

Seguimos o carro de Leo, com Samuel e Terrica atrás de nós, e Cliff, Natalie e Lydia atrás deles. Era um percurso de apenas dez minutos, mas foi tempo suficiente para eu perder um pouco da confiança que havia adquirido no restaurante. Eu estava nervosa com a ideia de subir às escondidas para o telhado de um escritório em um sábado à noite.

Paramos nossos carros lado a lado em um dos cantos do estacionamento. Leo colocou uma mochila sobre o ombro, casual e despreocupado, enquanto dava uma tragada em seu vape, e nós o seguimos até o prédio como se não fosse nada demais. Pelas conversas, percebi que eles já tinham feito isso um milhão de vezes antes.

— Todo mundo entrou? — perguntou Leo enquanto nos apertávamos no elevador.

Cliff estava agarrado à Natalie; Samuel estava fazendo o mesmo com Terrica. Eu fiquei no canto com Ricky, tentando me manter relaxada. Lydia entrou no lugar à minha frente e, quando ela se virou para as portas, senti o cheiro de seu xampu.

— Selfie! — exclamou Terrica, segurando seu celular no alto.

Nós nos espremos no enquadramento da câmera enquanto o elevador subia. Natalie beliscou a bunda de Cliff no momento em que Terrica batia a foto, e ele se contorceu e esgoelou uma reclamação com uma voz ridiculamente aguda. As portas se abriram no quarto andar e, quando me dei conta, já estávamos no terraço.

— Uau — deixei escapar, absorvendo a vista.

Os outros passaram correndo, alegres e enérgicos, mas Leo veio até mim e estendeu o braço em direção ao horizonte.

— O que você acha? — perguntou.

— É lindo — falei, esquecendo meu nervosismo.

Entre as copas das árvores e os trechos da rodovia, o horizonte da cidade brilhava. Estava a quilômetros de distância, longe o suficiente para parecer mítico e imponente.

— Buckhead fica pra lá — disse Leo, apontando para a esquerda. — Midtown é logo ali, e o centro da cidade, você sabe, fica no centro dela.

Eu me virei para ele.

— Obrigada por me trazer.

— É claro — disse ele, rindo. — Tá óbvio que você é uma das nossas.

Eu não sabia ao certo como reagir àquilo, mas Samuel me salvou.

— Ei, Le — chamou, acenando para Leo —, vamos começar.

Estávamos agrupados perto da grade, conversando e rindo enquanto Leo tirava cervejas da mochila. Ele as distribuiu como se aquilo fizesse parte da rotina, e eu aceitei uma como se não fosse nada demais, mas olhei para Ricky em busca de apoio. Ele piscou para mim enquanto abria sua lata e segui o exemplo. A cerveja tinha o mesmo sabor da que havíamos tomado no deque.

Em seguida, Leo apertou um baseado. Ele acendeu e passou para mim, mas eu recusei, corando. Por uma fração de segundo, fiquei preocupada que alguém pudesse me julgar, mas ninguém falou nada. Todos pareciam estar imersos nas próprias sensações, deixando que a noite os levasse para onde fosse.

— Ricky, Codi, querem se juntar a nós? — chamou Lydia. Ela estava deitada de costas no concreto, com Natalie esparramada ao seu lado. Os outros ainda estavam perto da grade, passando o baseado de mão em mão.

Ricky ergueu as sobrancelhas para mim. Era uma forma de me deixar decidir.

— Claro — respondi com coragem, abrindo caminho até elas.

Senti meu peito vibrar quando me deitei ao lado de Lydia. O chão sob meu crânio e minhas costas era duro, mas me acomodei, tentando ser graciosa. Ricky se esparramou ao meu lado com os joelhos levantados e as mãos sobre o estômago.

O azul do céu parecia aveludado, com manchas cintilantes e estrelas por toda parte. Inspirei, sentindo meus braços e pernas sendo inundados por contentamento, liberando toda tensão.

— Nat e eu temos um costume — disse Lydia, sua voz ecoando na quietude. Ela se virou para mim e pude sentir o cheiro de seu xampu novamente. — Damos às estrelas o máximo de nomes que pudermos.

— Tipo… os nomes das constelações? — perguntei.

— Não, é muito melhor do que isso. — Ela se mexeu e apontou para a direita. — Tipo, aquele carinha é o Sr. Cabeça de Batata.

— Ele está bem ao lado do Shrek — disse Natalie. — E ali está o Burro.

— Aquele outro é o Harry Styles.

— Qual foi mesmo aquela que você falou da outra vez? — perguntou Natalie para Lydia. — A pequena pig?

— Peppa Pig — corrigiu Lydia. — Uma mulher muito desagradável.

Eu gargalhei alto. Lydia se virou e sorriu para mim, com seus olhos cintilantes e cílios compridos.

— Aquela é a Ariana Grande — disse Ricky, apontando para o alto.

— Não — falou Natalie —, é a Ariana Pequeña. Ela é uma *pequena* estrela.

— *Twinkle, twinkle, little star.* — Lydia cantarolou e riu.

Levantei meu braço, estendendo meus dedos na direção do céu estrelado.

— Olha, Ricky, ali está o Nickelback.

Lydia e Natalie caíram na gargalhada. Ricky me tombou na lateral do meu corpo e esticou as mãos no meu rosto enquanto eu ria sem parar.

Continuamos assim por alguns minutos, dando às estrelas os nomes mais bizarros que pudéssemos imaginar para uma estrela, e Lydia quase me fez engasgar de tanto rir quando proclamou que uma delas era o Edward Cullen, "porque é cintilante". Após terminarmos nossas cervejas, bebemos outra rodada e tudo ficou ainda mais engraçado, e eu me vi falando cada vez mais livremente.

Enfim levantamos quando os outros decidiram se juntar a nós. Eles se sentaram com os pés estendidos à frente, seus olhos avermelhados por causa do baseado. Terrica não conseguia parar de rir. Natalie contou a eles sobre os nomes que demos às estrelas e Samuel riu tanto que chorou. Estávamos em um círculo amplo, com a brisa nos rodeando e o barulho dos grilos típicos do verão cantando e voando ao longe. Vislumbrei o sorriso radiante de Ricky, sua risada descontraída, e finalmente entendi o que ele quis dizer quando falou sobre sentir que conhecia os amigos desde o jardim de infância.

— Então, Codi — disse Cliff —, qual é a sua história? Do que você gosta?

Eu ri, levemente bêbada e relaxada.

— Ainda estou tentando descobrir.

— Codi é pintora — anunciou Ricky, e todo o grupo ficou ofegante, como se eles nunca tivessem ouvido algo tão impressionante.

— Uma pintora? — Leo repetiu, com os olhos vidrados. — Tipo *Monet*? Caaaaara.

— Nem de longe eu sou tão boa assim — falei rapidamente. — É só um hobby.

— Ela é fantástica. — Ricky decretou, embora nunca tivesse visto minhas pinturas. — E faz retratos de pessoas.

— *Uau* — disseram novamente em uníssono.

— Hum... sim... Mas não faço isso há algum tempo...

— Você pintaria *nossos* retratos? — perguntou Terrica, como se fosse a coisa mais significativa do mundo.

— Sim, isso seria demais! — disse Natalie. — Eu sempre quis ter um retrato meu!

— Será que é narcisista? — Cliff brincou.

— Cala a boca, idiota — rebateu Natalie, dando um tapinha nele. — Mas é sério, eu queria um desde que era pequena. Meus tios penduraram um retrato lindo do meu primo na casa deles, mas quando perguntei aos meus pais se eu poderia ter um também, meu irmão disse que eu tinha que ser bonita pra poder ter um retrato.

— Eu vou matar ele, porra — disse Cliff, beijando-a com um ar de bobo.

— Tá tudo certo — comentou Natalie com indiferença. — No fim das contas, ele que virou o irmão feio.

Todos riram muito; Lydia batia no antebraço de Natalie como se não pudesse com ela.

— E aí? — perguntou Natalie animada, olhando para mim. — O que você acha, Codi?

— Ela cobra pelos retratos — disse Ricky, de um jeito protetor.

— Então que bom que eu tô naquele emprego de garçonete — disse Natalie, sem se deixar abater.

Eu hesitei. Sentia os olhos de Ricky em mim e meio que torci para que ele interviesse mais uma vez.

Mas então Lydia falou, olhando diretamente para mim:

— Eu poderia assistir?

Meu coração disparou. O olhar de Ricky ainda estava ali, mas dessa vez eu não precisava recorrer a ele. O que aconteceria a seguir já estava definido.

— Sim, tá legal — falei de forma descontraída, tentando conter meu sorriso. — Vamos nessa.

* * *

Já passava da meia-noite quando deixamos o terraço. Os amigos de Ricky me abraçaram e me fizeram prometer que eu voltaria a sair com eles. Foi a promessa mais fácil que já fiz.

— A gente vai te mandar mensagem pra falar sobre o retrato — disse Natalie, digitando o número dela no meu celular. — Aqui, Lyd, coloca o seu também.

Lydia digitou com dedos ágeis, mordendo de leve seus lábios bonitos. Quando terminou, ela virou o celular para mim com um sorriso malicioso.

— O quê? — perguntei, sorrindo sem nenhum esforço.

Ela acenou com a cabeça para o celular e eu li como ela havia inserido suas informações de contato: *Lydia Kaufman (ou Jason Waterfalls)*.

— Incrível — falei, sorrindo para ela.

— Gostou? — Ela sorriu de volta.

— E aí? — perguntou Ricky enquanto me levava de volta para a Bodes&Bolsas, onde meu carro estava estacionado. — Meus amigos são muito legais, não são?

Eu sorri para ele.

— Eles são incríveis.

— E?

— E o quê?

Ele me olhou pelo canto dos olhos.

— Não se faz de sonsa. Como foi com a Lydia?

Não pude conter meus sorrisos.

— Você sabia que era ela quando eu descrevi a garota da festa, não sabia?

Ele sorriu.

— Eu imaginei, sim, mas quando você falou sobre uma ruiva e um cara com cabelo na régua, aí eu tive certeza de que era ela.

— Você não contou pra nenhum deles, né?

— Claro que não. — Ele pareceu hesitar, e em seguida suspirou. — Na verdade, os caras me perguntaram se eu e você tínhamos alguma coisa, mas eu cortei essa ideia na hora.

— Eca. Eu nem pensei nisso. Você contou pra eles que eu sou gay?

— Não, só disse que somos amigos.

Fiquei em silêncio, imaginando como os amigos de Ricky reagiriam se eu lhes contasse. Eles pareciam não se importar nem um pouco e eu me perguntei, mais uma vez, por que Ricky não conseguia dizer a eles a verdade sobre si mesmo.

— A Lydia falou comigo sobre ter encontrado você na minha festa — disse Ricky.

Me virei para ele de maneira brusca.

— Ela se lembrou de mim?

— Sim, ela comentou quando a gente se despediu. Disse que te achou realmente incrível e que ficou feliz por ter enfim te conhecido de verdade.

Senti como se uma onda suave estivesse me puxando.

— Você não vai falar nada? — Ricky riu.

Eu também ri.

— E eu vou dizer o quê? Tipo, ela é muito bonita, só que a gente acabou de se conhecer. Você ao menos sabe se ela gosta de garotas?

Ricky deu de ombros, seus olhos estavam atentos às luzes da rua.

— Parece que você vai descobrir, não é?

CAPÍTULO OITO

Maritza e Jakory estavam aborrecidos por eu ter furado com eles no sábado à noite.

— Eu já *falei* — disse a eles enquanto nos debruçávamos sobre o balcão da cozinha da minha casa no domingo à tarde. — Eu não estava me sentindo bem. Só queria dormir depois do trabalho.

— Mas você está melhor agora? — perguntou JaKory, genuinamente preocupado.

— Sim — respondi, sem conseguir olhar nos olhos de nenhum dos dois. —Eu só devo ter comido alguma coisa estranha.

Meu irmão estava em frente à despensa, provavelmente procurando o ravióli enlatado pelo qual era tão obcecado e, enquanto eu falava, ele se virou para me encarar. Sua expressão tinha um quê de acusação. Ele devia estar acordado quando cheguei em casa ontem à noite e sabia que eu não tinha passado mal.

— Enfim — falei rápido, tentando manter Grant fora da conversa —, vamos pra piscina ou não?

Passamos a tarde nadando, jogando e tomando banho de sol em nossa ala favorita de espreguiçadeiras. Era reconfortante, era familiar e era a quintessência do verão, mas também parecia estranho estar ali com Maritza e JaKory, fazendo as mesmas coisas que sempre fazíamos, quando eu tinha estado com Ricky e os amigos dele na noite passada, fazendo coisas novas. Parecia uma omissão gigantesca não compartilhar isso com os meus dois melhores amigos.

Bem mais tarde, quando eles já tinham ido para casa e eu estava vendo TV no sofá, meu irmão passou por mim e disse:

— Desde quando você mente pra Maritza e pro JaKory?

Não fui rápida o bastante para pensar em uma resposta. Em vez disso, fiquei de boca aberta, com outra mentira quase escapulindo pela minha garganta, e meu irmão só balançou a cabeça e seguiu seu caminho.

Duas noites depois, quando eu estava me preparando para dormir, Natalie me enviou uma mensagem.

Natalie Novak: Oi, Codi. Quando você vai me pintar como uma de suas garotas francesas??

Percebi que ela havia enviado a mensagem para um grupo — e a outra pessoa incluída era Lydia.

— Caralho — disse sem fôlego, andando em círculos ao redor da cama. Meu coração estava batendo rápido demais, empolgado com a perspectiva de mandar uma mensagem para Lydia, mesmo que tecnicamente fosse uma mensagem para o grupo. Não conseguia me livrar da sensação de que aquilo era o início de alguma coisa.

Antes que eu pudesse responder, chegou uma mensagem de Lydia. Ela enviou um GIF de *Titanic*; aquele com a Rose idosa, dizendo: "Já faz oitenta e quatro anos."

Fiquei olhando para o celular, tentando pensar em uma resposta engraçada ou inteligente. No fim, acabei me contentando com algo seguro:

> Hahaha, quando vocês quiserem! Vou trabalhar no turno da manhã nos próximos três dias, mas fora isso tô livre.

Li minha mensagem, tentando vê-la pelos olhos delas. Será que dizer "quando vocês quiserem" soou muito ávido, muito desesperado? Eu deveria ter me feito de difícil?

> **Natalie Novak:** Obaaaaaaa! Que tal amanhã, depois que eu e Lyd terminarmos no restaurante? Estamos no turno do café da manhã até as 14h.

Eu não sabia que Lydia e Natalie trabalhavam juntas no restaurante, mas a ideia se desenhou perfeitamente na minha cabeça: Lydia com um avental de garçonete, aparecendo em uma mesa com aquele sorriso brilhante e radiante, perguntando aos idosos se queriam bacon com os ovos. Imaginei como seria estar sentada em uma dessas mesas, tentando não corar quando a mão dela esbarrasse na minha ao recolher o cardápio.

Combinei de encontrá-las no restaurante. Natalie me enviou o nome e o endereço, e achei que aquele era o fim da conversa. Fui para a cama já imaginando como seria o dia seguinte, e estava prestes a dormir quando a tela azul do meu celular brilhou na escuridão. Lydia havia enviado mais uma mensagem no grupo.

> **Lydia Kaufman (ou Jason Waterfalls):** Mal posso esperar. Obrigada, Codi!

Em seguida, ela enviou um GIF do clipe de "Waterfalls", do TLC.

Fechei os olhos, sorrindo para mim mesma. Apesar de ter que trabalhar às nove da manhã no dia seguinte, eu não via a hora de acordar.

No trabalho, o tempo se arrastava, se arrastava e se arrastava. A loja estava deserta, então Tammy me pediu para redobrar uma montanha de camisetas. Foi horrível e eu estava morta de cansaço, mas a cada instante eu me lembrava de que veria Lydia em breve e isso me dava uma nova dose de energia.

Quando meu expediente acabou, fui direto para o carro, tirei meu crachá idiota e tentei deixar meu cabelo mais bonito. Uma vozinha irritante na minha cabeça ficava repetindo: *nada disso importa, ela provavelmente é hétero.* Mas outra voz, que me lembrava a de Ricky, me confortava, dizendo: *para de se preocupar tanto e aproveita essa sensação.*

O estacionamento do Court Café estava começando a esvaziar quando cheguei lá. Esperei dentro do carro, aproveitando o ar-condicionado, mas, assim que o relógio marcou duas horas, saí e me encostei na porta do carro, tentando parecer casual enquanto observava os funcionários saírem pelos fundos.

Lydia e Natalie foram as últimas a sair, rindo com empolgação enquanto passavam pela porta do restaurante. No momento em que desceram da calçada, Lydia me viu e abriu aquele sorriso largo.

— Oi — disse ela, caminhando na minha direção. Ela estava usando uma camiseta polo azul-celeste com o logotipo do restaurante, e seu cabelo estava preso em um rabo de cavalo bagunçado, com pequenos fios soltos dançando ao redor do rosto. Tive um desejo terno e visceral de colocá-los atrás de sua orelha.

— Quer entrar? — perguntou Natalie, parando um pouco atrás de Lydia. — O restaurante só abre de novo para o jantar, às cinco, então agora tá bem sossegado lá dentro. A gente pode fazer o retrato na varanda dos fundos.

— Sim, tá ótimo — falei, tirando minhas coisas do carro.

— Parece perfeito.

Lydia ofereceu ajuda para carregar meus materiais. Entreguei-lhe o caderno de desenhos, e as pontas de nossos dedos se esbarraram por um breve segundo. Uma onda de formigamento subiu pelo meu pescoço e eu fiquei vermelha, mas, por sorte, ela não pareceu perceber.

— Desculpa a demora — disse Lydia depois que entramos. — O movimento foi intenso hoje. Está acontecendo um torneio nacional da Little League, então um monte famílias veio ao mesmo tempo. Uma das que eu estava atendendo era de Vermont, e acho que eles nunca tinham estado no sul dos Estados Unidos antes, porque ficaram empolgados demais na hora de pedir *grits*.

Me vi sorrindo para ela.

— E eles gostaram da nossa papa de milho?

— Não, eles acharam nojento. Mas usei um sotaque bonitinho pra que eles pudessem ter uma experiência sulista *autêntica*. Eu disse *ya'll* umas cem vezes nas últimas duas horas.

— Você é tão exagerada. E nem sequer é sulista! — Natalie zombou. Ela se virou para me olhar. — A família dela é de Michigan.

— Verdade, e a sua é de Nova Jersey — disse Lydia, cutucando as costas de Natalie. — E mesmo assim você entorna o *sweet tea* daqui como se fosse água.

Fomos para a varanda do restaurante; o ambiente era coberto e tinha vista para uma floresta. As mesas já estavam limpas e arrumadas para o turno da noite, mas Lydia e Natalie haviam liberado um espaço para que pudéssemos trabalhar no retrato.

— Assim tá ok? — perguntou Natalie, sentando-se em uma cadeira perto das amplas janelas da varanda.

Lydia ficou na mesa ao lado dela e, pela primeira vez, percebi que eu não tinha pensado direito sobre essa situação. Normalmente, eu trabalhava sozinha, longe de todo mundo. Agora eu teria que criar alguma coisa enquanto duas pessoas me observavam, sendo que uma delas era a garota mais bonita que eu já conheci.

Como se pudesse ler minha mente, Lydia perguntou:

— Você está confortável, Codi?

— Ah, hum, sim — respondi, tentando parecer calma. — Só estou tentando entrar no clima.

— Posso sair, se eu estiver te distraindo.

— Não, não, de forma alguma — assegurei. Era uma mentira descarada, mas elas não me conheciam bem o suficiente para saber. Se Maritza e JaKory estivessem aqui, estariam escondendo seus risinhos com as mãos, porque teriam sentido cada onda de nervosismo que irradiava de mim. Maritza soltaria uma piadinha sarcástica: *Distraindo? Por que você acha que poderia estar distraindo a Codi, Lydia?*

Natalie agora estava remexendo uma bolsa, tirando roupas e um kit de maquiagem. Sem aviso prévio, ela tirou a camiseta polo do restaurante e ficou ali, com seu sutiã push-up rosa néon, enquanto mostrava a Lydia as diferentes blusas que havia trazido. Mudei o foco e comecei a preparar meus materiais.

Quando Natalie voltou a se sentar na cadeira, já vestia um top de seda azul-marinho e suas mechas recém-penteadas caíam perfeitamente sobre o rosto. A princípio, ela parecia calma, mas depois notei que não parava de mexer no cabelo. Seus olhos vagueavam, como se ela não soubesse ao certo para onde olhar.

Lydia também havia reparado.

— Nat — disse ela com firmeza. — Se solta.

Natalie revirou os olhos e cruzou as pernas, deixando a postura ereta. Ela tentava parecer tranquila, mas dava para ver que estava desconfortável. Isso me deu uma ideia.

— Ei, na verdade... — falei, me dirigindo a Lydia —, você pode se sentar ao lado da Natalie e conversar com ela?

— Conversar?

— Sim, conversar naturalmente. Desperte a autêntica Natalie.

Lydia levantou as sobrancelhas, com uma expressão travessa, e se virou para a amiga.

— A Codi acha que eu desperto seu lado autêntico.

Senti meu estômago se agitar ao ouvi-la dizer meu nome. Eu nunca havia gostado tanto dele quanto naquele momento.

Natalie revirou os olhos de novo.

— Cala a boca, Lyd, só vem conversar comigo.

Elas se sentaram uma ao lado da outra, duas melhores amigas conversando e rindo juntas, e então eu comecei a pintar.

— Codi, isso ficou absurdo — disse Natalie, com os olhos arregalados ao ver o retrato. — Estou assustada de verdade com o quanto ficou bom.

O tempo havia passado de forma fluida e meditativa. Lydia e Natalie riram e falaram sobre tudo o que se possa imaginar: o dia em que se atrasaram para a formatura; o quanto gostavam da avó de Lydia, Mimi; e até mesmo sobre a vez em que foram pegas no flagra saindo do prédio da escola no meio da terceira aula em outubro do ano passado ("Ficamos suspensas por três dias por causa disso", Natalie contou, enquanto ria da situação). Eu tentei passar para o retrato de Natalie toda a vibração que pude observar nela. O cabelo ruivo e brilhante foi a parte mais fácil; mas eu realmente queria capturar seu rosto confiante e ensolarado, e Lydia havia conseguido trazê-lo à tona.

— Codi, isso é simplesmente... *uau* — disse Lydia. — Eu adorei que você pintou a Nat no meio de uma risada.

Abri um sorriso tímido.

— Senti que fazia sentido.

Ela olhou atentamente para mim.

— Você tem instintos muito bons.

Pude literalmente sentir meu rosto ficando vermelho e me apressei em desviar o olhar.

— Obrigada.

No caminho até o estacionamento, Natalie segurava o retrato à sua frente como se fosse um tesouro.

— Mal posso esperar para mostrar ao Cliff — disse ela com uma voz deslumbrada. — Ele vai adorar. Vai querer que você me pinte nua.

Respondi com uma risada, torcendo para que ela estivesse brincando.

Acenamos para Natalie e, em seguida, estávamos apenas Lydia e eu no estacionamento quente e ensolarado, completamente sozinhas pela primeira vez.

— Você é talentosa de verdade — declarou Lydia, e seu braço morno esbarrou no meu quando nos encostamos no carro dela. — Ah, desculpa — disse ela, se afastando. — Eu devo estar com cheiro de fritura.

— Não tá, não — falei rapidamente. Minha pele formigava onde ela havia me tocado. — Eu gosto de fritura, de qualquer forma.

Foi a coisa mais estúpida que eu poderia ter dito e fiz o possível para manter uma expressão tranquila.

— Quer dizer, sabe, tipo bolinho ou batata frita — murmurei.

Lydia riu.

— Sim, e bacon.

— Sim, bacon, exatamente. — Fiz uma pausa, tentando pensar em alguma coisa para mudar de assunto. — Fiquei surpresa que a Natalie quis fazer o retrato aqui.

Lydia franziu a testa e percebi que ela estava prestes a compartilhar algo sobre sua melhor amiga.

— Sim… — começou ela, hesitante. — Ela não gosta muito de ficar em casa. A situação com a família é meio difícil.

Eu não sabia ao certo como responder àquilo. Natalie era uma pessoa tão legal e extrovertida; era até difícil de acreditar que ela pudesse ter algum tipo de dificuldade com qualquer coisa.

— Mas também acho que, no fundo, ela ama o Court Café — continuou Lydia, com uma voz mais animada. — É o nosso terceiro verão trabalhando aqui e, a essa altura, a equipe é como uma família, mesmo quando a gente dá nos nervos uns dos outros. — Ela sorriu e encontrou meus olhos. — Então, de quem será o próximo retrato?

—Ah... — falei, pega de surpresa pela pergunta. — Hum... não sei. Acho que vou ver por aí se tem alguma demanda.

Ela assentiu, pensativa.

— O Cliff provavelmente vai ser o próximo a pedir. A Natalie vai pressionar, porque eu sei que ela vai querer ver o resultado. — Ela fez uma pausa. — Talvez você possa pintar o meu algum dia também.

Eu tinha esperanças de que ela sugerisse isso, mas também me sentia intimidada pela ideia. Não conseguia imaginar ficar a sós com Lydia por um período tão longo. Então tudo o que consegui dizer foi:

— Sim, lógico.

Ficamos em silêncio por um momento, e eu me perguntei se ela estava esperando que eu respondesse de forma mais específica. Tentei pensar no que dizer em seguida, algo que me desse outra oportunidade de encontrá-la, mas era como tentar invocar as respostas de um teste surpresa.

— É melhor eu ir — disse Lydia, por fim, desencostando-se do carro. — Tenho aula em uma hora.

—Aula? — perguntei, sentindo uma pontada de frustração.

— Sim, estou pegando alguns créditos na faculdade comunitária. Vou para a GCSU no semestre que vem e os calouros têm que cumprir uma série de requisitos de matemática, então quero aproveitar o verão para me livrar de alguns.

Pela maneira como Lydia falou, deu para perceber que isso era a última coisa que ela queria fazer. Me lembrei da noite em que nos conhecemos, na festa do Ricky, quando ela me confidenciou que não havia conseguido entrar na UGA. Parecia que a faculdade era um tópico sensível para ela.

— Eu odeio matemática — confessei. — Minha melhor amiga é um gênio dos números... Ela quer ser astrofísica. Mas eu não suporto.

Os olhos de Lydia relaxaram, e eu percebi que tinha dito a coisa certa.

— Sério? — perguntou. — Eu também não. Minha mãe é contadora e não consegue entender como o gene da matemática não passou pra mim. Todo mundo diz que puxei dela a ética de trabalho e o sorriso, mas, por algum motivo, não herdei a inteligência.

— Você tem um sorriso incrível — deixei escapar.

Ela me lançou um olhar curioso, quase como se soubesse que eu havia dito aquilo sem querer, e meu rosto e pescoço arderam por inteiro.

— Quer dizer... tenho certeza de que você também tem uma ótima ética de trabalho — falei me sentindo estúpida.

Ela riu de leve, sem olhar para mim.

— Obrigada. Hum, então... Te vejo em breve? Você vai pra festa do Samuel na sexta-feira?

Pisquei. Era a primeira vez que eu estava ouvindo sobre essa festa do Samuel e não sabia como funcionavam os convites para essas coisas.

Minha confusão deve ter transparecido em meu rosto, porque Lydia sorriu e disse:

— Ele enviou uma mensagem pra gente hoje de manhã falando sobre isso. O Ricky com certeza vai te passar os detalhes.

— Ah... — falei, corando. — Beleza, vou falar com ele.

— Legal... Ei, Codi, obrigada por me deixar assistir hoje, aliás.

— Ah, é claro, sem problema — falei, balançando a cabeça de um jeito nervoso. — Foi muito bom ter você presente pra conversar com a Natalie... Digo, você estar presente de forma geral, porque acho que isso ajudou a gente a se soltar e relaxar...
Ela sorriu ao me ouvir divagando.
— Sim, foi muito divertido.
— Sim. — Fiz uma pausa. — Hum, bom... a gente se vê na sexta-feira.
— Sexta-feira — concordou ela, entrando em seu carro. — Até mais, Codi.
— Tchau, Lydia — falei, dando meia-volta antes que ela pudesse me ver corar.

Durante todo o caminho para casa, eu não conseguia parar de imaginar como seria pintar o retrato de Lydia. Nós duas mais uma vez na varanda do Court Café; ela vestindo aquela camiseta polo azul-celeste, e eu a fazendo rir enquanto pinto seus longos cabelos cor de mel. Assim que terminasse, ela se aproximaria, encostaria a cabeça no meu ombro e, em um sussurro, diria que estava perfeito.

Meu estômago ainda estava revirado quando entrei em casa. Mamãe e papai ainda estavam no trabalho, e eu não sabia onde Grant estava, então me sentei à mesa da cozinha, peguei meu caderno de desenho e comecei a fazer um esboço preliminar do retrato que eu faria de Lydia. Mesmo que ela tivesse adorado o de Natalie, eu queria me assegurar de que o dela — se eu realmente o pintasse — seria excepcional. Meu telefone vibrava com uma série de mensagens de Maritza e JaKory, mas ativei o modo Não Perturbe, coloquei meus fones de ouvido e fiquei escutando a mesma música repetidamente enquanto rascunhava. A luz do sol entrava pelas janelas e se derramava sobre a mesa, avançando em direção ao desenho. Retirei o relógio do meu pulso e me esqueci de tudo que não fosse a garota de papel à minha frente. Então, de repente, alguém apareceu olhando por cima do meu ombro.

Era Grant.

— Merda! — gritei, arrancando meus fones de ouvido.

Grant se manteve inabalável.

— Quem é essa?

Virei o desenho sobre a mesa, com o coração batendo forte.

— Ninguém.

— É alguém que você conhece?

— Não é *ninguém*, Grant. Sai daqui.

— Você tá estranha.

— Você tá fedendo a cecê. Vai tomar um banho.

— Eu estava *lá fora* — disse ele se defendendo. — Onde as pessoas *normais* vão, sabe?

Ele disse aquilo com um quê de crueldade em sua voz. Meu coração ainda estava batendo forte por ele ter invadido algo tão particular, tão revelador, mas antes que eu pudesse dizer algo para afastá-lo, ele me chocou com outra pergunta.

— Você tem um namorado?

Agora ele tinha uma curiosidade intrometida em seu tom de voz, quase como se não estivéssemos implicando um com o outro alguns segundos antes. Fiquei paralisada, uma sensação de pavor invadiu meu corpo.

— Eu vi você sair com aquele cara — continuou ele. — O da caminhonete.

Meu coração ficou acelerado. Grant sabia sobre Ricky, o que significava que ele poderia dizer aos meus pais que eu tinha um namorado, e isso levaria a um labirinto de conversas que eu não estava pronta para ter; ou, pior, ele poderia deixar escapar alguma coisa para Maritza e JaKory, e eu não fazia ideia de como poderia explicar que estava saindo com um novo amigo sem eles.

— Você tá me espionando? — rosnei.

— Não é espionagem se o meu quarto tem vista para a entrada da garagem. Que tipo de caminhonete ele tem?

— Eu não sei, Grant. Para de perguntar sobre...

— Você não sabe qual é o carro que seu namorado dirige?

— Ele não é meu namorado, seu idiota — falei, áspera. — Ele é só um colega que trabalha comigo na Bodes&Bolsas e que às vezes me dá carona pra lá.

Era uma boa mentira que, com sorte, o impediria de mencionar Ricky aos meus pais *e* amigos, mas ele ergueu as sobrancelhas como se não acreditasse em mim.

— Mamãe e papai conhecem ele?

— Claro que conhecem — retruquei. — Agora você pode sair da minha frente? Sério, você tá fedendo. Espero que não fique perto da sua namorada desse jeito.

Em um piscar de olhos, sua expressão azedou. Ele se afastou da mesa, batendo as mãos no encosto da cadeira.

— Você já foi legal, Codi — disse ele, voltando a usar aquele tom ácido. — Agora você é uma babaca.

Ele saiu correndo da cozinha, afastando o cabelo dos olhos. Tentei voltar a me concentrar no desenho, mas as palavras de Grant não paravam de ecoar na minha cabeça. Acabei decidindo checar as mensagens que Maritza e JaKory tinham enviado.

JaKory Green: O que devo levar nessa viagem para a Flórida? A figura paterna vai querer engajar em atividades esportivas com uma bola, mas eu não tenho um único exemplar desses shorts atléticos abomináveis.

Eu havia me esquecido de que JaKory estava prestes a viajar para visitar o pai. Ele ia passar quatro dias na Flórida, como fazia todo verão, e não estava muito entusiasmado com isso.

Maritza Vargas: Leve tooodos os looks gays. Tira uma com a cara desse homemmm.

Maritza Vargas: Codi, o que vamos fazer enquanto ele estiver fora? Quer vir pra cá na sexta-feira à noite?

Olhei para o celular, sentindo pontadas na boca do estômago. Sexta-feira à noite era a festa do Samuel e, embora eu ainda não tivesse confirmado com o Ricky, era certo que eu iria. Mais precisamente, eu *queria* ir. Mas o que eu deveria dizer à Maritza?

Não vai dar, cara, foi mal. Minha mãe quer fazer uma noite de filmes em família.

Era uma mentira frágil, e eu rezei para que ela não pensasse demais.

Maritza Vargas: Vocês e seus malditos valores familiares.

Larguei meu celular, sentindo um misto de culpa e alívio.

Na quinta-feira à tarde, Ricky e eu nos encontramos na piscina do bairro depois dos nossos expedientes. Havia uma tonelada de crianças gritando, pulando e correndo, então nos dirigimos às cadeiras em um canto mais afastado e colocamos nossas roupas nas que estavam livres ao redor, só para garantir que ninguém nos incomodaria.

— É claro que você tá convidada — disse Ricky, depois que mencionei o convite de Lydia para a festa de Samuel. — Eu te mandei uma mensagem sobre isso ontem à noite.

— Sim, eu sei, mas eu queria ter certeza de que não foi, tipo… um convite por pena.

— Você não ouviu quando meus amigos te fizeram prometer que sairia com eles de novo?

— Sim, é só que…

— Então para de se questionar. Me conta mais sobre a tarde do retrato.

Contei a ele como ficou o retrato de Natalie e sobre como Lydia sugeriu que eu pintasse o dela algum dia.

— E você disse que sim, né? — perguntou ele, me encarando.

Fiz uma careta, já sabendo como seria sua reação.

— Eu meio que deixei em aberto.

Ele suspirou e inclinou a cabeça para trás como se eu fosse impossível.

— *Por quê?* Ela te ofereceu a oportunidade perfeita pra sair com ela!

— Sim, mas a gente ainda não se conhece direito! Parecia cedo demais, sabe? Quero passar mais tempo com ela antes de me comprometer com algo assim.

— Garotas... — Ricky resmungou, balançando a cabeça. — Não conseguem aproveitar uma oportunidade mesmo quando ela tá bem na frente de vocês... Sempre precisam da *conexão emocional* primeiro.

— O quê, você acha que eu não vou ter outra oportunidade? — perguntei, irritada. — Não quero apressar as coisas. Eu gosto dela, e gosto de todos os seus amigos, mas quero me sentir à vontade no meu próprio ritmo. Não posso agir como alguém que eu não sou.

Ricky bufou.

— Você não é capaz de agir como alguém que não é.

— Isso foi uma crítica?

Ele baixou os óculos escuros.

— Por que você tá tão na defensiva? Eu tô dizendo que você é genuína.

Desviei meu olhar e fiquei observando as crianças se divertindo na água. Eu, Maritza e JaKory costumávamos ficar ali com eles: Maritza brigando com os garotos mais atrevidos de onze anos, e JaKory implorando para que todos jogassem adedanha.

Eu nunca tinha ido à piscina com ninguém além deles. Só de pensar nisso, minha garganta doía.

— Não sei, Ricky — suspirei. — Não estou me sentindo tão genuína ultimamente, sobretudo pela forma como venho escondendo as coisas de Maritza e JaKory. Menti para a Maritza sobre o motivo de não poder sair com ela amanhã à noite. — Fiz uma pausa. — E também menti para o meu irmão ontem.

Ricky ficou quieto, folheando as páginas de seu catálogo de cursos da UGA.

— Olha. Você tem que entender seus motivos por trás disso. Às vezes, mentimos porque estamos nos colocando em primeiro lugar.

Eu sabia que ele não estava falando apenas de mim. Sua mão havia parado sobre uma das páginas.

— Algum dia você pretende contar aos seus amigos sobre... você? — perguntei com delicadeza. — Porque agora que conheci eles, não acho que sejam do tipo que se importaria com isso.

Ele ficou em silêncio novamente, pensando.

— Talvez você tenha razão — respondeu ele, cauteloso. — Mas não faz sentido contar pra eles, sendo que foi uma coisa que só aconteceu algumas vezes.

— Então você não acha que vai acontecer de novo?

— Não.

A resposta dele foi enfática, encerrando o assunto. Suspirei e fiquei olhando para a água, pensando em meus dois melhores amigos. A essa altura, JaKory já devia estar em Tallahassee, tentando acompanhar a rotina do pai e do meio-irmão; Maritza devia estar no acampamento de dança, provavelmente se esforçando para superar Vivien Chen em alguma coisa. Eu não via nenhum deles desde domingo, e esse era o maior tempo que já tínhamos ficado sem nos encontrar em uma semana normal de verão, o que me causava uma sensação estranha. Por um lado, eu me sentia desorientada pelo fato de a nossa rotina estar tão diferente, mas, por outro, percebi que sentia muito menos falta deles do que imaginei que sentiria.

— Ei — chamou Ricky, interrompendo meus pensamentos. — A gente vai se divertir amanhã à noite, tá bem? Minha irmã me deu uma garrafa de vodca porque ajudei ela com a mudança de dormitório, e eu sei que você está morrendo de vontade de experimentar vodca.

Semicerrei os olhos na direção dele, tentando entender seu jogo, mas tudo o que ele fez foi balançar as sobrancelhas de um jeito sugestivo e se inclinar para o sol.

CAPÍTULO NOVE

O mundo parecia muito importante na sexta-feira à noite.

    Eu disse ao Ricky que iria dirigir, principalmente porque não queria me sentir como sua coadjuvante dessa vez. Fui buscá-lo depois do jantar, e ele saiu correndo da garagem com a mãe em seu encalço, insistindo para que ele ajeitasse a gola da camisa. Ela ficou parada em frente à porta, observando enquanto ele entrava no meu carro.

    Falar com mães e pais me deixava mais nervosa do que qualquer outra coisa, mas eu não queria ser grosseira ou esquisita. Abaixei a janela e sorri ao cumprimentá-la.

    A sra. Flint tinha os mesmos olhos calorosos de Ricky, mas eles ficaram sérios depois que ela terminou de me cumprimentar.

— Tenham juízo — ela falou com severidade.

— Pode deixar — disse Ricky, sorrindo como o Gato de Cheshire.

    Estávamos apertados em meu pequeno sedã, mas Ricky parecia perfeitamente à vontade, mesmo com suas pernas compridas pressionadas contra o painel. Ele batucava com os dedos em seus joelhos e cantarolava ao som da playlist de

Ben Howard que eu tinha colocado usando um cabo auxiliar, e seu contentamento fez com que eu me sentisse animada também.

A festa do Samuel parecia e soava muito como a do Ricky, mas dessa vez eu estava mais confiante ao entrar. Cliff, Natalie, Samuel e Terrica correram para me abraçar e, quando me dei conta, eles tinham colocado uma bebida na minha mão.

— Vodca com LaCroix — informou Terrica, brindando nossos copos. — Somos burguesas safadas assim.

Tomei um gole e a bebida desceu queimando a minha garganta. Era diferente de qualquer coisa que eu já havia provado antes. Coloquei a língua para fora sem querer.

— As pessoas *gostam* disso? — perguntei.

Ricky riu e passou o braço em volta dos meus ombros.

— Vai bebendo aos poucos. Fica melhor.

Samuel me levou para um tour pela casa, que era menor do que a minha e a de Ricky, mas cheia de bugigangas e arte kitsch de que seus pais gostavam. Terrica nos acompanhou, abrindo caminho entre as pessoas e girando como Vanna White toda vez que Samuel apontava algo novo. Quando chegamos ao andar de cima, Samuel paralisou com a visão de Leo posando como um sentinela perto do corrimão.

— Cara. Você bloqueou o andar inteiro?

Leo cruzou os braços.

— Óbvio?! Mas só vou deixar a galera usar o banheiro. Os quartos dos seus pais e da sua irmã estão fora dos limites.

Lembrei o que Ricky havia me contado depois daquela primeira festa: que Leo sempre encontrava o local mais provável das pessoas quererem transar e cobrava dez dólares para que pudessem usá-lo.

— Você tá de brincadeira comigo, cara? — disse Samuel. — Quanto você fez até agora?

— Trinta dólares.

Samuel hesitou.

— Beleza. Mas eu fico com metade do que você ganhar. E é claro que nós — disse ele, gesticulou entre si mesmo e Terrica — não precisamos pagar.

— Vou te dar vinte por cento.

— É sério, cretino?

Leo deu de ombros.

— Cara, você sabe que eu vou usar o dinheiro pra comprar maconha e dividir com vocês de qualquer forma.

— Tá certo, tá certo — disse Samuel. — Prossiga.

Voltamos para o andar de baixo e encontramos Ricky, Natalie e Cliff na cozinha. Samuel atualizou todos eles acerca do mais recente empreendimento comercial de Leo, mas eu mal escutei: estava procurando por Lydia, mas ela não estava em lugar nenhum.

— Ei, Natalie — falei o mais baixo que pude —, onde tá a Lydia?

— Ah — respondeu Natalie com naturalidade, colocando mais LaCroix em seu copo —, ela tá no cinema com a família.

— Com a família?

— Eles costumam ir ao cinema uma vez por mês, sempre às sextas. Fofo, né? Geralmente é só ela e os pais, mas os dois irmãos estão na cidade este fim de semana, então tem toda uma importância. Eu sempre implico com ela por causa disso, mas é porque meus pais são divorciados e eu fico com inveja. De qualquer forma, ela deve chegar por volta das onze trazendo uma quantidade monstruosa de pipoca junto com ela.

Levantei uma sobrancelha.

— Quê?

— Lydia ama pipoca de cinema, então ela sempre compra na saída — explicou Natalie, revirando os olhos. — E depois ela sempre tenta pegar meu celular com aqueles dedos engordurados de manteiga, fica só vendo.

A festa ficou mais agitada depois que o Samuel colocou hip-hop latino para tocar, e meus ouvidos latejavam com o volume.

As pessoas chegavam aos montes. Os gritos e as gargalhadas ficavam cada vez mais altos, e o cheiro de suor misturado com perfume dominava o ar. Bebi outra vodca com LaCroix, relaxando um pouco mais a cada minuto — tanto que até conversei com alguém que não conhecia na fila do banheiro. Então, o Mágico Dan me parou na sala de estar para me mostrar truques de cartas e Natalie teve que vir me salvar, fingindo que precisava de alguma coisa no meu carro.

Uma hora depois, Tucker apareceu. A princípio, não percebi que era ele, porque não o tinha visto direito na escuridão daquela noite, mas dessa vez consegui dar uma boa olhada nele sob a claridade morna da cozinha. Era um cara magro e desajeitado — tinha quase a aparência de um pássaro —, mas também exalava um tipo de autoconfiança natural. Ele foi direto até um grupo de garotos que eu não conhecia, onde todos o receberam com abraços e uma cerveja, e, em questão de segundos, ficou evidente que ele estava no comando da conversa. Fiquei esperando que Tucker viesse falar com Ricky, mas ele permaneceu onde estava, como se Ricky fosse invisível para ele.

Então, alguns minutos depois, eu o vi olhando furtivamente em nossa direção.

— O Tucker tá aqui — murmurei para Ricky.

Ricky manteve seus olhos em Samuel, que estava contando uma história.

— Eu sei — disse ele com os dentes cerrados.

Eu não falei mais nada a respeito.

Algum tempo depois, me vi na sala de estar, esparramada no chão com Ricky, Samuel, Natalie e Cliff. Samuel falava sobre o gato da família, Burgermeister, que estava em um dos quartos no andar de cima e aparentemente tinha engordado tanto que eles precisaram colocá-lo em uma dieta alimentar. Ricky ria histericamente com as mãos no rosto enquanto Samuel imitava o Burgermeister tentando subir as escadas.

— Tô com soluço — disse Ricky, tentando segurar o riso e enxugando as lágrimas dos olhos. Ele fez uma pausa e respirou fundo. — Ai, acho que preciso de um pouco de água.

Ricky seguiu em direção à cozinha e não voltou mais. Eu tinha certeza de que ele tinha ido procurar pelo Tucker, mas nenhum de seus amigos pareceu ter notado alguma coisa.

— Rá! — gritou Natalie, apontando para o outro lado da sala. — Como prometido, Codi.

Eu me virei para olhar. Era Lydia. Ela segurava um pote gigante de pipoca debaixo do braço e vinha caminhando em nossa direção com uma expressão radiante. Eu queria conseguir descrever a forma como ela iluminava o ambiente, como exalava uma energia natural tão própria, como ela parava para conversar com quase todo mundo por quem passava. Quando se sentou no tapete da sala de estar ao nosso lado, Lydia estava quase sem fôlego.

— Aqui. — Ela ergueu o balde de pipoca e Cliff o pegou imediatamente. — O que estamos bebendo?

— *Vodca* — respondeu Natalie com um sotaque russo.

— Vou preparar uma para você —anunciei e me levantei antes que ela pudesse me impedir.

Preparei o drinque da maneira que tinha visto Natalie fazer: uma mistura de vodca e água com gás saborizada. E torci para ter acertado. Quando voltei para a sala de estar, Samuel, Cliff e Natalie tinham voltado a engajar em alguma conversar, mas Lydia olhava diretamente para mim, com um sorriso que fez meu coração disparar. Senti o cheiro de seu perfume: doce, floral e inconfundivelmente dela.

Em algum momento, nosso grupo foi parar no deque, onde encontramos Ricky conversando com Tucker a sós. A energia deles mudou no momento em que aparecemos. Tucker olhou para mim com um leve horror nos olhos, depois se voltou para Ricky com uma pergunta quase imperceptível em seu rosto.

Ricky balançou a cabeça e murmurou algo em voz baixa, e os ombros de Tucker relaxaram.

Cliff e Samuel se juntaram a Ricky e Tucker, e eu sabia que, aos olhos de qualquer pessoa, aquele era apenas um grupo de quatro caras trocando ideia, mas eu podia ver a resistência sutil na linguagem corporal de Ricky e Tucker: como Ricky demorou um segundo a mais para inclinar os quadris para longe de Tucker, como Tucker cruzou os braços sobre o peito, como seus sorrisos pareciam um pouco forçados demais.

— Você está observando as pessoas? — alguém perguntou.

Quando girei o corpo, Lydia estava parada com duas cervejas geladas nas mãos, entendendo uma para mim. Peguei a lata e a abri como uma profissional.

— Nada, eu só estava te esperando — falei, me sentindo confiante. — Queria jogar o jogo das estrelas de novo. O que você acha do nome "Kris Jenner"?

Lydia se engasgou com o riso, derramando cerveja no convés. Quando pulamos para trás por causa do respingo, todos se viraram para olhar a cena: Lydia ainda engasgada e eu rindo e batendo levemente em suas costas. Seus ombros nus pareciam faíscas sob a ponta dos meus dedos.

— Caralho, que vergonha — disse Lydia, tossindo entre um riso e outro, mas ela não parecia envergonhada de verdade.

— Ainda bem que eu não estou de chinelo — falei enquanto sacudia a pocinha de cerveja de cima do meu Vans.

Ela revirou os olhos, mas manteve o sorriso.

— Podia ser pior, juro. Outro dia, um cliente com a boca cheia de ovos mexidos espirrou tudo na minha coxa, e meu gerente me repreendeu por não ter desejado "saúde" a ele.

— Meu irmão vomitou bolo de sorvete no meu braço uma vez. Na minha festa de aniversário.

— Sério? Tá bom, você venceu.

— Sempre que minha família relembra essa história, meu pai diz: "Caramba, Grant, você não precisava ter devolvido o primeiro pedaço para a sua irmã".

— Piadas de pai são, ao mesmo tempo, a melhor e a pior coisa do mundo.

— São mesmo.

Nós nos apoiamos na grade do deque, de frente para as árvores. A sensação era de que o universo se resumia apenas a nós duas naquele momento. O cotovelo dela esbarrou no meu, e um arrepio percorreu meu corpo com aquele toque.

— Você tá se divertindo? — perguntou Lydia.

Era fácil ser honesta com ela.

— Pra falar a verdade, estou, sim. Você acredita se eu te disser que esta é a minha primeira festa de verdade?

— Você tá brincando — disse Lydia, mas não havia julgamento em seus olhos, apenas brilho.

— Muita gente num mesmo lugar não é muito a minha praia. Mas eu gosto muito dos seus amigos, então é fácil estar aqui com todos vocês.

Lydia sorriu.

— Eles são realmente incríveis. E olha que eu só comecei a andar com eles no ano passado.

— Sério? — perguntei, surpresa.

— Sim, mas tirando a Natalie. Nós somos amigas há anos. A gente costumava sair com um outro grupo de garotas, mas algumas coisas aconteceram e nós meio que... seguimos caminhos diferentes. No verão passado, ela começou a namorar o Cliff e a sair com os amigos dele. Sabe, os meninos... Daí eu comecei a sair com eles também. E depois o Samuel e a Terrica começaram a namorar, e todos nós meio que nos encaixamos.

Fiz uma pausa, absorvendo a narrativa.

— Posso perguntar o que houve com as outras garotas?

Lydia cruzou os braços.

— Foi uma situação muito escrota, mas em resumo: elas se achavam melhores do que eu e Natalie. Desde o primeiro ano, depois que ficou decidido que éramos, tipo, um "grupo", eu vinha me esforçando muito para fazer dar certo, mas a verdade é que elas agiam mais como minhas inimigas do que como minhas amigas. Em algum momento, meus irmãos notaram e me chamaram pra conversar. Eles simplesmente falaram: "Por que você tá deixando suas 'amigas' te tratarem desse jeito?" E então percebi que, tipo, *eles tinham razão*.

Fiquei em silêncio, pensando em Maritza e JaKory. Eles não eram nada parecidos com as falsas amigas de Lydia, mas ainda assim havia uma parte de mim que queria se afastar deles.

— Estou passando por uma situação parecida, só que em uma escala bem menor, com os meus dois melhores amigos — confessei. — Eu amo os dois mais do que qualquer outra coisa no mundo, mas às vezes, quando estou perto deles, sinto que sou menos do que eu gostaria de ser. E aí eu conheci o Ricky e vocês, e foi como se toda uma nova versão de mim pudesse começar a respirar.

O olhar de Lydia pairava sobre mim, me estudando e, ao mesmo tempo, irradiando uma luz morna e confortante.

— Posso te contar sobre os meus amigos? — perguntei a ela e, naquele momento, me senti mais vulnerável do que nunca.

— Sim — respondeu ela, com os olhos fixos no meu rosto. — É claro que pode.

Respirei longa e profundamente, e então tudo veio à tona, tudo o que eu amava em Maritza e JaKory, mesmo com os sentimentos complicados que eu sentia naquele momento. Falei sobre como eles eram peculiares e genuínos, sobre a vez em que Maritza se fantasiou de Janice, de *Friends*, no Halloween, sobre o coelho de estimação de JaKory, chamado Robert Frost; contei sobre o dia em que eles cantaram uma música para mim porque eu não conseguia parar de chorar depois de ter torcido o pulso na aula de educação física e sobre termos passado um ano inteiro nos chamando de JaCoMa, no oitavo ano...

— Eles parecem incríveis, Codi — concluiu Lydia. — Acho que eles não vão a lugar nenhum. Talvez você precise respirar agora, mas isso não quer dizer que você não ame a Maritza e o Jakory.

Engoli em seco. A vodca e a cerveja estavam me deixando emotiva, e eu não queria ficar emotiva naquela noite.

— Bom, de qualquer forma... — falei, um pouco constrangida. — Estou feliz de ter conhecido você e seus amigos.

Lydia me olhou com atenção.

— Você realmente é muito legal, Codi.

Meu olhar se cruzou com o dela.

— Não tenho certeza se isso é verdade.

— Claro que é. Cada um é legal do seu próprio jeito, basta a gente dar uma chance para que mostrem.

Eu retribuí o sorriso que ela estava me dando.

— Você acredita mesmo nisso?

— Com certeza. Você não acha que o ensino médio funciona assim? Nós atravessamos essa fase exalando arrogância, meio confusos e fazendo julgamentos sobre pessoas que nem conhecemos, mas depois que conseguimos deixar de lado a autossabotagem e abrir espaço para aqueles que não esperávamos entrar na nossa vida, tudo finalmente se encaixa. — Ela balançou a cabeça, e o sorriso desapareceu de seu rosto. — Leva uma eternidade pra gente encontrar as pessoas certas e, assim que isso acontece, o ensino médio acaba e de repente estamos indo para faculdades diferentes. É como se a gente se desencontrasse bem na hora em que as coisas começam a melhorar.

Eu a observei por um momento, notando como seu corpo ficou imóvel e seus cílios refletiam o brilho das luzes da varanda.

— Sinto muito — murmurei.

Ela olhou para mim.

— Não precisa. É a vida. E, se tudo der certo — ela falou, respirando profundamente —, vou encontrar mais um monte de pessoas legais na GCSU.

— Tenho certeza de que vai mesmo — eu disse a ela. — Você vai fazer um milhão de novos amigos na faculdade. Eles vão fazer fila para sentar com você. — Respirei fundo, buscando na mente algo que a fizesse sorrir. — Principalmente se você continuar levando baldes enormes de pipoca para as festas.

Seus lábios se contraíram. Por um momento, pareceu que ela estava tentando formar uma ideia, até que se virou para mim e disse:

— Se é assim, vou levar um *milhão*.

Balancei a cabeça, rindo.

— Que piada de pai horrível!

— Horrível mesmo — concordou ela, com os olhos brilhantes —, mas você tá rindo, não tá?!

A noite continuou. Samuel e Terrica me convenceram a jogar uma partida de beer pong, que disputei com Leo depois de ele ter finalmente se aposentado do posto de segurança no andar de cima. Em seguida, Natalie me chamou para jogar King's Cup com ela, Lydia e um grupo de pessoas no chão da sala de estar. Eu nunca tinha jogado esse jogo antes, mas foi muito divertido, especialmente quando as pessoas começaram a criar regras do tipo "Todo mundo tem que falar com sotaque britânico" e "Não podemos apontar para ninguém" — o que, no fim das contas, era muito mais difícil do que parecia. Depois, tomei outra cerveja e fiz alguns amigos na fila do banheiro, incluindo a infame Aliza Saylor, que tentou tirar sua calcinha fio-dental ali mesmo, enquanto conversávamos.

Quase não vi Ricky durante todo esse tempo, mas quando fui até a garagem para pegar mais cerveja, notei que Tucker havia me seguido. Ele estava encostado na porta, com as mãos nos bolsos, batendo o sapato no chão de um jeito nervoso. Esperei, sentindo o frio das latas de cerveja passar para a minha camiseta.

— Codi — disse ele, limpando a garganta.

Eu apenas acenei com a cabeça.

— Oi, Tucker.

Ele continuou parado, batendo o sapato com mais força. Seu desconforto era palpável.

— Gostei da sua camisa havaiana — falei, minha voz ecoando pela garagem.

Ele me fitou. Era quase como se estivesse avaliando se minhas palavras tinham sido sinceras.

— De verdade. — Dei de ombros, incapaz de acreditar que esse atleta popular pudesse imaginar que eu estava tirando sarro dele. — É uma camisa maneira. Divertida.

Ele limpou a garganta novamente.

— Obrigado. Achei em uma caixa para doações do meu pai. Pensei que renderia algumas risadas.

Por um tempo, ele simplesmente ficou parado no mesmo lugar, olhando para mim. O silêncio era constrangedor.

— Olha, Tucker... — comecei.

— Não, espera — interrompeu ele. — Por favor, deixa eu tentar fazer isso.

— Tá bom.

— Não era minha intenção te seguir até aqui, mas é que... Eu só queria me desculpar por ter surtado com você naquela noite. Fiquei preocupado que você pudesse contar pra alguém sobre o que viu, mas ele... hum, o Ricky... disse que você não contou.

— Não, não contei — confirmei, observando sua expressão ansiosa. — E não vou contar.

— Obrigado. Não é que eu tenha vergonha ou algo assim, só que... é que não é da conta de ninguém, sabe? Ainda estou tentando entender as coisas e não quero lidar com o julgamento dos outros.

As latas de cerveja estavam muito geladas; coloquei-as no chão e esfreguei as mãos na camisa para tentar aquecê-las.

— Ricky me disse que você é o melhor jogador de beisebol da nossa escola.

— Ele disse isso?

— Sim.

Tucker mordeu o lábio.

— O Ricky é do tipo que exagera as coisas, eu acho.

Encontrei seus olhos.

— Não, eu acho que não.

Ele deu um meio-sorriso um tanto dolorido. Em seguida, deu alguns passos à frente e pegou as latas de cerveja do chão.

— Para quem são essas? Eu te ajudo a carregar.

— Não precisa.

— Não, eu faço questão. De qualquer forma, é melhor parecer que eu vim aqui por algum motivo. — Ele deu um passo em direção à porta, mas depois girou o corpo para olhar para mim.

— Escuta, Codi... Se as coisas não derem certo entre mim e o Ricky, por favor, não desconta em mim, tá bem?

E com esse recado enigmático, ele abriu a porta e me guiou de volta para dentro da casa.

A festa estava chegando ao fim, o que era uma ótima notícia, porque eu estava *bêbada*. Pelo que pude perceber, todos os outros também estavam. Estávamos novamente espalhados pelo chão da sala de estar, dessa vez jogando uma partida de King's Cup só para meninas, enquanto Cliff, Leo e Samuel roncavam nos sofás ao redor.

Ao meu lado, Lydia sentava-se com as pernas estiradas, e nossas coxas ocasionalmente se encostavam, fazendo minha pele formigar onde quer que ela a tocasse. Seu cabelo ficava caindo sobre o rosto e, toda vez que ela o empurrava para trás, eu imaginava como seria beijá-la.

— Nova regra — disse Lydia, jogando um rei de espadas. — Agora a gente só pode se dirigir umas às outras como "mano".

— Por que, mano? — perguntou Natalie com uma voz arrastada.

— Porque, mano, eu decretei. — Ela apontou para Terrica. — Sua vez, mano.

— Mano, *obrigada* — disse Terrica, inclinando-se de um jeito atrapalhado para alcançar a pilha de cartas.

Nossas vozes ficavam cada vez mais graves conforme repetíamos "mano", e toda a situação era ridícula, mas estávamos tontas, bêbadas e nos divertindo. Lydia era a que mais ria.

— Sua vez, Codi — disse ela, batendo no meu cotovelo.

— Epa, epa, epa. — Terrica interrompeu, apontando para ela. — Beba, mano. Você disse o nome dela.

— O quê? Droga. Desculpa, mano. — Ela passou o braço em volta dos meus ombros e minha barriga inteira se contraiu. O rosto de Lydia estava a poucos centímetros do meu, e eu podia ver seus lábios tão nitidamente.

— Tá tranquilo, mano — falei, reclinando-me no braço dela.

Alguns minutos depois, olhei para a cozinha e vi uma garota bem perto de Tucker. Eu não tinha reparado nela até então, mas ficou difícil não notar: o tempo inteiro ela agarrava o braço de Tucker e jogava o cabelo para trás enquanto ria.

— Quem é aquela? — perguntei.

As três olharam para cima preguiçosamente.

— Ah, é a Bianca — respondeu Natalie. Ela arrotou, aparentemente sem perceber, e depois baixou a voz de forma conspiratória. — Ela e o Tucker meio que têm um rolo.

Elas retomaram o jogo de cartas, mas eu já não estava prestando muita atenção. Tinha acabado de notar Ricky parado no canto da cozinha, não muito longe de Tucker e Bianca. Seu corpo parecia estar se contraindo por inteiro e ele segurava os próprios braços como se estivesse tentando se aquecer de alguma forma.

Quando os olhos de Ricky encontraram os meus, ele marchou para fora da cozinha, obstinado a ignorar Tucker.

— Vamos, Codi, eu dirijo o seu carro — disse Ricky, irritado. Em seguida, saiu da casa sem olhar para trás.

— Tá tudo bem com ele? — perguntou Terrica.

— Tá, sim — falei, gesticulando com as mãos, em uma tentativa de amenizar a situação. — Você sabe como os garotos são dramáticos às vezes.

Foi só quando abracei as meninas para me despedir que percebi a verdadeira extensão de nossa embriaguez. Terrica se agarrou a mim e começou a chorar como se nunca mais fosse me ver. Natalie alisou minha cabeça como se eu fosse um gato, murmurando algo sobre a maciez do meu cabelo.

E então, só faltava Lydia.

Ela me deu um abraço apertado e seu cabelo encostou no meu rosto. Ela cheirava a xampu, perfume e a todas as coisas mais bonitas.

— Toma bastante água quando chegar em casa — ela sussurrou perto do meu pescoço. — E coma carboidratos. Muitos carboidratos.

— Pode deixar, mano — eu disse, passando a mão em uma das mechas de seu cabelo.

Ela sorriu e me abraçou mais uma vez, e eu me virei e saí pela porta.

A noite era ruidosa. Grilos cantavam e zumbiam, carros passavam em ruas distantes, e até mesmo a sensação de calor parecia esconder sons pesados. Ricky não disse nada enquanto passávamos pelas ruas escuras e sinuosas. Ele abaixou os vidros do carro, mas não ligou a música, e até mesmo a minha versão completamente bêbada sabia que isso não era típico dele. Ele só falou novamente depois de estacionar na entrada da minha garagem.

— Beleza — disse ele, me entregando as chaves. — Boa noite.

Ele fez menção de sair do carro, mas eu o segurei.

— Como você vai pra casa?

— Vou a pé. É tranquilo.

— Tem certeza de que você está bem?

— Tô bem — afirmou ele, mas sua voz soou áspera e tensa.

Segurei seu antebraço, tentando parecer mais no controle de mim mesma do que eu realmente eu estava.

— Eu vi o Tucker com aquela garota — falei devagar. — A Bianca.

Um músculo na mandíbula de Ricky se contraiu.

— Aquilo não é nada.

— Certo.

Ficamos sentados na entrada da garagem, envolvidos pela noite.

— É só que ele é um covarde do caralho — disse Ricky de repente, sua voz rasgando o silêncio. — Não me interessa como ele quer viver a vida dele, mas é frustrante ver ele com uma pessoa que eu sei que não significa merda nenhuma pra ele.

— *Ricky*.

— O quê?! — disse ele, em uma explosão, com uma voz trêmula.

— Ele significa alguma coisa pra você — falei com delicadeza. — Tá tudo bem. Acho que você também significa alguma coisa pra ele.

Ricky olhava fixamente para o para-brisa. Eu mal conseguia ver seu rosto na escuridão.

— Me desculpa por ter gritado — disse ele abruptamente. — Vê se dorme um pouco.

Ele saiu do carro antes que eu pudesse dizer outra palavra.

Entrei em casa o mais silenciosamente possível, com um pouco de medo de que meus pais estivessem acordados me esperando, embora eu tivesse mentido para eles dizendo que iria ver um filme com Maritza esta noite. Fiquei aliviada ao ver que as luzes da cozinha estavam apagadas, e, exceto pelo ruído constante do ar-condicionado, não ouvi nenhum outro barulho na casa. Fui na ponta dos pés até a pia, enchi um copo de água e peguei uma caixa de biscoitos de queijo na despensa. Em seguida, subi as escadas e me dirigi para o meu quarto, ansiosa para me deitar na cama e repassar a noite na cabeça.

Mas quando eu atravessando o corredor, a luz do quarto do meu irmão se acendeu.

Congelei completamente, bem no meio do caminho entre os nossos quartos, e fiquei olhando para Grant parado em frente à porta dele. Ele piscava e abria os olhos devagar enquanto se adaptava à luz, e vestia uma camiseta que claramente já estava pequena demais para o seu tamanho.

— O que você tá fazendo? — resmungou ele.

— Shhh. Eu avisei à mamãe e ao papai que chegaria tarde em casa. Volta a dormir.

— Eu não estava dormindo, estava vendo Netflix. Por que você tá com essa cara de culpada?

— O quê?

— Você estava bebendo?

Praguejei internamente. Dava para perceber pela minha voz? Pela minha linguagem corporal?

— Eu não vou te dedurar — disse ele, com uma postura desaforada.

O mais estranho é que eu realmente acreditei nele. Mas não importava: eu estava muito na defensiva para que pudesse confessar qualquer coisa para o meu irmão.

— Não seja idiota, Grant — disparei. — Eu só estava vendo um filme com a Maritza. Para de ser tão intrometido.

Ele me encarou por alguns segundos e eu o encarei de volta, e então ele balançou a cabeça e fechou a porta como se eu não valesse nem um suspiro a mais.

CAPÍTULO DEZ

Digamos apenas que minha primeira ressaca foi um choque.
Acordei com a cabeça latejando, a boca seca e o estômago embrulhado. Por um momento, tive esperanças de que seria a única pessoa em casa, mas então lembrei que era sábado e logo ouvi meus pais se movimentando no andar de baixo, com seu rock favorito dos anos 1990 tocando ao fundo. Bebi a água que estava em minha mesa de cabeceira com um gole só e voltei a dormir.
Algum tempo depois, alguém estava afagando as minhas costas. Virei-me, com os olhos turvos, e encontrei minha mãe olhando para mim.
— Você está bem, querida? Já é quase meio-dia.
— Sim — falei baixinho. Não sei se minha voz soou como a de alguém com ressaca ou apenas cansaço, mas não tinha energia para me importar.
— Você chegou tarde em casa ontem à noite — disse mamãe. Ela jogou o assunto no ar e eu fiquei tensa, esperando que ela juntasse as peças até deduzir que eu tinha saído para beber como uma típica adolescente. Naquele momento, eu não tinha certeza se queria que ela soubesse ou não.

No entanto:

— Você e a Maritza devem ter assistido a mais de um filme, não é?

Eu engoli em seco. Não sabia se a mentira que ela estava me oferecendo era para o meu bem ou para o dela, ou se ela sequer percebeu que se tratava de uma mentira. Talvez não passasse pela cabeça dela que eu estivesse bebendo — que sua pequena e tímida artista tivesse começado a se rebelar. Lembrei do meu irmão no corredor na noite passada, me acusando de ter bebido. Pelo menos ele considerou que isso poderia ter acontecido.

— Sim — respondi, enfim. — Foram alguns filmes. Você sabe como a Maritza é.

— Uhum. — Ela assentiu. — Bem, por que você não toma um banho pra te ajudar a acordar e depois desce para limpar a garagem com a gente?

Finalmente me encontrei com Maritza e JaKory na segunda-feira à noite, depois que JaKory voltou da Flórida. Fomos comer no Chick-fil-A e, sentados no pátio, falávamos o mais alto possível. Eu não os via há dias, mas nenhum dos dois perguntou muito sobre o que eu andava fazendo. Fiquei um pouco aliviada, pois não teria que, mais uma vez, mentir na cara dura, mas essa suposição deles — de que eu fiquei apenas trabalhando e pintando — também evidenciava o quanto me achavam entediante e previsível, e isso me deixou um tanto ressentida.

— Vocês deviam vir ao estúdio de dança qualquer dia desses — disse Maritza, remexendo seu milkshake de morango. — Sempre tem um drama acontecendo. Eu falei pra vocês sobre a aluna do oitavo ano que ficou menstruada pela primeira vez no outro dia? Ela saiu do banheiro correndo e gritando que ia morrer. A coitada nem sabia o que estava acontecendo. *Um absurdo*. A treinadora Leslie precisou acompanhar a garota no banheiro e ficar atrás da porta explicando o que ela deveria fazer, e as outras meninas ficaram lá, tentando dar apoio, mas na real estavam agindo de um jeito completamente babaca e...

— E não tinha ninguém com alguma coisa que pudesse ajudá-la? — perguntei.

— Eu tinha O.B., mas ela ficou com medo de tentar, daí a treinadora Leslie pediu pra gente arranjar um absorvente pra ela...

— Ugh — interrompeu JaKory. — Podemos falar de outra coisa?

— Para de ser tão menino — disse Maritza, chutando o tornozelo dele. — Quantas vezes a gente vai ter que repetir que vamos, sim, falar sobre menstruação na sua frente até o dia da sua morte? Mas enfim, a treinadora Leslie ficou tipo "Precisamos arrumar um absorvente pra ela", mas nenhuma das meninas tinha, e aí, *é claro* que a maldita da Vivien Chen foi na farmácia comprar um...

— Ah, mas isso foi legal da parte dela — opinei.

— Ela não fez isso pra ser legal — retrucou Maritza, exasperada. — Ela fez pra puxar saco da treinadora Leslie e provar que é a capitã-mor ou algo assim.

— Ela não é simplesmente *a pior*? — brinquei, chamando a atenção de JaKory. — Uma verdadeira demônia.

— Vocês não conhecem a peça como eu — disse Maritza em um tom sombrio.

— Você é tão dramática — falei para ela, trocando nossos milkshakes. — Conta pra gente das coisas boas do trabalho também.

Maritza deu de ombros.

— No geral, é muito bom. Eu passo mais tempo com a Rona. Ela tem imitado os movimentos da Vivien perfeitamente, até mesmo o jeito bizarro de segurar a garrafa de água...

— Comecei a conversar com um cara — interrompeu JaKory. Tinha certa certa urgência em sua voz, e tive a impressão de que ele queria falar sobre aquilo desde o momento em que nos sentamos.

— O quê? — perguntei sem fôlego.

— Quem? — gritou Maritza empolgada, batendo em seu joelho.

— O nome dele é Daveon. — Os olhos de JaKory estavam brilhando, mas ele desviou o olhar. Houve uma pausa. — A gente se conheceu no Tumblr.

Suas palavras ficaram suspensas no ar. Maritza e eu trocamos olhares, e eu me apressei para falar antes dela.

— Uau — falei no tom mais neutro que consegui. — Qual é a história?

JaKory começou a falar tão rápido que mal conseguia respirar.

— Ele faz os posts mais engraçados e sarcásticos sobre, tipo, tudo. Ele também faz parte do fandom de *Doctor Who*, então está sempre reblogando um monte de GIFs, fanartes e comentários muito pertinentes. Mas ele também engaja em assuntos sérios, como as questões LGBTQIAPN+, Vidas Negras Importam e política internacional. Alguns dias atrás, ele escreveu um post sobre como é frustrante ser gay no Alabama, e eu nem sabia que ele era do Alabama, mas rebloguei a postagem, comentando: "Isso. isso. isso. isso. só que na Geórgia". E aí ele me mandou uma mensagem, perguntando: "Você é da Geórgia?", e começamos a conversar, e ele é tão brilhante e *interessante*, e faz essas piadas inteligentes o tempo todo, e... — Ele soltou um suspiro profundo. — Eu simplesmente não consigo parar de falar com ele.

Maritza e eu ficamos em silêncio. Já havíamos visto esse lado fervoroso de JaKory muitas vezes antes — geralmente sobre o último livro ou programa de TV pelo qual ele estava obcecado —, e sempre havia uma natureza infinita e voraz nesses desejos, como se nada pudesse satisfazê-los de verdade. Em geral, tínhamos que aguentar cada obsessão JaKory até que ele passasse para a próxima.

— Mas... ele mora no Alabama — disse Maritza, em um tom razoável.

JaKory lhe lançou um olhar desafiador.

— Sim, eu sei disso. Mas é um estado vizinho.

— Mas você não tem carro.

— Quantos anos ele tem? — interrompi, antes que JaKory pudesse se irritar com ela.

— Nossa idade — ele respondeu incisivamente, como se isso compensasse a falta do carro.

— Tá... e como você sabe se ele é bonito? — perguntou Maritza. — Ele pode ser feio.

— Ugh, ele *não é* — resmungou JaKory, esfregando as mãos no rosto. — Ele já postou fotos dele antes. Em uma escala de um a dez, ele é um número do qual nunca nem ouvimos falar.

JaKory pegou o próprio celular e o entregou a Maritza.

— Você salvou as fotos dele? — perguntou ela.

— Só duas!

— Ele é bem bonito — disse Maritza, com honestidade. — Olhe só esse maxilar.

— Eu sei. É possível lapidar diamantes com esse maxilar esculpido.

Peguei o telefone.

— Ele é charmoso — falei, rolando a tela entre as duas fotos. — Para um garoto, até que é.

— Ah, que doce *ingénue* — disse JaKory, pegando o telefone de volta. — Você nunca entenderia a beleza de um Adônis como ele.

— Vamos torcer para que seja ele mesmo — ponderou Maritza —, e não um maníaco tentando dar um golpe em você.

— É ele, *sim* — insistiu JaKory. — Tenho bons instintos pra essas coisas.

Maritza me lançou um olhar que eu logo desviei antes que JaKory pudesse perceber.

Terminamos nossos milkshakes e fomos até a Target. Era a semana do aniversário da mãe de Maritza, por isso decidimos ajudá-la a escolher um presente na seção de joias.

— Algo cristão — Maritza nos instruiu —, mas qualquer coisa chamativa também serve.

Fiquei do lado dela, examinando os colares em busca de algo que a senhora Vargas pudesse apreciar, até perceber que JaKory tinha desaparecido.

— Ei — chamei, dando uma cotovelada de leve em Maritza —, cadê nosso apaixonado?

Nós o encontramos na seção masculina, experimentando um chapéu fedora que fazia sua cabeça magra parecer ainda menor.

— Por favor, não compra isso — implorou Maritza. — Você parece um aspirante a Bruno Mars.

— O Daveon vai adorar — argumentou JaKory, posando para si mesmo em frente ao espelho.

Maritza me lançou um olhar intenso, incitando minha intervenção, mas eu só balancei a cabeça e fiquei quieta.

— JaKory... — Maritza insistiu —, você realmente precisa gastar dinheiro para impressionar um cara do *Tumblr*?

— Não tô te ouvindo — disse ele, inclinando a aba do chapéu sobre os olhos. — O amor me deixa imune à energia negativa.

Depois que deixamos JaKory em casa, com chapéu e tudo, Maritza explodiu.

— Ele está vivendo no mundo da lua — disse ela sem preâmbulos. — Ele idealiza demais as coisas, nunca pensa no lado prático. Não vai dar certo com esse tal de Daveon... se é que ele realmente *existe*. E quando o JaKory ficar de coração partido, nós é que vamos juntar os cacos.

Mordi o lábio.

— E se houver uma chance de dar certo?

Maritza olhou para mim como se eu estivesse maluca.

— *Como?*

— Talvez o Daveon tenha carro, ou talvez a conexão emocional deles seja suficiente por enquanto, não sei, a gente não deveria ficar feliz por ele ter encontrado alguém que ele gosta? Não é sobre isso que você tem falado esse tempo todo?

— Eu tenho falado sobre coisas que tenham chances reais de *funcionar*. Para toda ação, há uma reação igual, mas oposta, certo? Você se esforça e o universo te dá algo em troca. Mas como é que fantasiar com alguém da internet levaria a uma aplicação prática? — Ela suspirou, longa e dolorosamente. — Isso só serve pra satisfazer um desejo. Ele está se deixando levar porque não há nenhum *risco* real envolvido.

Fiquei em silêncio, absorvendo as palavras dela. Muitas vezes eu me esquecia de como Maritza podia ser sábia e, em momentos como esse, ela me atingia em cheio.

— Você é muito inteligente — falei, balançando a cabeça. — Às vezes, eu meio que odeio isso.

Ela soltou uma gargalhada pura e radiante e, por um segundo luminoso, nossa amizade voltou a ser dourada.

— E quanto a você e eu? — ela perguntou. — Estamos no meio do verão e nenhuma de nós tem perspectivas.

Eu me remexi em meu assento. Será que eu poderia contar a ela sobre Lydia? Maritza entenderia melhor do que ninguém. Ela faria um milhão de perguntas, exigiria ver a foto dela, me obrigaria a contar todos os detalhes para que pudéssemos analisá-los juntas. Talvez Maritza fosse a única pessoa que poderia me ajudar a descobrir se Lydia gostava de mim.

Mas eu não podia explicar Lydia sem explicar Ricky e Cliff e Natalie e todo mundo e todas as outras coisas que faziam parte da minha vida agora, inclusive o fato de que eu vinha mentindo para ela e JaKory há semanas.

— Não sei, cara, eu só tenho trabalhado pra caramba — menti, mesmo sabendo que ela me julgaria imediatamente.

— Bom, você não vai conhecer ninguém no trabalho, a não ser que esteja contando com aquelas esquisitonas que aparecem procurando por macacão de gatinho.

— Você tinha pijamas de gatinho até o nono ano — provoquei.

— Eles eram de cashmere — disse ela, contraindo os lábios.

— Eles eram a coisa mais ridícula que você já teve, e você sabe disso.

Seu sorriso permaneceu por um instante, mas depois sua expressão ficou pesada novamente.

— Sei lá, Codi-kid — ela suspirou. — Precisamos encontrar outra maneira de conhecer pessoas. A gente pode tentar ir aos bares do centro, só que nenhuma de nós tem identidade falsa.

— Não é um rolê que me interessa.

— E *o que* te interessa?

Eu me esquivei da pergunta:

— Você não conheceu ninguém interessante por aqui recentemente?

Ela riu sem humor.

— Sim, eu tô muito a fim do novo barista do Starbucks, mas ele tem vinte e cinco anos e uma namorada.

— Pelo menos é uma pessoa bonita com quem você pode conversar.

— Você não tem escutado o que eu venho falando? Não quero apenas *conversar* com uma pessoa bonita, quero *namorar* uma pessoa bonita. Alguém que me deixe empolgada, que faça com que esse verão longo pra caramba pareça especial, significativo e novo...

Ficamos em silêncio, não havia nada além das singelas estradas suburbanas à nossa frente. Eu não sabia no que — ou em quem — Maritza estava pensando, mas sabia o que orbitava a minha mente.

* * *

Assim como Lydia havia previsto, Cliff foi o próximo a me pedir para que eu pintasse seu retrato. Ele já tinha me parabenizado pelo retrato que pintei de Natalie quando estávamos na casa de Samuel, mas depois me enviou mensagens com mais uma série de elogios que me fizeram corar de orgulho.

> **Cliff Broward:** O que eu mais gosto nessa garota é a determinação dela e de alguma forma você fez com que isso aparecesse em uma pintura. Tô pronto pra pagar uma grana altíssimaaaa pelo meu!!!

Combinamos de nos encontrar na quarta-feira à tarde, depois do meu expediente da manhã, e concordamos que Natalie deveria ir junto para ajudá-lo a relaxar, assim como Lydia havia feito com ela.

O céu estava nublado quando dirigi até a casa de Cliff. Ele havia me mandado uma mensagem para que eu entrasse pelos fundos, onde ficava a entrada do porão, então estacionei perto da garagem e contornei a casa, ouvindo a música alta que vinha de dentro. Entrei pela porta aberta e me senti mais como se estivesse em uma academia do que em um porão: havia aparelhos de musculação, esteiras e aqueles tapetes para exercício por toda parte.

— Fala aííí! — Cliff exclamou, levantando-se de uma máquina de remo. Ele veio correndo em minha direção e me cumprimentou com um high-five que deixou minha mão vermelha.

— Opa, foi mal. E aí, como é que você tá?

Natalie se levantou do banco de supino, onde estava espreguiçada mexendo no celular.

— E aí? — perguntou ela, me puxando para um abraço. — Bem-vinda ao habitat natural do Cliff.

Cliff riu e parou a música. Ele estava encharcado de suor e fedendo muito; observei enquanto ele esguichava água de uma garrafa na boca, limpando o queixo no bíceps suado.

— Então, achei que você poderia me pintar assim, que tal? — Ele sorriu. — Recém-saído do treino.

— *Como* você tem tantos equipamentos de malhação? — perguntei.

— Meus pais têm uma academia. Isso é, tipo, o que eles fazem da vida. Toda a minha família é envolvida no mundo fitness.

— Eles são masoquistas — disse Natalie, sem expressão. — É revoltante.

— Você quer mesmo que eu te pinte assim? — perguntei, apontando para seu torso suado.

— Não — disseram Cliff e Natalie ao mesmo tempo.

— Se você me der cinco minutos — ofegou Cliff —, vou tomar um banho super-rápido e vestir roupas de verdade. Amor, você viu que tem salada de frango na geladeira, né?

Natalie preparou sanduíches para nós enquanto Cliff se arrumava. Rimos das palhaçadas que havíamos feito na festa do Samuel, depois circulamos entre os equipamentos de academia, tentando montar um espaço no canto onde eu poderia pintar o retrato do Cliff.

— Desculpa, essa merda está em todo lugar — disse Natalie, arremessando um par de luvas de levantamento de peso para longe —, mas ele vai ficar muito mais à vontade se for pintado aqui.

Eu sorri.

— Agora você conhece todos os meus truques.

— Me contrata como sua assistente — disse ela, jogando o cabelo para trás de forma teatral. — Mas eu teria que disputar com a Terrica por essa vaga; ela tá louca pra entrar no esquema. Não fique chocada se ela for a próxima a te pedir um retrato.

Cliff desceu as escadas vestindo uma camisa preta de botão, e havia gotículas de água em seu couro cabeludo.

— Não disse que seriam apenas cinco minutos? — Ele ajustou o botão de cima da camisa enquanto ofegava.

— Cliff. — Natalie lançou um olhar curioso para o short vermelho vibrante da Nike que ele estava usando. — Que short é esse?

— O quê? Não é como se a Codi fosse pintar minhas pernas — explicou ele, lançando um sorriso charmoso para a namorada. — E se eu vou ficar sentado por horas e horas, tenho que deixar os meninos confortáveis.

— Por Deus, cala a boca e coloca a bunda na cadeira — pediu Natalie enquanto eu tentava bloquear da mente qualquer imagem dos *meninos* de Cliff.

Dessa vez, deixamos uma música suave de fundo. Natalie se sentou a poucos metros do namorado, conversando com ele sobre um episódio dramático de seu expediente naquela manhã. Cliff sorriu durante todo o tempo, mas não parava de olhar para mim, com os ombros tensos.

— Desculpa, Codi — disse ele. — É que é um pouco estranho pagar alguém pra desenhar meu rosto.

— Vai ficar incrível — assegurou Natalie, esfregando o joelho dele. — E se você não quiser, *eu* compro. Você só tem que se soltar e mostrar pra Codi aquele sorriso charmoso que eu amo.

O sorriso de Cliff ficou mais suave, e eu supus que aquela era a sua versão de um rubor. Seus ombros relaxaram e, por vários minutos, pude ver como ele era de verdade.

— Então, Codi — disse ele depois de quinze minutos —, ouvi dizer que o Ricky deu uma surtada na sexta-feira à noite.

Fiz uma pausa, com meu pincel ainda no ar. A voz de Cliff era leve, casual, mas ele e Natalie me observavam atentamente.

— Hum. Como assim? — perguntei.

Cliff deu de ombros.

— A Nat disse que ele estava de mau humor quando vocês saíram da casa do Sam.

Olhamos um para o outro. Ele ainda estava sorrindo, mas havia uma tensão em seu semblante: ele estava tentando pescar informações. Lembrei o que ele havia dito naquela primeira noite no Taco Mac: *Típico do Ricky. Nunca fala pra gente sobre os contatinhos.*

— Ah, sim — falei, ainda pensando em como lidar com a situação. — Eu acho que ele só estava cansado.

— Hum. — Cliff contorceu o nariz. — É, às vezes ele fica assim.

Ele fez contato visual com Natalie, e pude perceber que essa era uma conversa que eles já tinham tido muitas vezes antes.

Natalie se virou para mim.

— Cliff se preocupa com o Ricky.

— Amor... — disse ele, tentando cortar.

— Não, Cliff, tá tudo bem — insistiu Natalie. — Você tem o direito de falar sobre como se sente. Ele é seu melhor amigo.

Cliff suspirou. Seus ombros voltaram a ficar tensos e ele olhou para mim quase como se estivesse envergonhado.

— Só fiquei me perguntando se você sabia de alguma coisa — murmurou ele.

Baixei os olhos, tentando manter uma expressão neutra. Desejei que houvesse algo que eu pudesse oferecer a Cliff — alguma pista sobre o que estava acontecendo com Ricky, sobre o que Ricky poderia precisar dele —, mas eu sabia que aquele não era o meu papel.

— Não sei — falei. — Desculpa.

Cliff balançou a cabeça muito rápido.

— Não, não se preocupa com isso.

Natalie me deu um sorriso triste e compreensivo, e eu retribuí: duas garotas desejando que esses dois garotos conseguissem falar sobre o que sentiam.

* * *

— Puta que pariu! — Cliff exclamou impressionado ao olhar para seu retrato.

Natalie estava radiante, com o braço em volta das costas de Cliff. Ela continuava balançando a cabeça como se não pudesse acreditar no resultado da pintura.

— Caramba, Codi — murmurou Cliff. — Você realmente é fora de série.

Eu ri com leveza.

— Você quer que eu mude alguma coisa?

— Neeeemmm a pau. Você me fez ficar irado.

— Olha aqui — disse Natalie, apontando para as bochechas no retrato de Cliff. — Ela fez as suas covinhas e tudo o mais! — Ela se virou para mim, ainda balançando a cabeça. — Acertou em cheio de novo, Codi. Você é incrível.

— Nossa — disse Cliff, ainda embasbacado. Ele ficou olhando por mais trinta segundos, depois se virou para nós. — Puts, tô morrendo de fome. Quem tá a fim de tacos?

Fomos comer comida mexicana no Los Bravos, só nós três, e fiquei surpresa ao perceber o quanto foi confortável, mesmo sendo a vela do casal. Cliff nos fez rir com histórias antigas do time de futebol — "Já ouvi essa antes", Natalie murmurou para mim, "então se prepare para ouvir sobre a bunda pelada do Samuel" — e, por fim, para minha alegria, a conversa se voltou para Lydia.

— Aquela idiota poderia estar aqui nesse instante — disse Natalie, jogando o cabelo para trás. — Eu falei pra ela vir, mas ela está preocupada com a disciplina de matemática. Vai fazer uma prova amanhã.

— Ah, droga — falei, tentando não soar muito decepcionada. — Ela tá bem? Ela me disse que odeia matemática.

— A Lydia se cobra demais — disse Natalie, de um jeito empático. — Ela é *tão* inteligente, mas fica encucada com as coisas. Sempre consegue ver o lado bom das outras pessoas, mas não quando se trata dela mesma.

Senti um aperto no coração, mas com ternura, como se eu pudesse segurar Lydia dentro dele e envolvê-la com toda a suavidade possível.

—Aliás, ela te acha incrível — anunciou Natalie, mastigando outra batata frita. — E não para de falar que você é genial na pintura e que a gente deveria ter saído com você antes.

Me concentrei em sentir o calor do sol que me lambia do couro cabeludo aos calcanhares. Era tudo o que eu podia fazer para não ficar vermelha na hora.

— Enfim — disse Natalie, como se não tivesse acabado de me dar o mundo —, o que você vai fazer esse fim de semana?

Eu balbuciei qualquer coisa sobre trabalhar e relaxar e, depois disso, Cliff mudou o assunto para as reformas na academia dos pais. Ficamos conversando até o restaurante ficar lotado por causa do horário do jantar, e então eu os abracei e recebi mais elogios generosos antes de nos separarmos e irmos para nossos carros.

Ricky e eu nos encontramos no clube do bairro na quinta-feira à noite. Ficamos dentro da caminhonete dele, com as janelas abertas, bem ao lado de um arbusto de gardênia, cujo doce aroma nos envolvia, carregado pelo vento. Era a primeira vez que nos víamos desde a festa de Samuel, e Ricky parecia ser ele mesmo de novo, ou pelo menos estava se esforçando bastante para transparecer isso. Contei a ele sobre a experiência de pintar o retrato de Cliff e como Natalie havia mencionado, espontaneamente, que Lydia me achava incrível.

— Você é incrível — disse Ricky, sorrindo em resposta ao meu entusiasmo.

Joguei minha cabeça para trás.

— Argh, eu tô muito a fim dela.

Ele riu, soltando o ar pelo nariz.

— Eu já sei disso.

— Sim, mas... é *grave*. Tenho medo de estar vendo coisas demais, de estar me empolgando à toa. Como posso saber se ela está interessada em mim?

— Você sente algum clima?

— Clima?

— Sim, aquele *clima*.

— Bom, ela age como se gostasse de estar comigo, mas ela é assim com todos os seus amigos. E se... E se ela não for...

— E se ela não for como você? — sugeriu Ricky.

Fiquei olhando para ele.

— Eu ia dizer "como a gente".

Ele se mexeu no banco, mas não comentou nada sobre o que eu tinha acabado de dizer.

— Você nunca vai saber se não tentar. E depois de tentar por um tempo, sua intuição vai dizer se ela gosta de você. Você levou adiante a ideia de pintar o retrato dela?

— Não... — comecei, e ele logo franziu a testa para mim. — É que... E se eu não conseguir fazer direito?

— Os retratos da Natalie e do Cliff ficaram ótimos.

— Sim, mas eu consigo *ver* a Natalie e o Cliff, sabe? Eles se mostram por inteiro. Sinto que consigo fazer uma leitura porque posso me afastar o bastante para enxergar quem eles realmente são. É mais difícil fazer isso com alguém que significa alguma coisa pra você... ou que poderia significar alguma coisa pra você.

Os olhos de Ricky acompanhavam os meus.

— Tipo... então seria mais difícil pra você pintar o meu retrato do que o deles?

— Sim — respondi de maneira enfática. — Quer dizer, se você quiser, eu posso pintar, obviamente, mas seria bem mais...

— Não — Ricky disse de repente. Ele fez uma pausa. — Quer dizer, não, obrigado. Talvez mais pra frente.

Fiquei olhando para Ricky, tentando entender o que aquilo significava. Será que ele se preocupava com como eu o enxergava?

Ele pareceu ter lido a pergunta em meu rosto.

— Esquece isso — pediu ele, passando a mão no volante.

Mordisquei meu lábio, pensando. Eu queria fazer algumas perguntas, e dava para ver que ele percebeu isso, mas também não abriu espaço para elas.

— Eu não ia comentar — falei, observando-o cuidadosamente —, mas o Cliff me perguntou se estava tudo bem com você na festa do Samuel.

Seus olhos refletiam a luz fraca dos arredores.

— O que você disse para ele?

— Que achei que você só estava cansado.

Ele me examinou.

— Só isso?

— Só isso. Juro.

Ele acenou com a cabeça, desviando o olhar.

— Obrigado.

— Não foi nada. — Eu hesitei. — Mas tem certeza de que não quer falar sobre o Tucker e aquela garota?

Ele deixou escapar um suspiro frustrado e recostou a cabeça no banco.

— Sim, tenho certeza. Não quero ser seu projeto, nem do Cliff, nem de ninguém. Você disse que queria ser minha amiga só por ser minha amiga, lembra?

Foi a minha vez de me mexer desconfortavelmente no banco, girando o corpo para frente.

— Desculpa — falei, sem ser sincera. — Eu só quero te dar apoio nessa situação com o Tucker da mesma forma que você tem me ajudado em relação a Lydia.

— Eu não preciso de apoio. Não é a mesma coisa.

— Sim, beleza, entendi.

Eu não sabia ao certo por que aquilo estava me deixando tão irritada, mas sentia um incômodo toda vez que Ricky encerrava esse assunto. Assim como Cliff, eu queria que Ricky confiasse em mim e, talvez de um jeito egoísta, queria entender como era ter alguém como Tucker, mesmo que Ricky insistisse em dizer que eles não tinham nada de verdade.

Estávamos imersos em um silêncio pesado quando o celular dele tocou. Ricky limpou a garganta e atendeu com uma voz mais animada. Pelo que pude perceber, era um de seus amigos, ligando para marcar alguma coisa com ele. Tudo o que ouvi foi uma série de "Uhum" e "Sim". E única pergunta que Ricky fez foi: "Quem mais tá convidado?"

— O que era? — perguntei depois que ele desligou. Achei que podia estar abusando da sorte, mas, no fim das contas, ele tinha atendido a ligação na minha frente.

Ricky parecia indeciso sobre alguma coisa. Ele estava com uma expressão pensativa.

— O quê? — insisti.

— Era o Cliff. Ele queria saber se eu vou estar livre no sábado à noite pra ir numa festa na casa da Lydia.

— Na casa da Lydia? — eu repeti.

— Sim, ela comentou com você?

Meu coração desabou.

— Não.

— Isso pode não significar nada — falou Ricky rapidamente. — O Cliff disse que a Natalie e a Lydia ainda estavam organizando, tentando descobrir se as pessoas vão poder ir. Talvez elas só não tenham te chamado ainda.

— Mas você perguntou ao Cliff quem mais foi convidado. Ele disse?

— Só disse que não sabia — Ricky respondeu com calma.

As expectativas que eu vinha sentindo desde a conversa com Natalie se dissiparam. Tentei manter uma expressão indiferente, mas sabia que Ricky podia ler a decepção em meu rosto.

— Não fica sofrendo por antecipação — aconselhou ele, de um jeito enérgico. — Espera pra ver se ela vai te mandar uma mensagem.

Ricky me deixou em casa por volta das dez e meia da noite e ficou encarando a entrada escura da minha garagem com um olhar distante. Quando eu estava prestes a sair do carro, ele me chamou de volta.

— Sim?

Ele me encarou por um instante.

— O Cliff pareceu, tipo... — Ele mordeu o lábio, lutando contra a pergunta. —Ele pareceu desconfiado? De mim?

Apertei a maçaneta da porta. A expressão de Ricky era muito séria, e me lembrei da noite em que o conheci, quando ele perguntou se eu ia contar a alguém sobre ter visto ele e Tucker se beijando entre as árvores.

— Não — falei da forma mais direta e significativa possível. — Ele parecia preocupado com o melhor amigo.

Ricky piscou algumas vezes.

— Certo — disse ele, engolindo em seco. — Vou pensar a respeito.

Percebi que isso era o máximo que eu conseguiria dele. Nós nos despedimos com um aceno de boa noite e eu já estava me virando para ir embora quando ele me chamou de volta pela segunda vez.

— O que foi? — perguntei, perplexa com o sorriso que surgiu em seu rosto.

Ele olhou para o celular.

—Acabei de receber mais detalhes sobre a noite de sábado. Dá uma olhada no seu celular.

* * *

Acontece que eu estava me preocupando à toa. Havia uma chamada perdida de Lydia no meu celular e, quando liguei de volta, ela atendeu sem fôlego.

— Codi — disse ela, sua voz radiante do outro lado da linha. — O que você vai fazer no sábado à noite?

CAPÍTULO ONZE

As últimas faixas de luz do dia coloriam o céu enquanto eu e Ricky nos dirigíamos à casa de Lydia. Ela morava a cerca de quinze minutos de nós, às margens de uma estrada sinuosa perto do Chattahoochee, nas profundezas de um campo repleto de árvores que estavam ali há séculos. Apenas alguns carros passavam por nós enquanto seguíamos o caminho silencioso e cheia de curvas.

— O que você está fazendo? — perguntei quando Ricky parou em um estacionamento isolado.

— A gente marcou de se encontrar aqui — disse ele, pegando uma bolsa no banco de trás. — É bem perto do parque.

— A gente não vai pra casa dela?

— A casa dela fica na esquina, mas é mais fácil começar as coisas aqui.

Eu não sabia ao certo do que ele estava falando, mas imaginei que tivesse algo a ver com as roupas casuais que nos disseram para usar. Os carros de Cliff e Samuel estavam estacionados ao nosso lado, mas não havia sinal deles ou de qualquer outra pessoa. Saímos da caminhonete e seguimos por uma ladeira de chão batido, meus tênis levantando poeira conforme avançávamos. Vozes flutuavam até nós, vindas de um ponto mais acima.

— Pronto — disse Ricky ao chegarmos a uma enorme clareira.

Lydia, Natalie, Cliff, Samuel, Terrica e Leo já estavam lá, descansando na grama. Eles pularam e gritaram quando nos aproximamos, fazendo nossos nomes ecoarem pela clareira. Terrica deu uma estrelinha só porque quis.

— O pai estava começando a ficar preocupado — disse Leo em um tom fingido de nervosismo, enquanto puxava Ricky e eu para um abraço.

— Não começa com essa história de "pai" — Samuel o repreendeu, balançando a cabeça.

As meninas me abraçaram em uma rápida sequência: primeiro Terrica, depois Natalie, me olhando com mais atenção do que o normal por algum motivo, e logo em seguida, antes que meu coração pudesse bater rápido demais, foi a vez de Lydia.

— Oi — disse ela, deixando um braço em volta dos meus ombros. — Pronta para um pouco de pique-esconde de equipes?

— Com certeza — falei, sorrindo, embora não soubesse ao certo sobre o que ela estava falando.

Lydia estava tão bonita que pensei que poderia entrar em combustão só de olhar para ela: vestia um short jeans velho e desbotado e uma camisa vintage do Atlanta Braves, com o botão de cima aberto. Me forcei a desviar os olhos de sua pele brilhante na altura da clavícula.

— Vamos mesmo começar com o pique-esconde? — perguntou Ricky, procurando algo em sua bolsa.

— Com certeza! — Terrica exclamou.

E, quase ao mesmo tempo, Samuel também respondeu, murmurando:

— Reivindicação da Terrica.

— Você trouxe uma lanterna? — perguntou Cliff.

— Duas — disse Ricky, entregando uma para mim.

Olhei em volta e notei as roupas largas e confortáveis de todos. Os meninos usavam regatas escuras e desgastadas, com o peito nu aparecendo através das cavas gigantes; Samuel adornava seus cachos com uma bandana marrom. Terrica optou por uma camiseta de manga longa, mesmo com a umidade do ar, e Natalie, por uma camiseta de ginástica da Adidas que lhe caía muito bem. Fiquei contente por estar de camiseta e tênis.

— Como se joga? — perguntei.

Como se já estivessem esperando que eu perguntasse, os garotos abriram uma roda em torno de Terrica, e Leo chegou a fazer uma reverência para ela.

— Eu vou ficar mal-acostumada — disse Terrica, admirada e com as mãos nos quadris. Ela ergueu as sobrancelhas e olhou para mim. — Vamos lá, Codi, as regras são as seguintes.

Nós nos dividimos em duas equipes: Cliff seria capitão de uma equipe, e Terrica, é claro, seria a capitã da outra. Tivemos um debate sobre como fazer uma divisão justa, e várias pessoas apontaram o Leo como ponto fraco, porque ele certamente ficaria entediado e dispersaria a qualquer momento.

— É pegar ou largar — Leo falou, resignado, erguendo as palmas das mãos. — Este garanhão aqui nasceu para seguir seu próprio caminho.

— Pelo menos a gente pode deixar o "garanhão" cuidando da fogueira — disse Samuel, apontando para a fogueira portátil que Cliff havia descarregado de sua caminhonete. — Se você for sair, pelo menos colabora, beleza?

— Sim, sim, eu monto quando me cansar do jogo — confirmou Leo.

— Ou seja, em dez minutos — esclareceu Natalie.

No fim das contas, decidimos que seriam meninos contra meninas. Cliff insistiu que seria injusto com as garotas, mas Natalie o colocou em seu devido lugar com um aviso ameaçador.

— A Lyd jogava tênis, a Terrica corria cross country, eu fui do time de futebol e a Codi...

— Eu não sou uma atleta — interrompi, fazendo uma careta.

— A Codi tem olhos altamente aguçados para formas e cores! — Natalie concluiu, apontando selvagemente para o meu rosto, e antes que Cliff pudesse se manifestar novamente, ela agarrou nossos braços e nos puxou para o outro lado da clareira.

Corremos para longe dos garotos, rindo aos berros, enquanto eles gritavam uma contagem regressiva atrás de nós. A "caçada" começaria quando eles chegassem ao zero.

— Eu deveria estar nervosa? — gritei enquanto corríamos em busca de esconderijo entre as árvores.

— Muito! — Terrica gritou de volta. — Essa porra é séria!

Desaparecemos na mata enquanto a escuridão se espalhava pelo céu. Apontei minha lanterna para frente, ofegando enquanto ziguezagueava entre raízes de árvores e plantas, com o coração batendo forte. Em segundos, eu havia me separado das outras garotas, mas Terrica tinha explicado que essa era uma estratégia vantajosa. Minha tarefa agora era encontrar um lugar furtivo para me esconder.

Agachei-me atrás de um carvalho maciço, com a respiração forte e rápida. Desliguei a lanterna e esperei, atenta ao som dos passos que se aproximavam.

As vozes graves dos garotos ecoavam pela noite: eles chamavam uns aos outros enquanto se espalhavam para nos encontrar. Me movi sorrateiramente ao redor do tronco da árvore, tentando enxergar em meio à escuridão.

Duas figuras altas atravessavam a mata, e a luz de suas lanternas saltava de forma errática. Recuei e me movi para o outro lado do tronco, esperando que eles passassem. Assim que se afastaram alguns metros da minha árvore, saí correndo de volta pela floresta, com o objetivo de retornar à base, onde eu estaria salva.

Um grito agudo veio do lado direito da floresta; era uma das garotas que, após ter sido descoberta em seu esconderijo, estava sendo perseguida. Continuei avançando, com o sangue pulsando nas veias e a respiração entrecortada. Fazia anos que eu não participava de uma brincadeira como essa, mas a adrenalina que elas despertam tomou o meu corpo instantaneamente: selvagem, perigosa e visceral.

— Uou! — gritou alguém, emergindo das árvores e quase esbarrando em mim.

Era Lydia. Ela agarrou minha mão e me puxou para a esquerda, e mal tive tempo de registrar o formigamento eletrizante causado pelo toque antes de ouvir um dos meninos gritar atrás de nós.

Corremos alucinadamente, ofegantes, e o rabo de cavalo de Lydia se agitava à minha frente. Depois de um minuto inteiro correndo, Lydia parou e me puxou para dentro de um denso agrupamento de árvores. Ela continuou segurando minha mão enquanto nos agachávamos atrás de um tronco enorme e desligávamos nossas lanternas.

Nossa respiração foi se acalmando aos poucos. Os grilos cantavam; uma rã-touro coaxava ao longe. Meus olhos se ajustaram à escuridão, encontrando a silhueta de Lydia a poucos centímetros de distância.

— Desculpa — disse Lydia, baixinho. Ela deu um sorriso tímido e olhou para nossas mãos entrelaçadas. — Eu me agarro às pessoas quando estou nervosa.

Mas ela não me soltou. Eu engoli em seco. Meu coração batia de forma irregular, e não era por causa do pique-esconde.

— Esse lugar é assustador — continuou Lydia. — Mas tem uma paz, de certa forma.

— Isso tudo faz eu me sentir tão viva — sussurrei.

Ela segurou minha mão com mais força. Nossos olhos se encontraram na escuridão.

Crack!

Meu coração disparou com o som de um galho estalando: alguém estava rondando nosso esconderijo. Saímos correndo mais uma vez, e houve uma agitação de passos quando um dos garotos se aproximou de onde estávamos.

— Desistam! — gritou Cliff, correndo pela floresta atrás de nós.

Vislumbrei uma luz e corri em direção a ela, com Lydia logo atrás de mim. Retornamos à clareira, atraídas pelo fogo, rezando para que a base estivesse a apenas alguns metros de distância.

— ISSO! — gritou Terrica, sua voz ecoando do outro lado da clareira. — Vem, gente!

Estávamos na metade do trajeto quando outra figura surgiu da floresta, cortando nosso caminho: era Samuel, correndo em nossa direção à toda velocidade. Não havia a menor chance de nós duas corrermos mais do que ele.

— Continua! — Lydia gritou atrás de mim, e eu continuei correndo em direção a Terrica e Natalie.

Um segundo depois, Lydia soltou um grito de guerra, em uma voz louca e estridente que ecoava pelo ar noturno. Ela se virou, ao mesmo tempo em que ainda corria freneticamente, e cambaleou até parar por completo, seus braços estendidos como se fosse um *linebacker* de futebol americano. Surpreso, Samuel tentou frear, mas seu ritmo era intenso demais: ele se chocou contra ela. Os dois gritaram, caindo e rolando pelo chão, no mesmo instante em que eu alcancei a segurança da base e as mãos estendidas de Terrica e Natalie.

— ISSO! — Terrica gritou, me puxando para um abraço. — A maioria de nós conseguiu chegar: GANHAMOS!

Olhei em volta e ri. O Leo estava a apenas alguns metros de nós, próximo à fogueira. Ele poderia ter me perseguido se quisesse, mas parecia mais interessado nas cervejas que estava tirando da mochila. O fogo crepitava e dançava sob seus olhos.

Ricky surgiu correndo por entre as árvores, perguntando o que havia acontecido, enquanto eu e as meninas nos apressamos para ver como estavam Lydia e Samuel. Cliff havia parado atrás deles e estava de pé com as mãos nos quadris, balançando a cabeça em sinal de derrota. Lydia e Samuel estavam deitados de costas no chão, gargalhando e tossindo.

— Cacete, mulher. — Samuel ria, indignado e sem fôlego. — Que tipo de sacrifício foi esse, porra...

— Foi você que me atropelou! — Lydia ofegava com as mãos na barriga. — Maldito trem de carga...

— Lydia, por mais admirável que tenha sido se oferecer assim — disse Natalie, sentando-se no chão ao lado dela —, você poderia muito bem ter continuado correndo.

— Eu sei — respondeu Lydia, ainda ofegante —, mas achei que um pouco de drama seria divertido. E de qualquer forma a gente ganhou, né? — Ela girou a cabeça até me encontrar. — E a Codi ficou com a corrida da vitória.

Eu ri, me deixando desabar no chão ao lado dela.

— Sim, e devo dizer: me senti uma heroína.

Os outros se juntaram a nós no chão e a adrenalina do jogo foi se dissipando aos poucos. Terrica ficou cuidando de Samuel, que não parava de reclamar do joelho que estava sangrando. Cliff queria uma retrospectiva completa do jogo e Ricky ficou se queixando do fato de que ninguém filmou a colisão de Lydia e Samuel.

— Parece mais engraçado do que foi — Natalie prometeu a ele —, mas olha, foi mais ou menos assim.

Ela me puxou para ficar de pé e imitou uma corrida na minha direção, exatamente como Samuel havia feito com Lydia, só que ela abanou as mãos e saltitou como se fosse um passarinho indefeso. Fingi cair em câmera lenta, exagerando o grito que Lydia deu na hora. Ricky e os outros caíram na gargalhada.

— Que ofensa! — disse Lydia enquanto eu caía ao lado dela.

— Tá tudo certo, mano — eu provoquei, colocando um braço em volta do pescoço dela, mas senti o olhar de Natalie sobre mim e rapidamente recolhi meu braço.

— Isso tudo é muito lindo e precioso — disse outra voz, e nos viramos para ver Leo, de pé atrás do grupo, olhando para nós —, mas será que a gente pode começar a beber agora?

A fogueira cheirava como só uma fogueira pode cheirar; ela crepitava e estalava, atraindo a atenção de todos nós. Ficamos em volta dela, descansando em toalhas grossas e colchas velhas que Lydia e Natalie haviam trazido, enquanto Leo se ocupava com a distribuição organizada das bebidas. A cerveja estava morna e com um pouco de espuma, mas se acomodou confortavelmente em meu estômago, o complemento perfeito para as labaredas do fogo à nossa frente.

Em seguida, Leo começou a preparar sua erva, e o ar logo ficou impregnado com o cheiro de fogueira e maconha. Observei o cachimbo percorrer o grupo, com todos dando algumas tragadas. Natalie não tinha fumado da última vez, quando estávamos no terraço, mas agora estava com o cachimbo entre os lábios à minha direita; fiquei me perguntando se Lydia e Ricky, que se sentavam à minha esquerda, fariam o mesmo. Então, percebi que não importava quem fumaria. Era minha escolha decidir se eu queria experimentar ou não.

Natalie me entregou o cachimbo e fiquei olhando para ele por um longo segundo, tentando me decidir.

— Como eu faço isso? — perguntei, me atrevendo a olhar para todos.

Eu já os conhecia bem o bastante para saber que eles não ririam, e eu estava certa: ninguém pareceu se incomodar. Ricky apenas me ofereceu um meio sorriso descontraído.

Natalie me mostrou o que fazer, inclinando-se para mim e acendendo o cachimbo com o isqueiro. Inspirei da maneira ela havia me instruído e deixei a fumaça preencher minha boca, depois soprei.

— Você vai sentir uma brisa leve com essa tragada — disse Leo de um jeito excepcionalmente gentil. — Começa com isso e veja como se sente.

Passei o cachimbo e o isqueiro para Lydia, e os nossos dedos se encostaram. Ela tragou uma vez e passou adiante.

Nossa energia era fluida e relaxada. Não havia nada para fazer a não ser observar o fogo e ouvir as vozes de todos flutuando pelo ar. A noite era cálida, infinita, secreta, e eu nunca havia me sentido tão bem comigo mesma. Me esparramei na colcha, olhando para o céu estrelado, sem me preocupar com o fato de ter me retirado da conversa em grupo. Meu celular tocou com mensagens de Maritza e JaKory, mas eu apenas o silenciei e o joguei para o lado. Não estava a fim de me sentir culpada essa noite.

Lydia se deitou ao meu lado, suspirando. Eu queria alcançá-la, mas meu corpo estava relaxado demais. Bastava apenas saber que ela estava ali.

— Estrelas — disse Lydia entre risos. — São tantas. Olha aquela constelação, olha, parece um ornitorrinco.

Comecei a rir com ela. A ideia de milhões de estrelas simplesmente passeando lá em cima era tão boba, tão absurda. As risadas que deixei escapar soavam como soluços ridículos e incontroláveis.

— Acho que a Codi gosta de maconha — disse Natalie, rindo à minha direita.

— Dois joinhas — confirmei, erguendo os braços para que eles vissem, e depois ri mais ainda ao ver meus polegares.

O tempo passou de forma nebulosa; poderiam ter sido alguns minutos ou uma hora, mas eu me sentia confortável só de estar deitada ali, apenas *existindo*. Eu sabia que estava chapada, e a ideia disso era engraçada e maravilhosa. Eu podia até imaginar o que Maritza e JaKory pensariam.

E, então, escutei Lydia chamando meu nome.

— Oi? — perguntei, me apoiando sobre os cotovelos.

— A gente vai fazer xixi — disse ela, bagunçando meu cabelo. Seus dedos quentes se demoraram um pouco mais do que o necessário. — Você quer vir?

— Sim — respondi. Eu queria dizer mais alguma coisa, algo bobo ou engraçado, mas minhas palavras estavam relaxadas demais para sair.

Cambaleando na direção da floresta, eu, Lydia, Natalie e Terrica gargalhávamos e nos apoiávamos, trôpegas, umas nas outras. Em algum momento, percebi que o braço de Lydia simplesmente veio parar em volta do meu pescoço, e eu apertei a mão que repousava em meu ombro. A pele dela era quente, macia e eletrizante.

— Marijuana — falei, soltando uma risadinha sem querer.

— Mary Jane. Que nome apropriado para uma droga.

— Ela é uma dama — disse Natalie.

— Meu nome do meio é Jane — anunciei, sem saber ao certo por que estava compartilhando essa informação. — Detesto ele. Meus pais tinham *uma* única tarefa e estragaram tudo.

Nós nos espalhamos embaixo das árvores, longe dos olhos dos garotos. Natalie abaixou seu short e fez xixi sem rodeios.

— Jane é um nome encantador — disse ela pensativa, como se não estivesse mijando na nossa frente.

— Sim, é clássico — concordou Lydia. — E tem um legado incrível. Jane Austen, Jane Goodall...

— G.I. Jane — acrescentou Terrica, agachando-se a poucos metros de Natalie.

— Sim, tá vendo? — disse Lydia. Mesmo na escuridão, eu podia sentir seus olhos em mim. — É digno de você.

— Vocês vão fazer xixi ou o quê? — Natalie questionou.

Lydia tomou seu lugar perto de onde Natalie tinha acabado de fazer xixi. Ela começou a abrir o zíper do short e eu desviei o olhar apressadamente, meu corpo aquecendo só de pensar nas suas coxas, em todas as suas partes, nuas. Dei vários passos para o lado e fiz o que tinha que fazer perto de uma raiz protuberante, tentando me concentrar para finalizar.

— Tudo certo, senhoritas? — perguntou Terrica.

Ela começou a retornar para a clareira, mas Natalie a chamou de volta.

— Sim? — disse Terrica.

Natalie riu. Sua voz soava maliciosa no escuro.

— Vamos nadar pelados.

Convencemos os garotos a irem com a gente. Apagamos a fogueira e deixamos os edredons, as latas de cerveja vazias e as mochilas na clareira. Nosso grupo de oito pessoas atravessou a floresta novamente, caminhando em direção ao rio, e todo mundo gritava para Natalie que aquela era uma ideia idiota, embora nossas queixas fossem mais alegres do que zangadas. Estávamos eufóricos e inconsequentes. A lua brilhava e o rio nunca parecera tão encantador.

Chegamos lá em cinco minutos e, antes que qualquer um de nós pudesse fazer algo mais do que tirar o tênis, Leo já tinha se despido e entrado na água, gritando como um caubói. Tudo o que eu pude ver foi a silhueta de uma pele pálida e nua.

Samuel e Cliff correram atrás dele — Samuel havia tirado tudo, exceto a bandana. Terrica e Natalie observavam seus namorados sem pudor, rindo enquanto começavam a se despir também. Ricky hesitou por apenas alguns segundos antes de sair correndo atrás dos rapazes, e a pele marrom-escura de suas costas largas brilhou sob o luar.

Eu estava inebriada o suficiente para não entrar em pânico e sabia que estava escuro demais para que pudessem me ver *de fato*, mas não consegui controlar meus batimentos acelerados quando comecei a tirar a roupa. Eu nunca tinha ficado nua na frente de nenhum dos meus amigos ou colegas, pelo menos não desde que eu era pequena. Maritza já tinha me visto de sutiã e calcinha, mas só isso.

Tirei o short e a camiseta depressa, depois hesitei.

— Vocês estão tirando *tudo*? — perguntei às meninas.

— Já tirei! — Natalie gritou, jogando suas roupas para o lado enquanto corria para a água.

Terrica seguiu logo atrás dela, um lampejo de pele negra e brilhante.

E Lydia — ai, porra, Lydia estava tirando o sutiã.

Desviei o olhar, depois a observei brevemente, e então voltei a desviar o olhar. Não dava para enxergar nada além de um vislumbre de pele, uma ondulação corpórea, mas era o suficiente para fazer meu rosto arder e meu ventre formigar.

— Vamos! — Lydia me chamou e, por trás de sua risada, havia outra coisa: um tom agudo de nervosismo.

Pude sentir seus olhos em mim enquanto eu mexia no fecho do meu sutiã. Tentei dizer algo, mas um segundo depois ela se virou e correu para se juntar aos outros na água.

Segui por último, com os pés descalços escorregando sobre as pedras e a lama, e em alguma parte distante e isolada do meu cérebro, uma voz irônica dizia: *Neste instante, você está correndo atrás de uma garota bonita e pelada*. Ri alto e entrei na água, me abaixando para que ninguém visse meu corpo.

Aquela parte do rio quase não tinha profundidade suficiente nem para que ficássemos sentados. A água passava por nós, lavando as pedras e enchendo nossos ouvidos com o barulho daquela correnteza eterna e fluida.

— Sobre quantas bactérias vocês acham que a gente tá sentado? — perguntou Samuel.

— É só não beber, cara — disse Leo.

Os meninos estavam tentando não olhar para as garotas, e vice-versa, e eu procurei o olhar de Ricky, perguntando-me se ele percebia como aquilo era engraçado. Ele balançou a cabeça sutilmente e desviou o olhar, mas eu sabia que ele estava disfarçando um sorriso.

Nós jogamos água uns nos outros, gritamos e torcemos pelo Leo quando ele imitou um nado sincronizado. Natalie e Cliff acabaram entrelaçados, e logo Terrica e Samuel seguiram o exemplo. Em pouco tempo, éramos apenas eu, Ricky, Leo e Lydia continuando a conversa e fingindo que os outros quatro não estavam se apalpando debaixo d'água.

— Parece que estou na Europa — murmurou Ricky, balançando a cabeça para os dois casais.

— Ou em *Amargo pesadelo*, mas, tipo, numa versão pornô — disse Leo.

Lydia estava sentada tão perto que eu podia ver as gotas de água salpicando seus ombros nus. Ela havia prendido o cabelo em um coque bagunçado, mas algumas mechas estavam suspensas em volta de seu rosto, e eu senti aquele ímpeto familiar de tocar nelas. Eu não conseguia acreditar que ela estava ali, completamente nua. A parte superior de seu peito estava à mostra acima da água e, toda vez que eu notava, era como se uma mola se soltasse dentro do meu estômago.

— Tive uma ideia — disse ela baixinho.

— Qual? — perguntamos nós três.

Sob suas ordens, eu, Ricky e Leo a seguimos para fora da água, um de cada vez, protegendo-nos dos olhares curiosos uns dos outros. Os outros quatro estavam muito entretidos para notarem a nossa movimentação. Já estávamos calçando os tênis quando Samuel levantou a cabeça e perguntou:

— Ei, o que vocês estão fazendo?

— Nada — disse Ricky com uma voz inocente.

Cliff também olhou para cima, com a mesma expressão desconfiada. Por um longo segundo, todos nós, os que estavam na água e os que estavam na margem, ficamos parados, encarando uns aos outros. Então Lydia se mexeu.

— Corram! — gritou ela, pegando as roupas de Natalie.

Eu, Ricky e Leo corremos atrás dela, carregando as roupas de Cliff, Samuel e Terrica. Caímos na gargalhada quando os escutamos sair da água atrás de nós, xingando e fazendo ameaças de morte. Voltamos a toda velocidade para a clareira, deixando as roupas dos casais perto do limite das árvores, e caímos sobre os edredons perto da fogueira, morrendo de tanto rir e de cansaço da corrida.

— Caralho — disse Leo, respirando rápido e segurando a lateral do próprio corpo. — Eles estão muito ferrados.

— Eles estão muito *pelados* — disse Lydia, gargalhando.

Ricky sentou-se ereto e cuidou da fogueira até que ela voltasse a brilhar. Nós nos agachamos em frente a ela, esperando que o calor tirasse a umidade de nossas roupas. Alguns minutos depois, os outros quatro apareceram atrás das árvores, ainda gritando palavrões para nós. Cliff e Samuel correram para recolher a pilha de roupas.

— Estão muito bonitos, papais! — Leo provocou, balançando as sobrancelhas.

Eles se juntaram a nós perto da fogueira, arfando e nos chamando de tudo quanto é nome, mas estava claro que a nossa pequena travessura tinha sido o clímax da noite. Lydia estava deitada de costas, ainda rindo, mesmo quando Natalie ameaçou sufocá-la, e eu me senti inundada por aquela energia pura que ela irradiava, por seu espírito, suas traquinagens, sua aura vibrante.

Mais tarde, depois de bebermos mais uma rodada de cervejas, Natalie sugeriu que voltássemos para a casa de Lydia para dormir. Saímos do parque e seguimos por uma estrada mal iluminada, com o cheiro da água do rio impregnado em nossa pele. Lydia nos levou para o porão de sua casa, onde nos atiramos em sofás, sacos de dormir e cobertores.

— Vou pegar algumas roupas secas pra gente — disse Lydia na mesma hora que Cliff começou a roncar.

— Quer ajuda? — ofereci.

Na ponta dos pés, atravessamos a casa escura e silenciosa, sem falar nada, até chegarmos ao quarto dela. Fiquei perto da porta enquanto ela acendia o abajur na mesinha de cabeceira.

— Você se divertiu esta noite? — Lydia perguntou com um sussurro.

— Foi fantástico — falei, sorrindo.

Ela sorriu de volta para mim, cansada, mas feliz, enquanto vasculhava as gavetas da cômoda.

— Que bom — disse ela, arremessando algumas camisetas no chão. — Você falou sobre eventos com muita gente não serem a sua praia, então achei que um rolê mais íntimo seria ideal.

Fiquei olhando para Lydia; ela quase parecia estar dizendo que esse rolê íntimo foi pensado *especificamente* para mim, e eu me perguntei se tinha ouvido corretamente.

— Quer dizer... — ela falou rapidamente. Mesmo com a pouca luz, pude ver que suas bochechas estavam rosadas. — Eu só pensei que, sabe, uma noite ao ar livre na floresta seria uma boa mudança de ritmo.

Foi então que tive um pressentimento. O bom pressentimento de que aquilo *era* real, de que Lydia de fato gostava de mim tanto quanto eu gostava dela, e, no entanto, não havia nenhuma pressa ou antecipação; na verdade, eu me sentia calma e satisfeita, como se uma bola de fogo pudesse atravessar o teto e eu não me importaria nem um pouco.

— Você sabe qual foi a melhor parte desta noite? — perguntei.

Ela olhou para mim com expectativa.

— Qual?

Eu olhei para ela. Queria dizer algo delicado, algo real, mas a menor garra do medo se cravou em minhas entranhas.

— O Leo colocou a cueca do Samuel quando saímos da água — eu disse, exagerando no sorriso. — Mas o Samuel ainda não percebeu.

Lydia piscou, mas depois começou a rir em meio ao silêncio, e eu peguei as camisetas e a ajudei a levá-las para baixo.

Na manhã seguinte, bem cedo, antes que a família de Lydia pudesse acordar e perceber que havia oito adolescentes desmaiados em seu porão, saímos da casa e caminhamos de volta para o parque com os olhos turvos e meio adormecidos. Trocamos abraços de maneira silenciosa e automática, abafando nossos bocejos com as mãos e murmurando que nos veríamos em breve.

E nos espaços entre cada despedida, Lydia olhou para mim. Não consigo descrever melhor do que isso. Ela não sorriu, não me lançou nenhum olhar sedutor, não fez nada que pudesse ser interpretado como um flerte, mas a verdade é que ela continuava me encontrando.

— Ricky — falei, minha voz soando rouca quando entramos na caminhonete dele —, acho que a Lydia tá a fim de mim.

Contei a ele sobre a conversa no quarto dela enquanto dirigíamos de volta para a estrada principal, sob o sol leve das seis horas despontando entre as nuvens. Ricky riu e inclinou a cabeça para trás, como se tudo fizesse sentido.

— É claro! — disse ele.

— O quê? — perguntei, ansiosa.

— Esse não foi um rolê aleatório que a Lydia inventou por acaso. Ela organizou tudo isso *porque* queria convidar você. Foi por isso que ela ligou para todos os nossos amigos antes, para ter certeza de que a gente poderia ir, e assim ela não pareceria idiota se você dissesse não. — Ele assentiu para si mesmo, pensativo. — E a Natalie deve saber de tudo. É por isso que o Cliff ligou pra me convidar, a Natalie deve ter pedido pra ele.

— Pera... — falei, juntando as peças. — A Natalie ficou me olhando de um jeito estranho ontem!

— Avaliando você. — Ricky acenou com a cabeça. — Tentando ver se você gosta da melhor amiga dela da mesma forma que a melhor amiga dela gosta de você.

— Será que isso significa que o Cliff também sabe? Ou você acha que a Natalie só pediu pra ele checar se você estaria livre?

Ricky pareceu surpreso com a pergunta.

— Não sei — respondeu ele pausadamente. — A ideia do Cliff ajudando a Lydia a ficar com outra garota é... Quer dizer, eu nunca imaginaria...

Ele parecia perdido em pensamentos, quase como se aquela fosse uma possibilidade maravilhosa.

— Talvez você não conheça o Cliff tão bem quanto pensa — falei.

Ricky ainda estava em estado de abstração.

— Talvez... — disse ele lentamente antes de voltar para o presente, piscando repetidas vezes. — Se bem que... — Ele abriu um sorriso. — Depois daquele mergulho pelado de ontem à noite, eu diria que conheço *todo mundo* muito bem.

CAPÍTULO DOZE

Levei alguns dias para me acostumar com aquela nova e quieta euforia. Minhas interações com Lydia pareciam confirmar cada vez mais que ela gostava mesmo de mim. Agora estávamos trocando mensagens regularmente — em grupo com os outros, mas também no privado —, e eu comecei a passar na cafeteria para tomar café com leite de graça com ela e Natalie toda manhã após nossos expedientes. Ricky me dava todo o apoio, pedindo as últimas atualizações sempre que saíamos para dar uma volta de carro, e eu sempre ficava empolgada ao compartilhar as novidades com ele.

Já era final de junho. Os dias estavam mais quentes, os insetos faziam mais barulho e a luz do sol se estendia para além das nove da noite. Eu, Maritza e JaKory fomos ao cinema duas vezes em uma semana, e entramos com doces de supermercado e uma garrafa de Coca-Cola escondidos na mochila. Não nos sentíamos culpados, porque, além dos ingressos, ainda comprávamos uma pipoca grande para dividir entre nós três, e isso me fazia pensar em Lydia e no quanto ela teria adorado. Eu e meu irmão caímos na mesma rotina de ficar acordados até altas horas da madrugada, cada um enfurnado no próprio quarto, mas às vezes nos esbarrávamos na cozinha por volta de uma da manhã. Certa noite, ele até me ofereceu ravióli, gesticulando para o que havia sobrado em uma panela enorme, e comemos juntos, sentados ao balcão, enquanto nossos pais dormiam profundamente no andar de cima. Enquanto isso, meus retratos continuavam a despertar grande interesse: Terrica foi a terceira a pedir, como Natalie havia previsto, depois Samuel a acompanhou, tentando disfarçar sua empolgação. Pintei os dois em dias consecutivos, e eles ficaram sentados implicando um com o outro nas duas sessões; a expressão em seus rostos ao verem as versões finais foi impagável.

Uma tarde, quando passei pela cafeteria depois do expediente da manhã, Natalie me surpreendeu com um convite.

— Você iria com a gente para o lago Lanier no dia 4?

Meu coração deu um pulo. Eu já tinha ouvido muitos deles comentarem sobre as festas que faziam no 4 de Julho, e elas soavam como um sonho cintilante. Lydia levantou o olhar da cabine que estava limpando, como se minha resposta fosse a coisa mais importante que ela ouviria naquele dia.

— A gente vai acampar de novo — continuou Natalie —, provavelmente só uma noite…

Eu já não conseguia ouvir o que ela estava falando. Lydia sorria para mim, ansiosa, e eu só pensava em Lydia vestindo roupas de banho, Lydia dormindo ao meu lado na barraca, Lydia me puxando para um momento particular no escuro…

— E aí? — Natalie disse. — Você topa?

Eu nem pensei duas vezes.

— Com certeza. — Eu sorri, e o olhar de Lydia para mim foi radiante.

Em uma tarde, Maritza pediu que eu e JaKory fôssemos à sua casa, o que era incomum, porque não costumávamos ficar por lá. O pai dela era um advogado importante da Coca-Cola e tinha o hábito de comprar aparelhos caros e móveis luxuosos que nunca tinha tempo de aproveitar. A mãe dela, quando não estava trabalhando para a Delta, se ocupava em manter a casa impecavelmente limpa e perfeita, a ponto de ser quase estéril. JaKory passou a chamar a casa de Maritza de "O Museu", especialmente depois que a mãe dela começou a emoldurar arte panamenha e a etiquetar cada uma com o nome do artista e a data.

Nos sentamos no carpete branco e impecável da sala de estar, perto do aquário que o pai de Maritza havia comprado no outono passado. Era um enorme compartimento de água, como um daqueles tanques gigantescos que você vê em consultórios odontológicos, repleto de dezenas e dezenas de peixes tropicais que iam de um lado para o outro em movimentos brilhantes e coloridos.

— Minha mãe odeia esse troço — anunciou Maritza, observando o tanque com uma expressão ameaçadora. — Ela tem pavor desse aquário.

— Também fico apavorado — disse JaKory. — Parece um adereço de filme de terror. Tipo, se um assassino psicopata entrasse aqui e matasse um de nós, com certeza o corpo ia aparecer naquele tanque.

— JaKory, em que porra de universo isso aconteceria?
— Pode acontecer.

Me recostei no carpete, rindo.

— 'Kory, você tem uma imaginação incrível, mas às vezes me assusta pra caramba. — falei.

JaKory deu de ombros, mas estava com um sorrisinho bobo.
— Daveon entenderia.

Maritza me lançou um olhar carregado. Mas preferi me concentrar em JaKory.

— Ah... e como estão as coisas entre vocês? — perguntei casualmente.

— Inacreditavelmente bem — disse ele, ainda com aquele sorriso bobo. — Fizemos chamada de vídeo até as cinco da manhã ontem à noite. Ele disse que também contou para os amigos sobre mim.

— Você não fica preocupado? — perguntou Maritza. Ela hesitou, enrugando a nariz. — Você está investindo tanto nesse cara, mas nunca vai conseguir namorar ele de verdade.

JaKory lançou um olhar fulminante na direção dela, a poucos metros de distância.

— Maritza, eu sei a sua opinião sobre isso, mas ela não vai mudar nada. Meu coração já está envolvido. Ou você aceita e me apoia, ou eu paro de falar sobre isso com você.

Maritza fez um estalo com a língua.

— Eu *estou* te apoiando. Só fico preocupada.

— Para de se preocupar. Eu tô bem. Eu tô *feliz*. — Ele se encostou na base do sofá e cruzou os braços como se isso resolvesse a questão. — Você não queria contar alguma coisa pra gente?

Isso calou Maritza. Ela ajustou a postura e limpou a garganta de um jeito dramático, como se estivesse prestes a revelar algo muito importante.

— Acho que eu estou a fim da Rona — ela anunciou.

Olhei atentamente para ela: Maritza parecia triunfante e insegura ao mesmo tempo. Prendi a respiração, sem saber se queria ouvir mais.

— Da dança? — JaKory perguntou, franzindo a testa.

— Uhum — confirmou ela, com os olhos brilhando. — A gente tem passado bastante tempo juntas depois das aulas, no Starbucks ou na casa dela, enquanto eu espero o trânsito diminuir, e ela é divertida e animada e inteligente e *linda*, e ela, tipo... — Maritza fez uma pausa. — Não sei, sinto que ela flerta comigo.

— Flerta com você de que jeito? — perguntei enquanto me endireitava, ansiosa para saber, mas por motivos que não tinham a ver com Maritza.

— Tipo... outro dia ela elogiou a minha bunda — disse Maritza, com o rosto corando.

JaKory e eu olhamos um para o outro, com as sobrancelhas erguidas. Maritza *nunca* corava.

— Hum... Contexto? — pediu ele.

— A gente estava com os outros treinadores seniores, todo mundo tentando descobrir como alterar um dos passos. Daí eu mostrei a eles uma ideia que tive, e a Rona meio que interrompeu e disse: "A sua bunda fica *incrível* nessa legging".

— Ela falou isso do nada assim? — perguntei, um tanto cética.

— Sim. Com *muito* entusiasmo.

— Como os outros reagiram? — perguntou JaKory.

— A Becca só riu. A Vivien pareceu irritada, mas isso não é novidade.

JaKory e eu trocamos olhares novamente, mantendo contato visual dessa vez. Percebi que ele estava pensando a mesma coisa que eu.

— A Rona não é aquela que te chamou de exagerada por você ter ficado triste quando a Vivien foi escolhida como capitã? — perguntei.

— Bem, sim... — disse Maritza, se contraindo. — Mas eu *estava* exagerando. — Ela olhou para mim e JaKory. — Por que eu tô com a impressão de que vocês não ficaram animados com o que eu falei?

— A gente tá — JaKory falou depressa —, mas...

— Mas o quê? — insistiu Maritza, e quando JaKory não respondeu, ela se virou para mim.

— Mas acho que você precisa ir devagar — falei gentilmente. — A Rona é... *legal*... mas sempre tive a impressão de que ela flerta com qualquer pessoa.

Maritza não falou nada por um longo segundo. Suas sobrancelhas estavam franzidas e sua boca estava aberta como se ela não pudesse acreditar que estava ouvindo aquilo de nós.

— Uau — disse ela enfim, arregalando os olhos —, obrigada mesmo.

— Qual é, Maritza? — disse JaKory. — Todo mundo sabe que a Rona vive atrás de homem.

— E por acaso isso significa que ela não pode gostar de mulheres também? Meu Deus, quantas vezes eu vou ter que explicar o conceito de bissexualidade pra vocês dois?

— Não é isso que a gente tá dizendo — falei com firmeza. — O que estamos dizendo é que a Rona parece ser aquele tipo de garota que flerta com outra garota só por diversão... Mesmo sem estarem interessadas de verdade, elas fazem isso porque é tipo um jogo pra elas.

Maritza parecia tão frustrada que eu não ficaria surpresa se ela tacasse uma lâmpada no aquário.

— Vocês nem conhecem ela direito — retrucou ela, aumentando o tom de voz. — Aliás, e daí se ela estiver fazendo isso mesmo? Quem disse que eu não posso me divertir?

— Você *pode* — disse JaKory. — A gente só tá falando exatamente a mesma coisa que você tem falado pra mim: pra ter cuidado.

— A gente não quer que você se machuque — acrescentei. — Ter um crush em alguém é divertido, mas também te deixa vulnerável.

— Quem é você pra me dar conselho sobre isso? — Maritza esbravejou, seus olhos flamejavam. — Pelo menos eu *estou* interessada em alguém. Não estou perdendo meu tempo zanzando em uma loja de girafas o dia todo.

Minha boca se abriu, mas antes que eu pudesse revidar, JaKory interrompeu.

— Não fala assim, Maritza — ele rebateu. — Isso não é uma competição. A Codi não precisa fazer as coisas no mesmo ritmo que a gente.

JaKory apoiou uma das mãos em meu joelho, me olhando de uma maneira que ele claramente achava ser protetora. Foi ainda mais condescendente do que no dia da cafeteria, quando ele me disse para manter a mente aberta. Eu podia sentir o calor subindo pelo meu pescoço, e meu coração batia forte em sinal de alerta. Aquele ressentimento tóxico e familiar se espalhava pelas minhas veias.

Maritza exalou, mas o olhar flamejante ainda estava em seu rosto.

— Bom, enfim, eu vou chamar ela pra vir aqui quando meus pais viajarem, e aí a gente vai saber quem tem razão.

Ficamos em silêncio. JaKory tirou a mão do meu joelho. Maritza mexeu no carpete e me olhou com uma expressão de vergonha, mas eu a ignorei. Eu estava ali sentada, ardendo por dentro, com toda a verdade lutando para sair da minha boca, cada uma das coisas bonitas e extraordinárias que envolviam Lydia e Ricky e todo o grupo, e ainda assim eu não conseguia formular as palavras. E não era porque eu estava me acovardando. A verdade é que eu não *queria* compartilhar nada disso com eles. Estávamos sentados ali, ao lado daquele aquário imenso, com as hipóteses de nossas paixões desesperadas flutuando pela sala, e eu simplesmente não queria mais fazer parte daquilo.

— Codi? — Maritza chamou, em uma voz suave. — Me desculpa por ter dito aquilo. Não foi justo.

Levei um segundo para responder. Virei minha cabeça lentamente para olhar para ela.

— Eu tenho que ir. Minha mãe me pediu para buscar o Grant na casa de um amigo.

Era mentira, e todos nós sabíamos disso, mas nenhum dos dois insistiu. Provavelmente pensaram que eu queria ir para casa e ficar de mau humor por conta da minha vida pequena, tímida e limitada. Levantei do carpete sem me despedir e saí da casa em silêncio.

* * *

Na última segunda-feira de junho, meu irmão me pediu para levá-lo ao cinema mais uma vez. Ele alegou que era porque nossos pais não iriam querer perder o programa de TV favorito deles, mas não pude deixar de me perguntar se ele ia se encontrar com aquela garota novamente.

Olhei de maneira intensa para Grant assim que ele me pediu. Ele se mexeu desconfortavelmente, suspirando, como se meus três segundos de escrutínio fossem insuportáveis.

— Beleza, eu te levo — respondi, enfim.

Por um pequeno instante, ele pareceu surpreso e contente, mas depois voltou a fixar uma expressão estoica no rosto.

— Legal. É às sete.

— A gente sai às seis e quarenta.

— É.

Fiquei com vontade de dizer alguma coisa a ele durante o percurso até o cinema. Eu estava realmente curiosa e ansiosa para saber como estavam as coisas com aquela garota, mas algo dentro de mim me impedia. Talvez eu não quisesse saber de verdade. Talvez eu não fosse capaz de suportar caso ele já tivesse me ultrapassado, ou caso as coisas não dessem certo com Lydia.

— Valeu — disse Grant, enquanto saía do carro.

— Te busco às nove. Deixa o celular ligado.

— Tá — concordou ele, já se afastando.

Passei as duas horas seguintes lendo em meu quarto; achei que seria bom já começar a lista de leitura de verão da escola, considerando que já estávamos entrando em julho. O romance que deveríamos ler era denso e entediante, mas eu sabia que poderia pedir um resumo a JaKory depois, quando tivesse superado minha raiva. Eu sempre fui uma leitora lenta, mas naquela noite estava ainda mais lenta do que o normal, porque ficava parando para verificar meu celular, na expectativa de que Lydia me enviasse uma mensagem. Em vez disso, recebi mensagens de Maritza e JaKory trocando opiniões toscas sobre algum cara famoso que eles achavam gostoso, como se nosso confronto de ontem na casa de Maritza nunca tivesse acontecido.

Finalmente desisti e mandei eu mesma uma mensagem para Lydia.

> Estou com muita inveja de você por estar começando a faculdade. Você não precisa mais lidar com essa palhaçada de leitura de verão.

Ela respondeu alguns minutos depois.

> **Lydia Kaufman (ou Jason Waterfalls):** Sim, haha, eu entendo. O que você tá lendo? É muito ruim? Desculpa não ter te enviado mensagem hoje, tive um dia meio ruim.

Uma sensação nova e estranha se abateu sobre mim, como se meu estômago estivesse derretendo e, ao mesmo tempo, tentando se esticar para fora.

> Você tá bem? Posso fazer alguma coisa?
> **Lydia Kaufman (ou Jason Waterfalls):** Obrigada, Codi, queria que você pudesse. Foi só um dia ruim na aula de matemática, a gente recebeu o resultado dos exames e não fui muito bem. Ainda vamos ter outra prova na quarta-feira e eu preciso estudar pra ela hoje à noite. Um saco.

Pensei na Lydia que eu tinha visto na floresta: a garota que foi atingida em cheio pelo Samuel e caiu gargalhando, a encrenqueira que orquestrou o furto de roupas na beira do rio. Lembrei o que Natalie havia me dito, sobre Lydia não ver o lado bom de si mesma, e odiei perceber que, provavelmente, Lydia estava se sentindo assim agora.

Eu queria fazer com que ela se sentisse melhor. Queria fazer algum gesto grandioso, algo que a surpreendesse e a tirasse daquele dia ruim. Fiquei ali sentada pensando a respeito, com o coração acelerado, e a resposta me veio em um lampejo de inspiração. Era perfeito, especialmente porque meu irmão já estava no cinema.

Enviei uma mensagem para Grant com meu pedido, esperando que ele visse a mensagem antes de sair do prédio. Quando eu estava dirigindo para buscá-lo, meu celular recebeu uma notificação.

Grant: Ok.

Grant me encontrou no carro com um balde de pipoca enorme debaixo do braço.

— Por que você queria tanto isso? — perguntou, resmungando, enquanto deslizava para o banco do passageiro.

— Preciso para uma coisa. Obrigada por ter comprado.

— Foram oito dólares.

— Eu vou te pagar.

Olhei em volta para as pessoas do lado de fora do cinema. Não havia sinal da garota magra com quem eu o tinha visto no mês passado.

— Hum — falei, hesitante. — Você tá esperando alguém? Ou podemos ir?

Grant não olhou para mim.

— Podemos ir.

Ele não voltou a perguntar sobre a pipoca, e eu não perguntei sobre a garota. Quando chegamos em casa e eu não fiz nenhum movimento para sair do carro, Grant se virou para mim.

— Você não vai entrar?

— Tenho que ir a um lugar rapidinho.

— Onde? — Ele estreitou os olhos. — Pra quem é essa pipoca?

Eu não podia deixá-lo de fora, não quando foi ele quem me ajudou a comprar, mas também não queria contar toda a verdade. Eu debatia comigo mesma enquanto ele me observava atentamente.

— É pra... alguém que estou conhecendo — falei com cautela. — Mas ainda não estou pronta para falar sobre isso.

Meu irmão franziu a testa, mas não como se estivesse bravo — mais como se estivesse processando. Depois de um tempo, ele concordou com a cabeça e disse:

— Tá bem.

— Você pode dizer à mamãe e ao papai que eu tô indo deixar uma coisa na casa da Maritza?

— Sim, beleza.

— Valeu.

— Sem problemas.

Ele saiu andando na direção da garagem. Olhei para o balde de pipoca, me perguntando como faria para mantê-lo estável agora que Grant já não estava lá para segurá-lo. A única ideia que tive foi a de afivelar a pipoca como um bebê, e foi o que fiz, puxando o cinto de segurança do lado do passageiro para mantê-la no lugar. Quando voltei a me sentar, olhei para aquilo por um momento e, do nada, comecei a rir, rir de verdade; ali estava eu, sozinha, dentro de um carro, e me sentindo tão bem comigo mesma.

Coloquei uma playlist que Ricky havia compartilhado comigo, verifiquei se a pipoca estava segura mais uma vez e dei ré na entrada da garagem.

Já passava das nove e meia quando virei na rua de Lydia. Por um momento, me perguntei se estava sendo uma idiota, se ela me acharia estúpida por aparecer na casa dela tão tarde, mas uma voz calma dentro de mim insistiu para que eu continuasse. Depois de estacionar, enviei uma única mensagem.

Você pode vir aqui fora? Trouxe uma coisa pra você.

Lydia abriu a porta quando eu estava subindo os degraus da frente. Seu cabelo estava molhado e ela usava uma camiseta grande que quase cobria seu short de pijama. Meu estômago se agitou com a visão.

— O que você tá fazendo aqui? — perguntou ela, sorrindo ao sair para a varanda, e seu perfume floral me envolveu completamente.

Estendi a pipoca.

— Você teve um dia ruim.

Seus olhos se iluminaram e ela riu como se não pudesse acreditar.

— Tá de brincadeira. Você comprou isso pra mim?

— Diretamente do cinema. Achei que ajudaria com os estudos.

Ela pegou o balde de pipoca e o colocou na varanda, ao lado de seus pés descalços. Em seguida, Lydia me envolveu no abraço mais seguro que já recebi.

— Obrigada — disse ela com uma voz suave, afastando-se. — Você pode entrar um pouco?

— Você não tem que estudar?

— Posso fazer uma pausa — respondeu ela, sorrindo.

Aquela era apenas a segunda vez que ficávamos sozinhas juntas, a menos que contássemos os poucos minutos que passamos no quarto dela. Dessa vez, pude vê-lo melhor: era pequeno, mas aconchegante, com um papel de parede escuro e uma coleção de luminárias diferentes. A luz do teto não estava acesa e o ventilador não estava ligado. Havia uma raquete de tênis no canto, um toca-discos antigo no chão e uma velha escrivaninha de madeira de frente para a janela. Seu notebook estava aberto sobre a escrivaninha com um copo de água ao lado.

— Inspecionando meu quarto? — perguntou ela, acomodando-se na cama com a pipoca no colo.

— Da última vez, eu estava bêbada demais pra ver direito. Gostei de como ele é aconchegante. — Eu me sentei na cadeira da escrivaninha, de frente para ela. — Você usa o toca-discos?

— Na verdade, não. Era do meu irmão Asher, ele me deu quando foi pra faculdade. Só que sempre me esqueço dele. Eu seria uma hipster terrível.

— Meus pais tinham um toca-discos na nossa antiga casa. De vez em quando, eles abriam uma garrafa de vinho e colocavam um disco pra tocar, e ficavam sentados de olhos fechados, só escutando, por, tipo, meia hora. — Mordi o lábio com aquela lembrança. — Nessas horas, eu pegava meu bloquinho de papel e tentava desenhá-los.

Lydia deu uma risada divertida.

— Você desenhava seus pais quando eles não estavam vendo? Esse era o seu jeito de dar uma de espertinha?

— Eu era insegura! — falei, rindo. — Meus pais eram, tipo, o clássico casal americano, sempre socializando e dando festas. E então eles me tiveram, e eu só queria me esconder nos cantos e pintar com os dedos. Eles não tinham *ideia* de como lidar comigo.

Lydia me escutava com um sorriso terno.

— Aposto que você era mais fofa do que imagina.

Abaixei a cabeça, rindo baixinho.

— Talvez.

Ficamos em silêncio por um tempo, até que Lydia disse:

— Então… sobre os exames que eu recebi hoje…

— Sim? — incentivei.

— Tirei 68.

Pelo modo como ela disse, pude perceber que ainda não havia contado sobre aquilo a ninguém.

Eu não sabia ao certo o que dizer. Só queria fazer com que ela se sentisse melhor, mas todas as respostas em minha cabeça pareciam inadequadas. Finalmente, abri a boca e perguntei:

— Você quer falar sobre isso?

Era uma pergunta estúpida e cafona, mas Lydia não me criticou; em vez disso, ela assentiu e colocou tudo para fora.

— Achei que tinha estudado bastante e, quando fiz a prova, senti que tinha ido bem, que conseguiria pelo menos um oito, talvez, então quando recebi os resultados hoje, foi como se alguém tivesse me dado um soco. Não entendo por que matemática é tão impossível pra mim. Meus irmãos e meus pais são tão bons nisso, tipo, eles conseguem fazer contas de cabeça muito rápido, mas eu nunca fui capaz de fazer isso. Meus pais não vão ficar bravos se eu contar pra eles, mas sempre tem esse momento em que eles olham para mim como se tivessem que abrir uma exceção especial porque eu não sou inteligente. É um olhar de pena, e eu odeio isso.

— Mas você é inteligente — eu disse com firmeza.

— Não em matemática, não sou.

A distância entre nós era angustiante. Eu podia sentir minhas pernas formigando e ardendo sobre as fibras da cadeira. Meus músculos pediam para que eu me levantasse, ainda que meu cérebro não conseguisse acompanhá-los.

Tomei a decisão antes que pudesse pensar demais e me sentei com ela na cama. Ela se moveu para abrir espaço para mim, mas nossos joelhos se encostaram levemente e, quando inspirei, pude sentir o cheiro de seu xampu.

— Quer saber de uma coisa? — falei. — Acho que, em muitos aspectos, a escola é uma porcaria. Eles têm esse ideal de como deveríamos ser e nos obrigam a seguir esse padrão mesmo que a gente não se encaixe nele. Por exemplo, no ano passado, em Arte Avançada, o sr. Erley pediu para criarmos um portfólio com as nossas artes, e eu trabalhei no meu que nem uma maluca, tipo, eu até cheguei a inserir três peças extras, e fiquei muito orgulhosa de tudo o que tinha feito. Mas depois tivemos que fazer apresentações orais sobre os portfólios, e eu fico muito nervosa de falar na frente das pessoas, então minha apresentação não foi tão boa, e minha nota final no projeto inteiro acabou sendo 85. Simplesmente porque eu não consegui explicar minhas pinturas para colegas que nem se importavam com elas. O sr. Erley escreveu uma série de elogios sobre as pinturas em si, mas também um monte de insultos sobre a minha apresentação, como "Você precisa praticar o contato visual" e "Tente sorrir às vezes!". E, tipo, o fato de eu ter medo de apresentar meu trabalho pra turma não deveria anular a qualidade da minha arte.

Os olhos de Lydia, tão cheios de desespero um minuto antes, agora estavam embebidos de fúria.

— Meu Deus, o sr. Erley é um babaca completo.

— Você é inteligente, Lydia. Aposto que se dá bem com a matemática quando não está se preocupando com ela. No restaurante, por exemplo, quando você tem que administrar um monte de pedidos e pagamentos. Mas mesmo que você não seja boa em matemática de jeito nenhum, acho que tá tudo bem, e você não devia sentir vergonha disso. Você é boa em um milhão de outras coisas, como em pique-esconde, traquinagens e em fazer as pessoas sentirem que são importantes pra você.

Lydia olhou diretamente para mim; foi o maior tempo que já mantivemos contato visual.

— De onde você veio? — perguntou ela, balançando a cabeça. — Sinto que você deveria ter estado aqui esse tempo todo.

Senti meu rosto corando e baixei o olhar, fitando minhas mãos sobre meu colo.

— Sou nova na cena.

— Ah, é? — Ela riu. — Que cena?

— A cena adolescente.

Lydia sorriu para mim de um jeito gentil, aquele tipo de sorriso que você só consegue compartilhar com alguém quando do realmente começa a conhecer essa pessoa, e não precisa se preocupar em parecer feliz o tempo todo perto dela.

— "A cena" — repetiu ela, rindo novamente. — Só você mesmo.

Ficamos mais um pouco em silêncio. Olhei para o relógio e vi que eram quase dez horas. Meus pais iam começar a se perguntar por que eu não tinha chegado.

— Acho que é melhor eu deixar você estudar — sugeri.

— Não parece tão importante agora. — Ela suspirou, levantando-se da cama. — Mas sim, acho que vou continuar tentando.

Ela me acompanhou até a porta da frente e se despediu. Eu tinha acabado de descer da varanda quando ela chamou meu nome.

— Codi?

Eu me virei.

— Sim?

— Acho que tá na hora de você pintar meu retrato.

Por um momento, não consegui falar. Pensei em Ricky me dizendo para aproveitar a oportunidade. Nas sábias palavras de Maritza sobre o universo recompensar quem se esforça. Na batalha de JaKory entre o infinito e o íntimo.

— Acho que você tá certa — falei, corajosamente.

Eu sorri, e ela sorriu, e durante todo o caminho para casa eu estava em chamas.

CAPÍTULO TREZE

Voltei à casa de Lydia na quinta-feira de manhã, logo depois dos nossos expedientes. Era a primeira vez que eu ia lá à luz do dia, e pude observar detalhes que não havia notado antes: a cor cinza, terrosa e elegante, das paredes; as cadeiras de balanço azul-marinho na varanda os sinos de vento pendurados sobre os degraus da frente. Lydia me encontrou na entrada da garagem; ela saiu de seu carro com o cabelo preso em um rabo de cavalo e aquele sorriso enorme e radiante no rosto.

— Ah, a artista! — disse ela, me puxando para um abraço. Ela ainda estava vestida com a camisa polo de seu trabalho, mas esta tinha um tom verde-mar que fazia seus olhos se destacarem.

Eu ri enquanto me afastava do abraço.

— Artista não. Uma humilde amadora.

— Shhh — Ela me entregou um café gelado que havia trazido do restaurante. — Você faz arte, e ela é linda. Não venha me dizer que isso não conta.

Fomos até o quintal, onde Lydia apontou para uma pequena casa na árvore aninhada entre troncos. Parecia ter sido construída à mão, as tábuas eram desalinhadas e a pintura estava desbotada e descascada nas laterais. Não havia escada, mas havia uma rampa de tábuas tortas que subia pelo tronco até a entrada.

— Você me disse para escolher um lugar que fizesse eu me sentir eu mesma — disse Lydia, olhando de lado para mim. Ela parecia quase insegura, como se talvez isso pudesse não ser o que eu tinha em mente.

Eu sorri.

— Aqui vai ser perfeito.

Ela subiu a escada primeiro, e eu a segui um pouco atrás, tentando não olhar para as sardas em suas coxas. Minha bolsa com as telas e os materiais ficou batendo na lateral do meu corpo e, assim que cheguei ao topo, ela a tirou do meu ombro para mim.

— O que você acha? — perguntou ela, gesticulando para o interior fechado.

O espaço era pequeno, obviamente havia sido construído para criancinhas. Estávamos bem perto uma da outra, um pouco curvadas, com nossas cabeças praticamente roçando o teto.

— Definitivamente, é um cenário íntimo — falei sem pensar.

Ela riu e esticou o pé para trás, quase como um tique nervoso.

— Você precisa de mais alguma coisa? Vou arrumar meu cabelo e vestir algo que não tenha cheiro de fritura. — Ela fez uma pausa, havia certo brilho em seu olhar. — Apesar de você gostar desse cheiro.

— Cala a boca — falei, rindo e revirando os olhos. — Vai se arrumar pra ficar apresentável.

— Você tá dizendo que eu não estou apresentável agora?

Fiquei rindo enquanto ela descia pelo tronco. Em um minuto, eu já havia organizado meu espaço de trabalho: uma linda tela em branco e um conjunto de aquarelas vibrantes à minha frente. Agora eu só precisava colocar minha cabeça no lugar.

— Certo — disse Lydia, ofegante, ao reaparecer pelo buraco no chão da casa na árvore —, de qual camiseta você gosta mais?

Ela me mostrou duas opções, e eu as avaliei.

— Qual você usa quando quer se sentir... hum...

— Gostosa? — Ela riu.

Um leve rubor tingiu minhas bochechas.

— Eu ia dizer... como a *versão* de si mesma que você quer ser todos os dias.

Ela colocou a língua para fora, examinando as opções.

— Acho que essa aqui. — Ela passou a mão sobre uma regata turquesa simples.

— Ótimo. Vamos nessa.

Houve um momento desajeitado de hesitação da parte dela e, a princípio, eu não entendi o porquê. Então percebi que ela precisava trocar de roupa.

— Ah — falei, virando a cabeça para o outro lado. — Sim, hum... certo.

— Obrigada — disse ela com uma risada alta e rápida.

Mantive minha cabeça inclinada para baixo, bem ciente de que ela estava tirando a camiseta em minha visão periférica. O que significava eu ter me prontificado a não olhar, e por que ela ficou esperando que eu fizesse isso? Quer dizer, aquilo estava acontecendo *depois* de termos nadado peladas juntas. Estávamos em plena luz do dia agora, tudo bem, mas, mesmo assim: essa não parecia uma interação normal entre duas amigas. Eu não conseguia imaginar Lydia e Natalie desviando o olhar uma da outra por algo tão simples como uma troca de camiseta.

— Pronto — disse ela. Quando voltei a olhar, ela estava puxando o cabelo de dentro da regata. — Como ficou?

Senti meu estômago dar voltas e mais voltas por todos os lados. A verdade é que ela irradiava uma beleza natural e absoluta, mas eu não sabia como dizer isso a ela, então só entrei em pânico e tentei algo discreto.

— Da hora.

Ela levantou as sobrancelhas para mim, e eu me dei um tapa mental.

— Quer dizer, *bonita* — corrigi rapidamente. — Muito bonita.

Ela se sentou no chão à minha frente, com as pernas cruzadas, apoiando-se sobre as mãos estendidas para trás. Houve um espaço de tempo em que nenhuma de nós falou; eu apenas mexia no meu papel e a estudava, e ela me observava atentamente em troca.

— Caraca — disse ela, enfim. — É exatamente como em *Titanic*.

— Devemos chamar a Natalie pra te distrair?

— Não. — Ela balançou a cabeça. — Mas você vai ter que me acalmar de alguma forma.

— Você vai ter que *me* acalmar.

Ela riu.

— Tá. Deixa eu pensar.

Ficamos em silêncio de novo e, por alguns minutos, consegui me concentrar na pintura. Era uma sensação estranha a de estar extremamente atenta ao corpo dela e, ao mesmo tempo, ter que me distanciar o suficiente para imergir no trabalho.

— Posso dar uma olhada no celular? — perguntou Lydia, em um sussurro, como se não quisesse me incomodar. — Tive uma ideia.

— Por enquanto, sim. Daqui a pouco vou começar com os seus olhos.

Parecia uma coisa nua e íntima de se dizer. Sorri para ela, como quem pede desculpas, e ela mordeu o lábio timidamente.

Um minuto depois, Lydia quebrou o silêncio de novo.

— Tá, achei — disse ela, olhando de relance para o celular. — Perguntas para conhecer alguém melhor.

Fiz uma pausa no retrato.

— A artista tem que responder perguntas neste instante?

— Sim. Se eu vou ficar vulnerável, você também vai.

Eu bufei.

— Isso *é* vulnerável pra mim.

— Que pena.

Ela me conduziu por uma lista de perguntas. A maioria delas era fácil, como *Qual é a história do dia em que você nasceu?* ("Em meio às festividades do Dia de São Patrício", respondi, "por isso sou tão festeira"). Outras eram divertidas, como *Se você tivesse seu próprio ônibus espacial, para onde iria?* ("Plutão", Lydia respondeu, decidida. "Eu pediria desculpas por toda aquela sacanagem de 'agora você não é mais planeta' que fizeram com ele").

Então, chegamos a uma pergunta que exigia uma resposta mais ponderada.

— Enquanto caminha pela praia em um dia tranquilo e fresco — Lydia leu —, você se depara com uma garrafa de vidro que foi trazida pela maré até a beira da praia. Dentro dela, você encontra uma mensagem pela qual estava esperando. O que ela diz?

Ela olhou para mim. Fiz uma pausa com o pincel pairando sobre a tela.

— Essa pergunta é cafona — comentei.

Ela ergueu as sobrancelhas, imperturbável.

— Mas você tem uma resposta?

Tentei pensar, mas estava muito consciente do fato de que ela estava me observando. Olhei para ela, que me olhou de volta, e então ambas desviamos o olhar, rindo.

— Tá — falei —, me dá um minuto.

A pergunta se instalou em mim conforme eu me concentrava para pintar os olhos de Lydia. Ela obviamente percebeu que eu havia chegado até eles, pois olhou diretamente para mim, com aqueles olhos nus, brilhantes e firmes. Aquilo foi mais íntimo do que eu imaginava — muito mais íntimo do que olhar nos olhos de Maritza, ou de JaKory, ou de Ricky, ou até mesmo nos olhos dos meus pais e do meu irmão; ela me olhava de um jeito intenso, mas vulnerável, como se quisesse, ao mesmo tempo, ser vista e se esconder, e quanto mais eu mantinha contato visual com ela, mais eu me sentia da mesma forma.

Engoli em seco, deixando meu pincel de lado.

— Eu tenho uma resposta.

— Qual? — Lydia sussurrou.

— Bem, duas respostas. Uma divertida e uma séria.

Ela sorriu como se não esperasse nada menos que isso.

— Qual é a divertida?

— A mensagem seria de uma senhora fabulosamente rica, que me convidaria para ir à mansão dela na Riviera Francesa para um jantar com um bocado de artistas famosos.

— Gostei. Por que a senhora conhece tantos artistas?

— Ela só é uma daquelas pessoas muito ricas e excêntricas que têm muitos amigos talentosos.

— E ninguém sabe de onde veio a fortuna dela.

— Exatamente.

Um momento se passou, então Lydia disse:

— Posso ouvir a resposta séria?

Respirei fundo. Eu queria contar e convidá-la a conhecer meu lado assustado, inseguro e vulnerável, mas isso era assustador pra caramba. Eu não sabia se conseguiria ser honesta assim nem com Maritza e JaKory.

Seus olhos ainda estavam focados, me examinando, mas não havia expectativa neles, apenas interesse.

— Tá — comecei. — A mensagem seria de... Bom, eu não sei, na verdade, mas talvez de alguém como Deus, alguém que soubesse mesmo do que está falando... e diria... — Fiz uma pausa. Respirei fundo novamente. — Ela diria: *Não há nada de errado com você. Você está indo muito bem.*

Silêncio. Fiquei sentada de frente para ela, mas protegida pela tela, com o rosto quente e o coração acelerado de pânico.

Então Lydia falou:

— Ele estaria falando a verdade.

Ela não estava sendo condescendente nem me desmerecendo. Sua voz era clara, firme e gentil.

Eu exalei.

— Posso ouvir a sua resposta?

Ela ficou quieta por um momento, mas depois disse:

— Seria da minha avó, que morreu no ano passado. — Sua voz tremeu levemente, e ela engoliu com dificuldade. — E diria: *Não há nada a temer.*

Fiquei em silêncio, dando a ela o tempo de que precisava. Então perguntei:

— Lydia? Do que você tem medo?

Ela não respondeu de imediato, e eu fiquei preocupada de ter me excedido. Mas logo em seguida ela falou, com a voz embargada:

— De ir para a faculdade. De fracassar. De não ser corajosa o suficiente. De tudo.

Eu respirei fundo. Um milhão de respostas atravessaram meu cérebro, então escolhi aquela que parecia mais verdadeira.

— Acho que falar do que você tem medo te faz corajosa.

Olhamos uma para a outra por um longo e abrasador instante. Eu observei sua respiração, o peito subindo e descendo lentamente.

— Codi?

— Lydia?

Ela mordeu o lábio, um sorriso secreto tomando forma.

— Qual é a sua cor favorita?

Dei uma risada espontânea.

— É com *isso* que você quer continuar?

— Sim.

Eu sorri, agora com as mãos no colo, sem mais pensar na pintura.

— É algo que muda o tempo todo. No momento, é violeta.

— Adoro essa cor.

— Qual é a sua?

— Verde — ela respondeu sem hesitação.

Assenti, nem um pouco surpresa.

— Como seus olhos.

Ela riu.

— Não por esse motivo.

— Por que, então?

— A primeira casa em que eu e minha família moramos tinha essa cor. Um tom pastel de verde, sabe? Sempre que a mãe de alguma amiga ia me deixar em casa, assim que virávamos na minha rua, eu dizia: "Minha casa é a verde!". Os endereços daquela rua eram confusos e eu nunca sabia o número da minha casa, mas sabia que ela era verde, e eu amava isso.

Meu coração pareceu dobrar de tamanho. Naquele momento, senti que eu podia ser exatamente quem eu era, porque Lydia estava sendo exatamente quem ela era, e isso com certeza significava alguma coisa. Absorvi tudo: seus olhos, seus segredos, o espaço que ela ocupava no mundo.

A única coisa que consegui dizer foi:

— Eu gostei muito de saber disso.

— Eu gostei muito de saber que você sabe disso.

Olhamos uma para a outra, e eu sabia o que estava por vir antes mesmo dela deixar as palavras saírem.

— Codi — disse ela, com um leve tremor na voz —, você gostaria de jantar comigo no sábado à noite?

Explodi por dentro. Hesitei por um segundo, processando a pergunta, e então sorri.

— Sim — respondi, sentindo minha voz reverberar pela casa na árvore. — Eu gostaria muito mesmo.

Mais tarde, quando eu estava dirigindo para casa, parecia que a imagem de Lydia estava tatuada em minha mente. Era como voltar para casa depois de uma viagem ao litoral, quando você tira as roupas amassadas da mala e sente o cheiro de protetor solar, areia e mar impregnado não só nos trajes de banho, mas também nas camisetas e calças de pijama.

Abaixei os vidros do carro deixei a música tocar bem alto, mesmo nos sinais vermelho. Estendi meu braço para fora, com os dedos navegando o ar, sentindo a umidade e o vento deslizando pela minha pele. Eu nunca havia compreendido a relação que os adolescentes tinham com os carros, todo aquele papo de liberdade e invencibilidade, mas agora tudo fazia sentido. Quando você gosta de uma pessoa e sabe que vai revê-la em breve, especialmente quando tudo indica que pode se tratar de um encontro, de repente é como se nem mesmo o mundo inteiro pudesse parecer grande o bastante para você.

CAPÍTULO CATORZE

Lydia ficou de me buscar às sete, e eu não tinha a menor ideia do que vestir.

Tinha chovido o dia inteiro, mas agora caía apenas uma leve garoa, que eu só conseguia ouvir porque tinha aberto a janela do banheiro. Fiquei em frente ao espelho encarando meu reflexo com um par de meias trocadas e uma camiseta velha — a roupa provisória que eu havia colocado quando saí do banho. Levantei as pontas do meu cabelo, ainda úmido, me perguntando o que diabos eu poderia fazer com ele. Tinha quase certeza de que se tratava de um encontro — meu primeiro encontro —, mas havia uma sensação estranha de alerta no meu estômago me implorando para não tirar conclusões precipitadas, para não criar expectativas demais, pois ainda existia a possibilidade de Lydia ser apenas muito, *muito* simpática. Eu sabia que Maritza tinha marcado de sair com Rona aquela noite, e as mensagens que ela enviou para mim e JaKory deixavam claro que ela estava esperando que algo acontecesse. Não pude evitar fazer um paralelo com a minha situação; eu sabia que precisava me preparar para uma possível decepção amorosa do mesmo modo que sabia que Maritza não faria o mesmo.

Mas talvez Lydia também estivesse se arrumando assim. Talvez ela estivesse ouvindo o toca-discos enquanto passava maquiagem nas bochechas e experimentava seis combinações diferentes de camisas. Talvez ela estivesse rezando para que fosse um encontro, assim como eu.

Vesti um short escuro com uma regata folgada e um colar comprido. Nunca me senti muito confiante em relação à maneira como me vestia, mas essa era uma das poucas roupas em que eu me sentia bem. Encaracolei meu cabelo, embora os cachos nunca durassem, e passei um delineador mais grosso do que o normal. Durante dez minutos, alternei entre um par de sandálias plataforma, que valorizava a roupa, e um par de sapatos Oxford, que a deixava mais despojada. Se eu tivesse certeza absoluta de que aquilo era um encontro, teria optado pelas plataformas em um piscar de olhos.

Calcei os oxfords apenas por precaução.

Logo depois de passar desodorante pela segunda vez, meu telefone tocou com uma mensagem.

Lydia Kaufman (ou Jason Waterfalls): Chego em dois minutos!

Desci as escadas correndo, com o coração acelerado e as palmas das mãos suando.

— Vou sair com meus amigos! — gritei para quem estivesse ouvindo e fui direto para a garagem, batendo a porta atrás de mim. Fiquei esperando na entrada, esticando o pescoço para ver quando Lydia chegasse, enquanto a chuva caía de forma preguiçosa e constante.

Um minuto depois, o sedã azul-marinho de Lydia apareceu. Ela parou o mais próximo possível da garagem e, tentando me esquivar da chuva, entrei no carro dela, que estava fresco, seco e cheirava a pinho.

— Oi — disse Lydia com seu sorriso caloroso de sempre.

— Oi — falei com o coração na garganta.

Tentei não olhar para ela por muito tempo. Seu cabelo pendia sobre o ombro em uma trança folgada e bonita e sua pele estava à mostra na altura do decote. Ela estava deslumbrante.

Fomos a um restaurante próximo à nossa escola, famoso por suas tapas. A iluminação era rústica e a arte era vibrante e descolada. A recepcionista nos acomodou em uma mesa de dois lugares perto da janela molhada pela chuva e nos entregou dois copos de água com gás.

— Este lugar é chique — falei quando a recepcionista nos deixou sozinhas.

— Você nunca veio aqui? — perguntou Lydia.

— Não, mas já tinha ouvido falar. Uma garota da minha turma de inglês disse que veio a um encontro aqui uma vez.

Lydia deu uma risada curta e olhou apressadamente para o cardápio. Fiquei vermelha e comecei a ler lista de queijos sem processar nenhuma das palavras.

Fizemos os pedidos: refrigerante, couve-de-bruxelas, *paella* de legumes para compartilhar. Era exatamente como sair para comer com Maritza e JaKory, a não ser pelo fato de que com eles eu nunca ficava sem fôlego como estava agora.

A mesa era forrada por uma folha de papel-manteiga marrom e havia uma pequena caixa de giz de cera alojada no porta-temperos. Entre uma mordida e outra de tapas, peguei um giz de cera da caixa e fiz um desenho. Pude sentir os olhos de Lydia em mim e, depois de um minuto, ouvi sua risada.

— A casa verde! — exclamou ela, colocando a mão sobre o desenho como se quisesse que fosse de verdade. — E isso aqui é a caixa de correio?

— Ou um comedouro de pássaros. O que você preferir.

— Comedouro de pássaros, com certeza.

Ela sorria como se estivesse encantada e, por um momento brilhante e precioso, me senti confiante de que isso era definitivamente um encontro.

E me senti ainda mais confiante depois que ela insistiu em pagar a conta.

Depois do jantar, caminhamos pelo centro comercial, rindo e conversando. A chuva havia diminuído e o ar estava mais fresco do que o normal. Era o fim de semana do 4 de Julho, e as pessoas circulavam pelas ruas, aproveitando o feriado prolongado fazendo ecoar um burburinho enérgico. Senti que o mundo inteiro estava tão feliz quanto eu.

Lydia mencionou a pipoca que eu havia levado para ela na segunda-feira, e eu lhe contei sobre como tinha colocado o balde no banco do carro e passado o cinto de segurança ao seu redor dele como se fosse uma criança.

— Mentira que você fez isso. — Ela riu, seus olhos brilhavam e sua mão tocava de leve o meu braço.

— Pior que fiz. Eu teria parecido uma maluca se tivessem me parado em uma blitz.

— Mas valeu a pena — disse ela, convicta. — Comi o tempo todo enquanto estudava e ainda sobrou um pouco para o café da manhã do dia seguinte. — Ela mordeu o lábio e me lançou um olhar tímido. — Sem dúvida, o melhor parceiro de estudos que já tive.

No caminho de volta para minha casa, o tempo passou muito mais rápido do que na ida para o jantar. Eu não queria que a noite acabasse, mas não sabia ao certo o que fazer para que ela continuasse. Para minha sorte, Lydia pareceu sentir o mesmo.

— Tem algum clube por aqui? — perguntou ela quando entramos no meu bairro.

— Sim, é só virar aqui à esquerda.

— Tem playground lá?

— Tem... — falei, já rindo ao imaginar onde isso daria.

— Você gosta de balanços?

Meu coração bateu forte.

— Gosto, sim.

— Boa resposta — disse ela, sorrindo.

Estacionamos perto da piscina e percorremos o caminho até o playground. O céu estava escurecendo e o ar vibrava com o canto dos grilos. Passamos por uma fileira de arbustos com rosas totalmente desabrochadas que preenchiam o ar com um cheiro doce, fresco e dolorido. Parecia que eu estava em um sonho, caminhando por um jardim ao lado de uma garota bonita.

Os balanços estavam molhados por causa da chuva, então os inclinamos para frente até que a maior parte da água tivesse escorrido. Lydia se aproximou e tirou as últimas gotas de água do meu, sacudindo a mão no ar em seguida, e senti meu coração derreter com o gesto.

Me acomodei em meu balanço, tentando manter a calma.

— Não subo em um desses há muito tempo.

Lydia sentou-se no balanço ao lado e virou o corpo em minha direção.

— Essa é a coisa mais triste que ouvi hoje.

— Por quê, quando foi a última vez que você esteve em um balanço?

Ela fez uma careta, pensando.

— No verão passado, no bairro da Natalie.

— Só por diversão?

— Foi quando a Natalie e o Cliff estavam começando a se falar, e ela me pediu pra ir junto como apoio. Ficamos nadando o dia inteiro e depois fomos pros balanços.

— Natalie te fez de vela? — provoquei.

— Pois é. — Ela fez uma pausa. — Quer dizer, mais ou menos. O Cliff levou um primo dele e eu meio que fiquei fazendo companhia. Acho que eles queriam que fosse um encontro duplo ou algo assim.

Fiquei sem fôlego, com uma sensação de aperto no peito.

— Ah — falei, forçando uma risada. Era a primeira vez que eu a ouvia mencionar um cara; senti um nó no estômago ao pensar que talvez eu estivesse confundindo as coisas. Com a maior indiferença que consegui reunir, perguntei:

— E foi?

Lydia inclinou a cabeça para o lado, como as pessoas fazem quando estão tentando formular uma resposta.

— Um pouco — disse ela finalmente.

Meu coração desabou.

— Ah.

— Mas não virou nada — acrescentou ela apressadamente.
— Eu não gostava dele o bastante.

Assenti com a cabeça. Lydia estava me olhando com hesitação, como se estivesse procurando algo. Eu não tinha certeza do que dizer, então dei um chute no chão e comecei a me balançar. Ela seguiu meu exemplo e ficamos balançando em silêncio por um minuto, viradas para a calçada que dava para as quadras de tênis.

— Você já namorou alguém? — perguntou Lydia de repente.

Senti meu rosto ficar quente.

— Hum, não — respondi depressa. — Ainda não.

— Você nunca quis?

— Eu só... hum... não encontrei a pessoa certa.

Ela não respondeu. Eu queria olhar para ela, queria saber o que ela achava disso, mas fiquei com medo. Nossa conversa estava começando a parecer muito maior e mais significativa do que eu conseguia suportar.

Nós movimentávamos nossas pernas cada vez mais rápido, chutando alto no ar. Os postes de luz se acenderam e, nas quadras de tênis, algumas pessoas começaram um jogo noturno sob as luzes suspensas.

Parei de movimentar as pernas e deixei a velocidade do balanço diminuir até parar naturalmente. Lydia seguiu o exemplo, parando meio minuto atrás de mim.

— Isso foi divertido — disse ela sem fôlego, como se já tivesse esquecido tudo o que tínhamos conversado até ali. Ela se virou para olhar para mim e soltou uma grande gargalhada.
— Ah, meu Deus, o seu cabelo...

Antes que eu pudesse processar, ela se aproximou e passou os dedos pelos fios. Meu couro cabeludo formigou com o toque.

— Os cachos estão fora de controle. — Ela riu.

Eu mal conseguia respirar. Minha voz parecia sufocada em meu estômago.

— Tá muito ruim?

— Não, ainda tá muito bonito.

Seus olhos brilhavam à luz da lua. Eu estava sorrindo tanto que minhas bochechas doíam e, em resposta, ela sorriu ainda mais. O canto das cigarras parecia aumentar ao nosso redor. Meu estômago pulava como se estivesse dançando, e me lembrei de Maritza e JaKory discorrendo sobre montanhas-russas e poesia.

— Você também está muito bonita — falei, com a voz trêmula.

Lydia olhou intensamente para mim. Sua expressão ficou séria e sua mão desceu até meu joelho. Aquilo me fez sentir uma explosão de calor.

Nenhuma de nós se mexeu; só ficamos olhando uma para a outra. Eu não conseguia parar de olhar para a boca dela, e sabia que ela também estava olhando para a minha.

— Codi... — disse ela sem fôlego.

Estava acontecendo. Ela gostava de mim e ia me beijar. A garota de quem eu gostava tanto, tanto, ia me beijar...

E eu não tinha ideia do que fazer.

A constatação me atingiu em cheio. Eu não era como Natalie ou Terrica, confiantes o suficiente para começar uma pegação dentro de um rio à luz do luar; eu não era nem mesmo como Ricky, corajoso o suficiente para roubar um beijo debaixo das árvores. Naquele momento, quando tudo era real, quando tudo dependia da confiança corajosa e imprudente da nova versão de mim mesma, percebi que eu nunca me tornaria essa pessoa.

Lydia se inclinou em minha direção, seus os olhos se moviam, alternando entre meus olhos e minha boca, mas eu fiquei congelada, paralisada demais para fechar a distância entre nós.

— Hum — falei, afastando meu joelho do toque de sua mão.

Lydia se afastou abruptamente e, assim, o momento foi interrompido.

E, então: silêncio.

Um silêncio terrível e sufocante.

Fiquei ali sentada, tentando entender o momento que eu havia acabado de desperdiçar. Meu coração estava disparado e as palmas das minhas mãos estavam encharcadas de suor. As luzes da quadra de tênis eram brancas e brilhantes demais e tudo dentro de mim parecia estar lutando para que eu respirasse. Eu tinha acabado de jogar fora a única coisa que queria há muito tempo.

Finalmente, Lydia limpou a garganta.

— Tá tarde, né? — disse ela, com uma voz excessivamente animada. — Vamos, vou te levar pra casa.

Um tempo depois, deitei no chão do meu quarto, olhei para o teto e lutei contra as lágrimas que escapavam dos meus olhos.

Meu primeiro instinto foi ligar para Ricky e perguntar se poderíamos dar uma volta de carro, mas imaginei como ele me olharia quando eu confessasse o que havia acontecido, e uma massa escura de vergonha se acumulou sobre meu peito.

Meu segundo instinto foi ligar para Lydia e pedir que ela voltasse, mas eu não sabia o que dizer a ela. Como explicar que você gosta tanto de alguém a ponto de ficar paralisada?

Então, cheguei ao meu terceiro instinto, que gritava mais alto do que todos. Eu queria Maritza e JaKory. Queria me deitar entre eles, chorar até soluçar e ouvi-los dizer que tudo ficaria bem. Pela primeira vez em todo o verão, senti muita falta dos meus melhores amigos. Eu estava magoada, irritada e ressentida, mas claramente eles estavam certos sobre mim o tempo todo.

Maritza seria prática e científica sobre o que havia acontecido; ela usaria fatos para me fazer sentir normal. *Você disse que seu coração estava batendo muito rápido, certo? Portanto, seu corpo acionou o modo de luta ou fuga. Seu corpo entendeu que estava em perigo porque a situação era nova e desconhecida, então seu instinto foi sair dela, só isso.*

JaKory seria empático e motivacional. *Eu provavelmente faria a mesma coisa, se não pior. É assustador expor seus sentimentos dessa forma. Você estava se sentindo intensamente vulnerável, mas você vai aprender a superar isso. Você vai ter outra chance.*

Joguei meu celular na cama para não ligar para Maritza e JaKory. Não era uma opção — não quando eu vinha mentindo para eles há semanas. Como eu poderia contar sobre Lydia quando ela era apenas a ponta do iceberg de tudo o que eu vinha escondendo deles?

Fiquei deitada no chão por muito tempo. Meu coração agora batia em um ritmo calmo e fraco, quase entorpecido. Fechei os olhos e voltei aos balanços, reescrevendo aquele momento várias vezes até chegar a uma versão em que eu não congelasse.

Finalmente, me levantei e saí do meu quarto. A casa estava adormecida e silenciosa, mas uma luz escapava sob a porta do quarto do meu irmão. Bati na porta e dei um passo para trás, ouvindo a cadeira da escrivaninha girar no tapete de plástico.

Ele parecia cauteloso quando abriu a porta.

— O quê?

— Você quer assistir alguma coisa? — perguntei baixinho.

Grant poderia ter dito não, como eu fiz com ele um milhão de vezes nos últimos anos; ou poderia ter perguntado o motivo, porque eu sabia que dava para ver que eu estava triste com alguma coisa; mas tudo o que ele disse foi: "Sim, beleza", e me seguiu até a sala de estar, onde caímos no sofá e assistimos a *Brooklyn Nine-Nine* até pegar no sono.

CAPÍTULO QUINZE

Assim que acordei no domingo de manhã e me lembrei do que havia acontecido, meu estômago ficou embrulhado. Não consegui fazer nada além de escovar os dentes antes de sair para trabalhar. O expediente passou em meio a uma névoa lenta, e eu estava tão irritada que gritei com um garoto pré-adolescente que não parava de me importunar perguntando sobre bandanas de crocodilo. Depois disso, Tammy sugeriu que eu fosse reorganizar o estoque.

Reuni forças o suficiente para enviar uma única mensagem para Lydia, e isso depois de duas horas de deliberação no estoque.

Obrigada pelo jantar de ontem à noite. Eu me diverti muito.

A resposta dela veio uma hora depois e não continha seus emojis e figurinhas habituais.

Lydia Kaufman (ou Jason Waterfalls): Imagina, Codi.

Eu queria chamá-la para tomar um café e perguntar se poderíamos tentar de novo. Queria aparecer no restaurante com flores. Queria levá-la até o rio e beijá-la no banco de trás do meu carro, mas não fiz nada disso, porque me sentia paralisada, estúpida e envergonhada.

Quando cheguei em casa depois do trabalho, parecia que todo o meu torso estava travado de tensão. Eu queria falar com alguém que pudesse me acalmar, alguém que pudesse me dizer que estava tudo bem e que eu teria outra chance, ainda que eu sentisse que não merecia. Mandei uma mensagem para Ricky e perguntei se ele queria dar uma volta de carro.

Ele estacionou na entrada da minha garagem quinze minutos depois, ainda vestindo roupas de igreja e com uma expressão aflita. Ele mal sorriu quando entrei em sua caminhonete, e notei que o som do carro estava desligado.

— O que houve? — perguntei.

Ele balançou a cabeça.

— Nada.

Dirigimos até o rio e estacionamos embaixo de um conjunto de árvores cujos galhos se estendiam sobre o carro, cobrindo-nos de sombra. Ricky desligou o motor, jogou as chaves no porta-copos e esfregou os olhos como se estivesse completamente exausto.

— Então — começou ele, sem muito entusiasmo —, o que rolou com você?

Eu o encarei. Meu peito estava mais pesado do que nunca, mas, ao observá-lo, percebi que não haveria espaço para os meus problemas naquele momento.

— Talvez a gente deva falar de você — sugeri suavemente.

— Não, eu tô bem.

— Tem certeza? Você não parece bem.

— Tá tudo bem.

— Tem a ver com o Tucker?

Ricky esfregou a boca.

— Não é nada que você precise ouvir. — Ele fez uma pausa. — Me conta sobre você e a Lydia.

De repente, me senti irritada de um jeito irracional e ridículo. Me recostei abruptamente no banco, olhando para o rio à minha frente.

— E aí? — incentivou Ricky. — Me conta o que aconteceu.

— Não há nada para contar.

Ele franziu as sobrancelhas, exasperado.

— Achei que você tinha dito que queria conversar.

— Eu disse.

Ele me olhou como se estivesse me avaliando.

— Então fala.

Lentamente, de forma hesitante, contei a Ricky o que havia acontecido na noite anterior. Eu não conseguia olhar para ele; mal conseguia ouvir minha própria voz. Achei que contar a alguém faria com que eu me sentisse melhor, mas em vez disso parecia que eu estava revelando algo que preferia ter guardado para mim.

— Tá tudo bem, Codi — disse Ricky quando terminei. Ele suspirou e esfregou o rosto novamente. — Beijar pode ser assustador.

— Não seja condescendente — retruquei.

— Não estou sendo.

— Está, sim.

Ele contraiu os cantos dos lábios. Ficamos nos encarando, até que ele disse:

— Olha, eu já te contei sobre o meu primeiro beijo?

— Você sabe que não.

Ele ignorou minha provocação e mergulhou na história.

— Foi com uma garota chamada Alex Pickens — disse ele, olhando para o rio. — Estávamos no oitavo ano, em um projeto de serviço comunitário que nossas mães tinham nos obrigado a participar, e nós dois tínhamos sido encarregados de abastecer as prateleiras do depósito com comida enlatada. Ela ficou com frio, então eu dei meu moletom pra ela. Depois a gente se beijou.

Eu esperava algo melhor, ou pelo menos algum tipo de "moral da história".

— E... você gostava dela?

— Eu achava ela bonita, mas não queria ter beijado ela num depósito.

— Mas pelo menos você beijou.

Ele revirou os olhos, e não de uma forma brincalhona.

— Meu ponto é que foi muito idiota. Mas eu não estava tão a fim dela quanto você está da Lydia, então não foi importante.

— Então me conta sobre como é beijar alguém que você *gosta* de verdade — insisti. — Me fala sobre como é beijar o Tucker.

Ricky ficou em silêncio, olhando para mim.

— *É sério?* — questionei.

Ele balançou a cabeça.

— Não começa, Codi.

— Beleza. Vamos só fingir que vocês não têm nada, como sempre.

— Eu te fiz alguma coisa? — perguntou ele, elevando o tom de voz. — Ou é você que está frustrada por ter estragado seu primeiro beijo?

Desviei o olhar, incapaz de acreditar que ele havia dito aquilo.

— Sabe — falei, respirando fundo —, o lance todo de ser *amigo* de alguém é que as coisas devem ser uma via de mão dupla. Naquele dia, quando fui pra sua casa, você me disse que eu não tinha permissão para te transformar em um tipo de projeto. Mas quer saber, Ricky? Você está *me* transformando em um projeto. Você sempre aproveita qualquer chance de me ajudar porque acha que sou essa garota emocionalmente desajeitada, invisível, que não sabe de nada, mas não me deixa fazer o mesmo por você. Seria tão ruim assim me dizer o que você realmente sente pelo Tucker? Falar sobre o fato de que ele te deixa chateado pra cacete?

Ricky retrucou tão rapidamente que parecia ter aquele discurso preparado há muito tempo.

— Já parou pra pensar que talvez você esteja projetando os seus sentimentos em mim, Codi? Nossos problemas não são os mesmos. Eu nem tenho certeza se sou *gay*! Você continua insistindo nessa coisa entre mim e o Tucker porque quer ter um modelo para as coisas que você acha que está perdendo, mas eu não posso te dar isso! Não posso agir como se eu e o Tucker estivéssemos apaixonados, como se a gente tivesse encontros, andasse de mãos dadas e se beijasse como se tudo isso fosse uma comédia romântica, porque essa não é a verdade! Sou só um cara que tá tentado entender e experimentar as coisas sem ser encaixotado ou me prender a rótulos!

— Eu não estou tentando te encaixotar! — gritei. — Não me importo com rótulos e identidades e…

— Tem certeza? — interrompeu ele, áspero. — Tem certeza de que não está se sabotando esse tempo todo por causa dessas ideias estúpidas sobre como *você* deveria ser?

— Eu não tenho problema nenhum com o fato de ser lésbica…

— Mas tem com ser tímida, ansiosa e nunca ter ido a festas, nunca ter tido encontros e nunca ter beijado alguém antes! Quanto dessas coisas é realmente você, Codi, e quanto é você se *convencendo* de que é assim? Não é como se você fosse uma adolescente de dezessete anos inadequada, semi-viva, que não consegue fazer amigos ou conversar com as pessoas. Você tem feito isso a porra do verão inteiro! Você tem uma oportunidade incrível com a Lydia agora, e está estragando tudo porque não consegue esquecer essa ideia de que é diferente de todo mundo e se enxergar como você realmente é!

Fiquei sem fôlego. Por um minuto, tudo o que pude fazer foi ficar sentada, com o estômago gelado e a garganta entupida, deixando que as palavras dele me atingissem em cheio.

Ricky olhava fixamente para o para-brisas e respirava com dificuldade. Eu nunca tinha o visto tão nervoso.

— Não estou tentando te dizer quem você é e o que você quer — falei com aspereza. — Não como você acabou de me dizer. Mas algo está te incomodando e, seja o que for, eu sou sua amiga e só quero te ajudar.

— Eu não preciso da sua ajuda — disse Ricky, colocando a chave de volta na ignição.

Isso doeu mais do que qualquer outra coisa; parecia que ele estava dizendo que não éramos amigos de verdade. Tudo o que eu queria era estar ao lado dele, como se nos conhecêssemos desde o jardim de infância, quando todos os sentimentos compartilhados eram puros, verdadeiros e sem pudor. Mas nada disso importava; a conversa havia chegado ao fim.

Dirigimos de volta para o nosso bairro sem música e sem pedidos de desculpas. Quando chegamos à minha casa, meu irmão estava na entrada da garagem, jogando basquete sozinho. Ele arregalou os olhos quando viu a caminhonete de Ricky, mas eu bati a porta do carro e entrei em casa antes que ele pudesse me fazer qualquer pergunta.

Fiquei desestabilizada pelo resto do dia. As palavras de Ricky ficaram encravadas em minha pele, me arranhando até que todo o meu corpo parecesse um nervo exposto. Me tranquei no meu quarto e fiquei andando de um lado para o outro como uma doida; uma enorme descarga de adrenalina subia pelo meu peito toda vez que eu pensava em outra resposta cortante que deveria ter dado a ele.

Depois, me deitei no chão e fiquei olhando para o teto. Peguei meu celular e coloquei uma música, fechando os olhos e revivendo cada momento desse verão em minha mente, tentando entender como havia chegado até ali.

Minha pequena festa de autopiedade foi interrompida por uma notificação de mensagem.

Meu coração disparou, esperando que fosse Lydia, esperando que fosse Ricky, mas não era nenhum deles.

Maritza Vargas: Você pode vir aqui em casa?

Fiquei olhando para a mensagem. Fazia dias que eu não tinha notícias de Maritza, e a última coisa que eu queria naquele momento era me esforçar para entender a situação entre nós duas depois de tudo o que aconteceu.

O que houve?

Ela começou a digitar, parou e começou de novo. Esperei mais dois minutos até a resposta dela chegar.

Maritza Vargas: Você estava certa sobre a Rona.

Suspirei. Eu ainda estava chateada com Maritza pela maneira como ela havia falado comigo na semana anterior, mas sabia que algo muito ruim devia ter acontecido para ela admitir que estava errada. Por um bom tempo, minha raiva lutou contra minha lealdade enraizada e, no fim, a lealdade venceu.

Me dá 15 minutos.

O portão da garagem de Maritza estava fechado; a casa estava toda trancada. Eu não sabia ao certo o porquê, até me lembrar de que seus pais tinham viajado para o Panamá no dia anterior. Uma pontada de culpa atingiu meu estômago. A antiga Codi nunca teria esquecido que os pais de Maritza tinham a deixado sozinha em casa; eu teria a convidado para ficar na minha casa em um piscar de olhos.

Bati na porta dos fundos até Maritza atender. Ela estava com um cobertor de lã enrolado nos ombros e uma expressão exausta no rosto.

— Oi — ela murmurou.

— Oi.

O clima entre nós era tenso. Por um tempo, ficamos paradas na soleira da porta, apenas olhando uma para a outra. Então, Maritza se afastou e fez um gesto para que eu entrasse.

Eu a segui até a cozinha elegante de seus pais, recém-reformada com piso frio e balcões de mármore. Não se ouvia nenhum barulho, exceto o tique-taque de um relógio. Uma tigela do famoso arroz *con pollo* da mãe de Maritza, já comido pela metade, estava sobre a mesa.

— Obrigada por ter vindo — disse Maritza, sem me olhar nos olhos. — Senti que estava ficando louca sentada aqui sozinha.

Eu analisei seu semblante; parecia que ela poderia começar a chorar a qualquer momento, algo que eu só tinha visto duas vezes durante os seis anos em que a conhecia.

— O que houve? — perguntei suavemente. — Não deu certo com a Rona?

Ela engoliu em seco e olhou para mim, mas sua resposta não teve nada a ver com a Rona.

— Você é uma ótima amiga — disse ela, trêmula. — Eu nem mereço que você esteja aqui agora. Sinto muito pela forma como te tratei na semana passada.

Suspirei. Não tinha me preparado para um pedido de desculpas e não sabia como explicar que a conversa que precisávamos ter era muito maior do que um simples "sinto muito". Eu mal tinha a capacidade emocional para lidar com os sentimentos dela em relação a Rona; não tinha a menor condição de tentar resolver os problemas da nossa relação naquele momento.

— A gente fala sobre isso depois — sugeri, puxando Maritza para o sofá. — Só me conta sobre a Rona.

Maritza suspirou e se aconchegou em um canto do sofá, abraçando as próprias pernas. No outro canto, eu estiquei minhas pernas em direção a ela e me acomodei com um cobertor de cashmere.

— Meus pais viajaram ontem de manhã — disse ela, engolindo em seco. — Eu tinha dito à Rona que ela poderia passar a noite aqui, e ela pareceu gostar muito mesmo da ideia. Conversamos sobre isso a semana inteira no acampamento, e ela não parava de falar sobre o quanto a gente ia se divertir.

Eu reprimi o sentimento estranho que se formava dentro de mim. Parecia errado que Maritza estivesse me contando sobre esses planos *depois* de eles terem acontecido; no passado, eu teria sabido sobre tudo isso em tempo real.

— Então, ontem à noite, ela apareceu — continuou Maritza —, e eu fiquei toda eufórica e extasiada. Pedimos comida chinesa e vimos um filme... e então ela me convenceu de que a gente devia beber um pouco do rum porto-riquenho do meu pai.

— Eita — deixei escapar, sabendo o cuidado com que o sr. Vargas guardava aquele rum.

— Então, contrariando os meus princípios, tomamos algumas doses... e ela começou a ficar toda carinhosa e grudenta... e depois... — Maritza respirou fundo. — A gente começou a se beijar.

Meu estômago ficou agitado. Era uma sensação perturbadora: ver sua melhor amiga cruzar a linha de chegada antes de você e se lembrar de que você não deveria sentir inveja dela por ter chegado primeiro.

Tudo o que consegui dizer foi:
— Uau.
— Não consigo nem explicar como aconteceu, mas de repente ela estava me beijando e foi tão... foi tão *bom*, cara... Tipo, eu poderia passar horas fazendo aquilo.
— Uau — falei novamente.

— Só que depois... — Maritza balançou a cabeça como se estivesse tentando dar sentido a algo impossível. Havia um olhar distante e derrotado em seu semblante. — Não sei, foi como se de repente ela tivesse ficado entediada ou algo assim. Ela parou de me beijar e começou a falar que a gente deveria chamar uns caras para vir aqui.

— O quê?

— Sim. Acho que ela tem alguns amigos que moram por perto, então mandou mensagens para eles, dizendo que viessem pra cá. E eu estava tão confusa que nem me opus à ideia. Ela era como uma força da natureza agindo sobre mim, e eu fiquei completamente desnorteada. Daí esses caras apareceram e a Rona estava claramente flertando com eles, com *os dois*, e me disse que a gente devia oferecer um pouco de rum a eles também, e eu falei pra ela que meu pai ia perceber se a garrafa diminuísse mais ainda, e ela respondeu: "Ele pode comprar mais, já que ele está lá".

— Pera, o quê?

— Ela acha que Porto Rico e Panamá são a mesma coisa.

— Argh, Maritza...

— Eu sei. E *depois*, ela ainda disse aos caras que eu e ela estávamos "nos divertindo" antes de eles chegarem.

— Não — grunhi, literalmente cobrindo os olhos com as mãos. — Por favor, me diz que ela não fez isso...

— Ela fez. E aí obviamente eles começaram a agir como completos idiotas, pedindo pra gente se beijar na frente deles.

Fiquei olhando para ela, preocupada com o rumo que a história estava tomando. Eu *esperava* que Maritza não estivesse tão desesperada a ponto de transformar sua sexualidade em um espetáculo daquele tipo, mas, considerando sua recente obsessão com a ideia de beijar alguém a qualquer custo, não tive tanta certeza.

— Por favor, me diz que você não...

— Claro que não! — Maritza gritou. — Você não me conhece, por acaso? Meu Deus, Codi, eu estava *surtando*. A Rona ficava me dizendo pra relaxar, que não havia mal nenhum a gente se beijar, mas eu perdi a cabeça e gritei com os caras para que saíssem da minha casa.

— Que bom! — falei, sentindo meu pescoço arder de calor. — Você expulsou a Rona também?

— Não tive coragem; ela estava bêbada demais para dirigir. Nenhum daqueles dois idiotas se ofereceu pra deixar ela em casa, então ela teve que ficar aqui. A gente não se falou pelo resto da noite. Ela estava puta comigo e eu com ela. Acho que, na cabeça dela, eu estava agindo como uma puritana e uma perdedora; parecia que ela não fazia ideia de que, pra mim, ficar com ela realmente tinha significado alguma coisa.

A voz de Maritza vacilou na última palavra. Peguei sua mão e a apertei.

— Eu sinto muito — disse gentilmente. — Você merece muito mais do que isso.

Ela engoliu em seco.

— Você e JaKory tinham razão.

— Eu queria que a gente não tivesse.

Maritza olhou para nossas mãos. Seus olhos estavam marejados.

— Eu queria nunca ter aceitado a vaga de treinadora no acampamento. Eu devia ter arrumado um trabalho de verão em uma loja de varejo, como você, e aí poderia pedir uma folga pra ir ao Panamá. — Maritza piscou rapidamente e contorceu o rosto, se esforçando muito para não chorar. — Não acredito que a mamãe e o papai estão lá com todo mundo agora, e eu estou presa aqui, sozinha, chorando por causa de uma garota aleatória e estúpida.

— Ela não é uma garota aleatória. Ela significava algo pra você.

Maritza balançou a cabeça.

— Eu *fiz* ela significar algo. Fiz exatamente a mesma coisa que acusei JaKory de fazer: disse a mim mesma que aquilo era possível, sendo que, na verdade, não passava de uma fantasia. Fui uma idiota.

— Para de pegar pesado consigo mesma — falei, empurrando seu ombro. — Você não é uma idiota. Você é alguém que sabe o que quer e se esforça pra conseguir. Essa é uma das coisas que mais gosto em você! Então esquece a imbecil da Rona. Alguma outra garota ou garoto vai aparecer e te beijar de uma forma que signifique alguma coisa, e, até lá, você só precisa continuar sendo a pessoa que é.

Maritza respirou fundo, tentando se acalmar.

— Você realmente acha que eu sou uma boa pessoa?

— Eu acho que você é incrível.

Ela abriu um sorriso cansado.

— Se é você quem está dizendo, então eu acredito.

— É pra acreditar mesmo.

Ela apertou minha mão. Por um segundo infinito, tudo estava bem no mundo.

Mas então ela disse outra coisa, algo que fez minhas entranhas endurecerem.

— Você também é incrível. Eu não devia ter te julgado por querer continuar na mesma. Sei que você não é uma pessoa que se joga no mundo e faz um milhão de coisas acontecerem, e tá tudo certo. Nem todo mundo pode ser do tipo inovador e aventureiro. Alguns de nós precisam manter as coisas seguras e estáveis. — Ela fez uma pausa, sorrindo para mim como se estivéssemos participando da mesma piada. — Fico feliz por você ainda ser a mesma Codi de sempre. Eu me joguei no mundo e tive meu coração esmagado, mas você estava aqui o tempo todo, nos bastidores, esperando para me ajudar a me sentir melhor.

Maritza encostou o ombro no meu, como se tivéssemos acabado de compartilhar algo carinhoso e comovente, e eu só consegui piscar em resposta; senti um arrepio de raiva subir pelo meu pescoço, queimando tudo, e, de repente, eu mal conseguia respirar.

A raiva era de Maritza ou de mim mesma? Ela não conseguia conceber que eu era capaz de correr riscos, mudar e crescer, mas a culpa era dela, por não acreditar, ou minha, por não mostrar a ela?

— Cara — disse Maritza, olhando para mim alarmada —, o que foi?

Balancei a cabeça como um aviso.

— Desculpa — pediu ela, parecendo completamente desnorteada. — O que eu falei... Quis dizer tudo isso de um jeito bom...

Eu levantei e me afastei dela, com o rosto e o pescoço ainda em chamas.

— Tô indo embora.

— Espera, Codi, me desculpa, eu estava tentando falar uma coisa legal...

— Bem, não foi o caso — retruquei rapidamente, pegando minhas chaves sobre a mesa.

— Me desculpa — repetiu Maritza. Ela parecia muito pequena. — Pensei que a gente estava tendo uma conversa franca... Eu não queria estragar tudo...

— Como a gente pode ter uma conversa franca se você não sabe nada sobre mim? — vociferei, amarga.

Sua expressão era a de quem tinha levado um soco.

— O quê?

— Esquece, não importa.

Eu já estava a meio caminho da porta quando sua voz me parou.

— Mas e amanhã?

— O que tem amanhã? — perguntei, genuinamente confusa.

— Eu ainda vou poder ir pra sua casa? Para o 4 de Julho?

Eu não tinha ideia do que ela estava falando. Não me lembrava de ter feito planos com Maritza para o 4 de Julho. E, embora eu não soubesse mais se ainda ia para o lago Lanier — já que tinha estragado tudo com Lydia e Ricky —, não tinha certeza se estaria disposta a fazer qualquer outra coisa.

Eu hesitei.

— A gente marcou alguma coisa?

Maritza parecia desorientada, insegura.

— Minha mãe ligou pra sua mãe na semana passada para confirmar se eu poderia ir ficar com vocês. Ela queria ter certeza de que eu teria um lugar para ir, já que ela e o papai viajaram.

A raiva me consumiu de novo, ameaçando explodir e se espalhar pela elegante sala de estar da família Vargas. Fiquei ali, paralisada, furiosa demais para conseguir falar o que quer que fosse.

— Eu não tô entendendo nada — disse Maritza em voz baixa. — O que está acontecendo?

Não respondi à pergunta. Simplesmente dei as costas para ela e saí de sua casa antes que ela pudesse dizer mais alguma coisa.

Não voltei para casa. Em vez disso, fui dar uma longa volta de carro. Segui o caminho que Ricky sempre fazia até o rio e estacionei perto da água, segurando o volante com força, tentando expulsar aquela energia tóxica de mim.

Liguei para minha mãe e, antes que ela pudesse falar qualquer coisa além de perguntar onde eu estava, comecei a gritar, exigindo saber por que ela havia feito planos para o 4 de Julho e me incluído sem me avisar.

Minha mãe soava tão desnorteada quanto Maritza.

— Codi — disse ela, nivelando a voz como sempre fazia quando Grant ou eu saíamos do controle —, qual é exatamente o problema aqui?

— Você simplesmente presumiu que eu ia gostar de receber a Maritza em casa! — gritei. — Você nem sequer me perguntou! E se eu tivesse planejado fazer outra coisa?!

— Que outros planos você teria? — perguntou ela, como se eu tivesse acabado de dizer a coisa mais impossível de acontecer no mundo.

Uma dormência percorreu meu corpo, ameaçando me engolir.

— Deixa pra lá. Vou pra casa mais tarde — falei rapidamente e desliguei.

Fiquei sentada, tremendo, esfregando as mãos para cima e para baixo nas coxas. O fato de minha mãe não conseguir imaginar que eu pudesse ter planos que não incluíssem Maritza e JaKory me deixou furiosa, magoada e me sentindo patética ao mesmo tempo. Eu sabia que, em parte, a culpa era minha — eu estava escondendo de todos eles partes inteiras da minha vida —, mas, pelo menos *uma vez*, eu queria que as pessoas acreditassem que eu era capaz de ser mais do que sempre fui.

Tudo parecia absolutamente estúpido. Eu tinha estragado as coisas com Lydia porque fiquei ansiosa e com medo; minha amizade com Ricky era uma piada unilateral; e Maritza e JaKory sempre estariam lá para mim, mas, em vez de isso me trazer conforto e segurança, só fazia eu me sentir *presa*.

Eu queria crescer. Queria me sentir como alguém diferente. Queria ter certeza de que eu estava escolhendo por conta própria o que fazer dos meus fins de semana, e de quais pessoas ser amiga e de quem gostar. Porém, sentada ali, envolta pela noite quente e silenciosa e com aquela raiva hipócrita escorrendo pelos meus poros, parecia que eu estava condenada a continuar sendo a mesma pessoa limitada e sem vida que sempre fui.

Aquela segunda-feira do 4 de Julho foi o pior dia do verão. Acordei com um nó no estômago, sabendo que precisava cancelar meus planos de ir ao lago Lanier com Lydia, Ricky e todo o pessoal. Mandei uma mensagem para Natalie, dizendo que estava com uma febre estranha de verão e que não conseguiria ir. Era uma mentira estúpida, mas eu sabia que não importava; a essa altura, Lydia já devia ter contado a ela o que havia acontecido, e Ricky provavelmente já tinha deixado claro que não estava mais interessado em ser meu amigo.

Durante toda a manhã, eu me torturei com visões de como teria sido a minha noite com eles. Imaginei Lydia vestida de vermelho, azul e branco, seus cabelos presos para trás como no sábado à noite, seus olhos refletindo os fogos de artifício. Eu a puxaria para longe de todos e a beijaria no escuro. Ricky me daria um sorriso cúmplice quando voltássemos de mãos dadas, e o resto do grupo nos abraçaria enquanto comíamos cachorros--quentes, hambúrgueres e s'*mores*.

Mas, em vez disso, eu estava fadada a ficar em casa para a noite de jogos que minha mãe havia preparado para mim. Uma noite de jogos com os dois amigos que achavam que eu era uma perdedora.

JaKory Green: Ainda vamos pra sua casa hoje à noite? A Maritza disse que vocês brigaram...

Suspirei. Eu só queria ficar sozinha, mas, de alguma forma, cancelar os planos com eles parecia ainda mais trabalhoso.

Sim, claro. Vejo vocês por volta das 18h.

Assim que eles chegaram, eu soube que havia cometido um erro. Maritza ainda estava hesitante perto de mim, e sua maneira de lidar com a situação foi se aproximar da minha família mais do que o normal. Ela fez questão de ajudar minha mãe a descascar o milho, como se aquilo fosse uma punição pela forma como ela havia falado comigo na noite anterior. Enquanto isso, JaKory fingia que não havia nada de errado, mas ficava me analisando quando achava que eu não estava vendo.

— Para de me examinar — reclamei quando nos sentamos no deque para esperar pelos fogos de artifício.

— Desculpa — disse JaKory, arregalando os olhos como se eu estivesse louca. — Você parece um pouco agitada hoje.

— Não estou *agitada*. Tô bem.

— Ok. *Desculpa.*

Não deixei de notar os olhares que ele e Maritza trocaram, mas preferi ignorar e repor meu copo de limonada.

— Então... Eu queria pedir uma coisa pra vocês — disse JaKory alguns minutos depois. Ele colocou as mãos sobre os joelhos e hesitou, como se estivesse tentando criar coragem.

— O quê? — indaguei.

— Eu e o Daevon temos conversado sobre nos encontrarmos... — Ele mordeu o lábio. — Vocês me amam o bastante pra me levar até o Alabama?

Houve uma pausa prolongada. Senti que Maritza me lançou um olhar, mas a ignorei e me mantive olhando diretamente para JaKory.

— Você tá falando sério? — perguntei com cautela.

— Não hoje, obviamente — rebateu JaKory depressa. — A gente pensou em daqui a dois fins de semana, no sábado, dia 23. Os pais dele vão viajar para um retiro da igreja, então teríamos a casa só para nós. — Ele fez uma pausa, alternando o olhar entre nós duas. — Por favor?

— Você quer viajar pra passar um dia inteiro com um estranho? — perguntou Maritza. — No Alabama?

— Ele não é um estranho...

— Você nunca se encontrou com ele antes. Não tem nenhuma prova de que ele é quem diz ser. Ou que a conexão entre vocês é real mesmo.

— É por isso que preciso que vocês venham comigo, por precaução. Maritza não vai ter aula de dança no dia e, Codi, talvez você consiga uma folga na loja... Você trabalhou tanto esse verão, tenho certeza que eles não vão se importar. Sei que é pedir muito, mas talvez essa seja minha única chance. — Ele juntou as mãos, implorando. — Por favor. Vocês não querem que isso dê certo? Não estão felizes por mim?

Nem eu nem Maritza respondemos. O silêncio se instalou sobre nós, pesando o ar.

— Uau, beleza — disse JaKory, em um tom extremamente plácido. — Então, só pra eu entender... Eu tô apaixonado por um cara maravilhoso, mas as minhas duas melhores amigas não estão nem aí?

— Isso não é *real*, JaKory! — exclamou Maritza.

— É REAL! — gritou ele. — Meus sentimentos são reais! Meu Deus, estou tão cansado de vocês duas não me ouvirem, achando que sou uma piada o tempo todo! — Ele se virou para Maritza, com os olhos esbugalhados. — Isso é porque não deu certo com a Rona? Você tá, tipo, com inveja? Você queria tanto que as coisas fossem diferentes, que a gente tivesse perspectivas amorosas, mas só se você liderar o caminho, né?! E que se dane se eu tiver sido o único a chegar a algum lugar?

— O *quê*? Não...

— E você, Codi, qual é a sua? Você desapareceu completamente durante todo o verão, ficou trabalhando um milhão de horas naquela porcaria de loja e mal passou tempo com a gente...

— Eu passei tempo com vocês! — falei com veemência, mesmo sabendo que não era exatamente verdade.

— Mentira. Você não está *presente*, Codi. E quando está, é como se estivesse só pela metade, você fica observando sem de fato participar...

— Eu *estou* participando!

— Não, você não tá! E eu aposto que é por isso que você está chateada, não é? Porque eu tenho alguém, porque a Maritza beijou alguém, enquanto você só fica dando o sangue naquela loja estúpida porque tem medo de se arriscar e experimentar coisas novas...

Eu me levantei em um ímpeto feroz, minha raiva crescendo como uma onda gigante.

— Eu *estou* experimentando coisas novas! — vociferei, olhando para os dois. —Talvez eu só não tenha tido vontade de *compartilhar* com vocês. E é por causa disso! Porque vocês... vocês... — Fui tomada pela força das palavras incisivas de Ricky, invadida por suas acusações. — Vocês me encaixotam! Não me deixam respirar! Não conseguem nem *cogitar* que talvez eu queira experimentar alguma coisa sem vocês! Então, novidade pros dois: eu não sou uma fracassada que precisa se arrastar atrás de vocês com a porra de uma corrente presa no pescoço. Já fiz um monte de coisas sem os dois esse verão e, se querem saber, vocês não fizeram nenhuma falta...

— Do que você tá falando?! — disparou JaKory, pulando da cadeira.

— Estou falando que eu tenho uma vida pra além de vocês! Estou falando sobre não gostar de quem eu sou com vocês! Vocês agem como se eu fosse exatamente a mesma pessoa de quando tínhamos onze anos. Mas adivinhem só? Eu não sou a mesma! E já tô farta disso!

A porta do deque se abriu. Meus pais estavam imóveis na soleira da porta, olhando para nós.

— O que está acontecendo? — perguntou minha mãe com uma voz escandalizada.

Nós três nos encaramos, respirando rápido, incapazes de esconder nossa raiva. Limpei minha garganta e fixei meu olhar em um ponto acima dos meus pais.

— O que está acontecendo é que eu quero que a Maritza e o JaKory vão embora — respondi, lutando para manter a compostura.

— O quê? — disse minha mãe, como se eu tivesse acabado de pedir a lua. — O que aconteceu?

Nenhum de nós respondeu. O momento foi se estendendo: pesado, tenso e irrecuperável.

— Beleza — disse JaKory, enfim. — Vamos, Maritza, você vai me levar para casa.

— JaKory... — começou ela.

— Não — ele interrompeu, erguendo a mão. — Só me deixa em casa, e aí nenhum de nós precisa mais falar um com o outro.

Maritza hesitou, mas seguiu JaKory para fora do deque e passou por meus pais, ainda perplexos. JaKory não olhou para trás, mas Maritza se virou mais uma vez, a expressão em seu rosto era algo que eu não conseguiria tirar da cabeça mais tarde.

Meus pais continuaram de boca aberta, alternando entre olhar para mim, de pé no deque, e meus amigos, que saíam da casa. Eu estava tremendo, tentando não chorar enquanto olhava de maneira obstinada para os painéis de madeira no chão.

Ouvimos o barulho do carro de Maritza dando partida na entrada da garagem e, alguns instantes depois, eles se foram.

— Codi — minha mãe disse baixinho.

Balancei a cabeça e passei por eles. Meu irmão estava parado no balcão da cozinha com uma expressão de choque no rosto, mas subi as escadas correndo, fui para o meu quarto, tranquei a porta e caí na cama. Chorei até os fogos de artifício começarem a explodir e estalar em algum lugar lá fora.

CAPÍTULO DEZESSEIS

Os dias seguintes se arrastaram lenta e pesadamente.

A sensação era de que eu vinha correndo há semanas, abastecida de adrenalina, novidade e euforia, e agora estava despencando com força. Por um tempo, realmente pensei que eu estava me tornando uma nova pessoa, que estava transformando a paisagem social e emocional do meu mundo pequeno e comprimido, mas agora eu podia ver que tudo não havia passado de um sonho efêmero, destinado a explodir sob o peso das minhas próprias mãos.

O verão se transformou em algo bastante diferente. A sensação sempre mudava depois do 4 de Julho, com o início do ano letivo se aproximando, só que agora parecia ainda mais vazio, mais extenso, mais deprimente. Eu podia sentir o início das aulas chegando cada vez mais perto e sabia que tudo seria exatamente igual ao que sempre foi. Estar no último ano não me tornaria diferente ou mais real. Poderia até ser pior do que os últimos dois anos, porque dessa vez havia a possibilidade de precisar passar por ele sem meus dois melhores amigos.

— Mas o que aconteceu, filha? — perguntou minha mãe pela milésima vez naquela semana. — Eu nunca vi vocês três brigarem daquele jeito.

— Não quero falar sobre isso.

— Mas, Codi, eles são seus melhores amigos — disse ela gentilmente. — Eles são praticamente da família.

Eu não queria dizer a verdade: que nós três não estávamos nos falando há dias, que JaKory estava postando poemas emo no Tumblr, que eu não conseguia parar de me preocupar com o fato de que Maritza voltaria a procurar por Rona sem os pais, JaKory ou eu ao seu lado.

E, acima de tudo, que eu nunca me sentira tão sozinha.

— Acho que essas coisas acontecem — suspirou mamãe. Em seguida, ela adotou um tom burocrático. — Certo, vamos falar sobre o fim de semana do aniversário de casamento. Eu e seu pai vamos partir no próximo sábado de manhã, o que significa que você vai ficar no comando. Preciso que você se certifique de que seu irmão chegue aonde quer que ele precise ir... Ele mencionou algo sobre ir para a casa do Darin...

Eu me desliguei do que ela estava falando. Ouvir sobre a vida social de Grant era a última coisa que eu precisava naquele momento.

Uma semana depois da minha briga com Maritza e JaKory, acordei cedo e fiquei deitada na cama por um tempo. O som do cortador de grama lá fora fazia todas as coisas parecerem extremamente mundanas e banais. Senti como se meu corpo não tivesse um pingo de energia, como se os músculos, as veias e o sangue não estivessem funcionando como deveriam. Fiz um verdadeiro esforço só para me arrastar até a cozinha e pegar um pão.

Meu irmão estava lá, comendo ravióli em uma tigela de cereal, com uma camiseta desbotada que já não servia nele. Escondi meu rosto e comecei a torrar meu pão. Por um momento, éramos apenas nós dois respirando na cozinha vazia.

— Tá querendo queimar esse negócio?

Olhei para Grant ao ouvir sua voz.

— O quê?

— Já tá aí há muito tempo.

Apertei o botão para desligar a torradeira; de fato, o pão tinha começado a escurecer nas bordas.

— Ah — falei, atordoada. — Valeu.

Grant voltou a mexer em sua tigela, fazendo barulho com o garfo.

— A mamãe tá preocupada com você — disse ele com a boca cheia.

Seu tom era casual, prático, como se ele estivesse me dizendo que a previsão era de chuva para o dia de hoje. Fiquei de costas para ele enquanto passava cream cheese no meu pão.

— Por quê?

— Porque você explodiu e gritou com a Maritza e o JaKory, e agora tá deprimida pelos cantos, sem fazer nada. — Ele arrotou e continuou falando com a boca cheia. — O papai disse que você só tá sendo uma adolescente mal-humorada.

Tentei dizer a Grant que estava bem e que ele devia ir cuidar da própria vida, mas as palavras ficaram presas na minha garganta.

— Por que você ficou tão brava com eles, afinal? — perguntou Grant.

Balancei a cabeça.

— Não quero falar sobre isso.

— Você está de mau humor por causa daquela briga com o seu namorado?

Eu me virei para trás como se nossos pais pudessem estar lá, mesmo sabendo que eles estavam no trabalho.

— Ele não é meu namorado — rosnei. — E não é da sua conta.

Grant estreitou os olhos.

— Eu peguei aquela pipoca pra você, lembra?

— E daí? Você me fez um favor e agora eu te devo uma explicação sobre tudo que acontece na minha vida?

— Não — disse ele, a voz falhando de leve —, mas eu peguei aquela pipoca pra você e não contei pra ninguém, e não contei pra mamãe e pro papai nenhuma das vezes em que você disse que ia sair com a Maritza e o JaKory, mas na verdade estava saindo com aquele cara da caminhonete...

— Por que você está sempre me espionando? — perguntei com uma voz estridente.

— Minha janela dá para a entrada da garagem! — ele retrucou, abandonando o ravióli. — Não tenho culpa se vejo você saindo escondida o tempo todo!

— Eu não tenho "saído escondida"...

— Eu não te dedurei pra ninguém, Codi, nem uma vez sequer.

Meu irmão tinha um olhar feroz, mas também transparecia algo mais profundo: ele parecia magoado, desapontado, como se estivesse tentando esconder o quanto queria alguma coisa. Fiquei parada, observando-o, enquanto nós dois respirávamos com dificuldade.

Qual era o problema de contar ao meu irmão, afinal? Eu já havia perdido tudo mesmo, então de que importava se eu confidenciasse essas perdas a ele?

— Tudo bem — eu disse. — O que você quer saber?

Ele pareceu desconfiado, como se eu pudesse estar lhe pregando uma peça.

— Grant — falei com urgência. — O que você quer saber?

Ele se recostou no banco, quase como se estivéssemos em uma sessão casual de conversa, mas notei que ele cruzou os braços com mais força.

— Quem é aquele cara? Como você conheceu ele?

— O nome dele é Ricky, ele é meu amigo e nada mais, e a gente se conheceu em uma festa.

Os olhos de Grant se arregalaram.

— Você foi pra uma festa?

Desviei o olhar, evitando a pergunta.

— A Maritza e o JaKory não conhecem ele, né?

— Não — admiti —, eles não conhecem.

— Por que não?

Balancei a cabeça, me perguntando como responderia a algo que eu mesma ainda estava tentando elaborar.

— Eu acho que precisava de alguma coisa que fosse só minha, que não tivesse a ver com eles.

Grant ficou em silêncio por um longo momento.

— O quê? — perguntei. — Você acha que sou uma pessoa horrível?

— Não — ele respondeu com firmeza —, acho que faz sentido.

— Faz?

— Sim — disse Grant, como se fosse óbvio. — A Maritza e o JaKory acham que sabem tudo sobre você, e às vezes sobre mim, mas não sabem.

Observei meu irmão com curiosidade.

— Sim.

— Por que você brigou com ele? Com o Ricky? Vocês dois pareciam muito zangados quando ele te deixou em casa da última vez. Achei que vocês tinham terminado.

— Eu já disse, ele não é…

— Eu sei, eu sei, desculpa.

— A gente brigou porque… acho que porque ele não confia em mim. Ele sempre quer que eu fale sobre mim, mas não me conta nada sobre ele.

— Isso é um porre — disse Grant, como se estivesse realmente tentando se colocar no meu lugar. — E não é justo, porque você provavelmente só está perguntando porque quer conhecer ele melhor.

— Exatamente — concordei, e no momento em que pronunciei a palavra, me dei conta do que Grant estava dizendo. Eu não sabia se ele tinha traçado um paralelo de propósito; talvez ele nem quisesse que eu interpretasse dessa forma, mas, mesmo assim, eu estava ali, frente a frente com meu irmão mais novo, e de repente me dei conta de que o tinha mantido ainda mais distante do que Ricky tentou me manter.

— Vocês vão se resolver — disse Grant, alheio à culpa que eu estava sentindo. — Sempre que eu e meus amigos brigamos, a gente dá umas voltas até esfriar a cabeça, pede desculpas e volta pro jogo.

— É — falei, ainda desconcertada. — É, você tá certo.

— Mas por que você tá com raiva da Maritza e do JaKory? O que eles fizeram?

— Eu... não sei.

— Eles ainda são seus melhores amigos? Ou o Ricky é seu novo melhor amigo?

— Não sei — repeti, me sentindo vazia.

— Caramba. É que, tipo, a Maritza e o JaKory podem ser realmente irritantes às vezes, mas não consigo imaginar que eles não vão estar mais por aqui. Eles fizeram parte da minha infância, sabe?

Eu ri inesperadamente.

— O quê?

— É sério — disse Grant com sinceridade. — Eu conheço os dois desde o quarto ano. A Maritza me ajudou com meu projeto de feira de ciências, lembra?

— Sim. Eu me lembro. — Fiz uma pausa, meu coração começou a bater forte. — Grant? Você não acha que eu, a Maritza e o JaKory somos, tipo, uns fracassados?

— Fracassados? Quem disse isso?

Dei de ombros, evitando entrar em detalhes; meu coração ainda estava martelando e eu sabia que meu rosto estava ficando vermelho.

Grant desviou o olhar.

— Sei lá, Codi. Quando eu era menor, parecia que todo mundo só queria sair com os amigos e curtir. Mas agora parece que tem essa pressão geral pra fazer coisas diferentes. — Ele deu de ombros. — Sempre achei que talvez você não sentisse essa pressão. Você tinha seus dois melhores amigos que conhecia desde sempre, então podia continuar fazendo as coisas que te deixavam feliz e pronto.

Deixei que aquilo se assentasse em mim, tentando decidir se concordava ou não.

— Sim… — falei lentamente —, mas talvez eu esteja tentando descobrir outras coisas que me deixam feliz também.

Grant acenou com a cabeça.

— Aham.

Encontrei seus olhos por um instante.

— Vou perguntar ao Ricky que tipo de caminhonete ele tem. Talvez ele possa dar uma volta com você algum dia, se você quiser.

— Tá — disse Grant, em um tom casual. — Maneiro.

Ficamos em silêncio, terminando nosso café da manhã, até que Grant se levantou e largou a tigela na pia.

Meu coração ficou mais calmo depois de falar com meu irmão. Era estranho, na verdade, porque a conversa foi bem simples, mas nas horas e nos dias seguintes, parecia que a peça que estava faltando finalmente tinha se encaixado.

Mandei uma mensagem para Ricky, perguntando se poderíamos nos encontrar para conversar, mas ele disse que estava no programa de orientação da faculdade. Eu havia me esquecido completamente disso e fiquei um tanto impactada, foi como um lembrete de que o verão era de uma natureza transitória. Imaginei Ricky andando pelo campus da Universidade da Geórgia, com novos amigos e tendo um novo quadro de horário, e me senti feliz e triste ao mesmo tempo.

Nos dias seguintes, aconteceu uma coisa estranha: comecei a gostar mais da minha própria companhia. Eu estava acostumada a passar tempo sozinha, pintando ou perdida em devaneios, mas sempre foi mais como um interlúdio entre a escola e os encontros com Maritza e JaKory. Agora, as horas que eu passava comigo mesma pareciam intencionais. Fiz rascunhos, pintei, comecei a ler um livro da lista de JaKory; dirigi até o rio sozinha e passei a escrever um diário sobre como era ser uma adolescente, não entender a si mesma e amar as pessoas sem saber exatamente como elas se encaixavam na minha vida.

Na quarta-feira à noite, eu estava deitada na cama, desenhando qualquer coisa que me vinha à mente, quando meu celular notificou uma mensagem.

Ricky Flint: Posso ir aí?

Meu coração deu um salto.

Eu o encontrei na entrada da minha garagem. Tudo estava quieto, escuro e em aberto, muito parecido com a noite em que nos conhecemos. Nenhum de nós falou enquanto andávamos juntos, dando a volta pelos fundos da minha casa para entrar pelo porão.

Eu tinha presumido que ele queria falar sobre a nossa briga, mas, assim que entramos, ficou claro que ele estava chateado com outra coisa. Ele se jogou no carpete, tombando de costas com as mãos agarradas à cabeça.

— Você está bem? — perguntei.

Ricky não disse nada, apenas respirou fundo enquanto olhava para o teto. Olhei atentamente para ele, observando sua expressão aflita.

— Você quer um antiácido? — tentei.

Ele virou a cabeça para mim.

— Antiácido? Por que eu iria querer antiácido?

— O JaKory reclama de dor no estômago sempre que está angustiado com alguma coisa — comentei, dando de ombros. — Não sei, só estava tentando ajudar.

Ricky me observou por um tempo, seus olhos fixos nos meus.

— Me desculpa.

Olhei de volta para ele.

— Não, me desculpa você.

— Não, Codi, de verdade. Você tinha razão em tudo o que disse. Eu queria ser seu amigo, mas não deixei você ser minha amiga. Nos últimos dias, eu tenho pensado em tanta coisa, e você é a única pessoa com quem eu queria falar sobre isso.

Eu me deitei perto de Ricky, colocando meu corpo em paralelo ao dele.

— O que houve?

Ele respirou fundo.

— Transei com uma pessoa durante a orientação.

As palavras ficaram suspensas no ar. Ricky disse aquilo com naturalidade, mas deu para ver que ele estava ansioso.

— Ah, sério? — comecei, tentando manter uma voz estável. — Quem era o car... Quer dizer... com quem foi?

Ricky passou as mãos pelo rosto.

— Foi um *cara* — disse ele, cobrindo os olhos. Então, ele ficou imóvel por um instante; parecia que mal estava respirando. — Caralho, Codi, foi mesmo um *cara*.

Nós dois ficamos em silêncio. Só se ouvia o ruído constante do ar-condicionado no fundo da sala. Observei os olhos de Ricky, suas mãos, seu peito subindo e descendo.

— O nome dele é Eric. Eu fui pra uns bares com esse grupo de calouros, e o Eric era um deles. No início, eu só achei que ele era um cara legal, nada além disso. Mas depois que os bares fecharam, a gente foi comer comida chinesa juntos e começou a conversar, e eu percebi que ele estava segurando alguma coisa, tipo um segredo. Ele ficava falando sobre como a faculdade seria um recomeço, como ele estava precisando de espaço pra respirar, e eu disse algo semelhante, e então nós simplesmente... Não sei, Codi, quando dei por mim, a gente tava se pegando no dormitório, e ele dizia: "Eu nunca fiz isso, você já fez isso?", e eu não sabia o que fazer.

Ricky olhava para mim como quem implora, como se eu pudesse lhe dizer o que aquilo significava. Eu sabia que não podia; mas também sabia que, de todo jeito, não era o meu papel dar sentido a nada daquilo.

— Você tá com medo? — perguntei a ele.

Ricky soltou um longo suspiro. Achei que ele ia desviar o olhar, mas não foi o caso.

— Sim — confessou ele. — Sim, eu tô com muito medo.

Ficamos olhando um para o outro, até que eu pedi:

— Me conta.

— A minha ficha ainda tá caindo — disse ele, com os olhos úmidos. — Durante todo esse tempo, pensei que eu só fosse uma pessoa descolada, sem amarras, aberta a tudo: garotas e garotos. Mas estou sentindo cada vez mais que... que é sobre garotos... Mas e se eu não quiser que isso seja verdade? E se eu não quiser ser Ricky, o garoto gay? E se eu quiser ser apenas Ricky, o jogador de futebol, o estudante de administração, o cara que dá festas para os amigos? Fico pensando na noite em que a gente se conheceu, em como deve ter parecido pra você. Você estava lá, caminhando e cuidando da sua vida, quando, de repente, um jogador de futebol musculoso surge das árvores perseguindo esse outro garoto porque não quer parar de beijar ele, porque não consegue parar de desejar esse cara, por mais que tente, por mais que aja como se fosse uma coisa casual... Codi, eu não quero ser aquele cara que você viu. Eu não quero ser isso.

— Ricky — eu disse gentilmente —, você não é esse cara. Quer saber como eu te vi aquele dia? Eu não estava simplesmente andando e cuidando da minha vida, eu estava caminhando com um nó no estômago, com medo de ir pra sua festa, mas ainda mais apavorada com o fato de que talvez eu *quisesse* ir. Eu sentia que todas as outras pessoas compartilhavam algum tipo de segredo que eu não conhecia, e que elas *saberiam* disso só de olhar pra mim. E então você apareceu do nada, e você era tudo o que eu queria ser. Um recém-formado rebelde e descolado dando uma festa legal onde todos queriam estar; um que depois abandonou a própria festa pra beijar um garoto que *realmente* queria beijar. E enquanto o garoto fugia assustado, você ficou lá, olhou no fundo dos meus olhos e me perguntou quem eu era. Esse é o cara que você é, Ricky! O cara que vai atrás das coisas e mostra às outras pessoas como ir atrás delas também.

Seus olhos estavam vermelhos e marejados. Ele enxugou as lágrimas e disse:

— Você me faz parecer muito mais legal do que eu sou.

— Ou talvez você tenha uma percepção distorcida de si mesmo.

Ele riu, ainda limpando o rosto.

— Isso me lembra alguém

Sorri, sem me importar com a indireta.

— Tá bom. Digamos que eu tenha me apegado a uma narrativa sobre mim mesma, e digamos que essa narrativa não seja a verdade. Mas você tem feito a mesma coisa.

— Sim, eu sei.

— Você gosta mesmo desse cara? Do Eric? Você ficaria feliz se ele te chamasse pra sair?

Ricky olhou para o lado, mordiscando o lábio. Ele ficou em silêncio por um minuto inteiro e depois disse algo bem baixinho, algo que caiu de forma pura e vulnerável no espaço entre nós.

— Eu ficaria mais feliz se o Tucker me chamasse.

Foi uma coisa gigantesca, ele dizer aquilo. Nós dois ficamos em silêncio, deixando as palavras repousarem, deixando-as respirar.

Depois de uns trinta segundos, Ricky olhou para mim. Nós nos encaramos, e eu assenti.

— O que eu faço? — ele perguntou.

— O que você quer fazer?

— Ver ele. Falar com ele. — Ricky fez uma pausa. — Ter um encontro com ele.

— Você pode mandar uma mensagem chamando ele pra sair, não?

Ricky balançou a cabeça.

— Isso seria demais. Nós só conversamos pessoalmente, e sempre na presença de outras pessoas. Sei que não faz muito sentido, mas parece mais seguro assim.

— Então, se você estivesse com ele, mas com outras pessoas ao redor, acha que conseguiria chamar ele para sair?

— Se eu conseguisse conversar com ele por um tempo, talvez. Sem dúvida, eu me sentiria mais confiante assim do que enviando uma mensagem.

— Certo — eu disse, pensando. — Quando você vai poder se encontrar com ele de novo, com outras pessoas por perto?

— Não sei. Talvez na próxima vez que alguém der uma festa? — Ele suspirou. — Mas o verão já tá quase acabando.

Ficamos em silêncio. Respirei fundo, absorvendo tudo, deixando que suas preocupações me envolvessem.

E então tive uma ideia maravilhosa e aterrorizante.

— Ricky... — comecei lentamente, com a ideia ainda tomando forma em minha mente. — E se... eu desse uma festa?

Ricky olhou para mim como se eu estivesse maluca.

— O quê?

— Meus pais vão viajar no fim de semana pra comemorar o aniversário de casamento. Nós poderíamos chamar algumas pessoas. — Fiz uma pausa, tentando deixar claras as minhas intenções. — Não um monte de gente, mas o bastante para que o Tucker e os amigos dele se sintam à vontade pra vir.

Ricky estava com os olhos arregalados.

— Você tá falando sério, Codi?

Eu ri, surpreendendo a mim mesma.

— Sim, pior que estou. Meu irmão vai dormir na casa de um amigo no sábado à noite, então poderia ser nesse dia.

Seu rosto se abriu em um sorriso lento e verdadeiro.

— Caralho. Isso realmente pode dar certo.

— Sim, pode mesmo. — Olhei para ele com firmeza. — Mas você precisa se jogar.

— Eu vou — ele prometeu.

Sorrimos um para o outro, empolgados com a nossa ideia genial. Então Ricky me perguntou sobre algo que já orbitava minha mente durante toda a conversa.

— E a Lydia?

Meu coração desabou tão repentinamente quanto havia se animado.

— O que tem ela?

— Como assim "O que tem ela"? Você já falou com ela?

— Não, não desde aquela noite. Não sei como me explicar.

Ricky estreitou os olhos para mim.

— Você não ouviu o que acabou de me falar? Tudo aquilo sobre contar a si mesma a narrativa errada? Tudo bem, você se assustou no balanço, mas e daí? Aquela foi apenas uma pequena versão de você, não diz nada sobre quem você é de verdade. Quem você é de verdade quer estar com ela, então vai atrás dela.

Eu queria tanto acreditar nele.

— Mas e se eu estragar tudo de novo? E se eu não der conta?

— Você dá conta, sim, confia em mim. — Ele fez uma pausa, depois rolou para o lado e olhou diretamente em meus olhos. — Escuta, quer saber como eu vi *você* na noite em que a gente se conheceu? Eu estava lá, empolgado por estar beijando esse cara, quando uma garota flagra a gente e bagunça tudo. E então o cara foge e, quando me dou conta, minha mão está doendo e sangrando e a porra da culpa é toda minha. Mas sabe o que essa garota faz? Ela me puxa de volta, olha bem nos meus olhos e me diz que gosta de garotas como se isso fosse a coisa mais fácil do mundo de se dizer, como se *fôssemos* os normais ali, e o cara que me abandonou é quem ainda não entendeu isso. Depois, ela me acompanha de volta à minha festa só pra que eu não me sinta tão solitário. E quando peço a ela que me mostre misericórdia mais uma vez, ela entra na festa sozinha, mesmo estando claramente nervosa, só para me trazer alguns curativos.

Fiquei atenta a cada palavra que ele dizia, com a respiração presa no peito.

— Essa garota se deparou com uma situação horrorosa e fez tudo melhorar. Ela me apoiou, deixou que eu visse quem ela era e me deu esperança de que um dia eu também poderia deixar que outras pessoas vissem quem eu sou. E juro pra você, a Lydia vê essa mesma garota, Codi, e ela vai ficar feliz pra caralho quando você perceber que merece coisas boas, assim como todo mundo merece.

Foi a minha vez de chorar. Agradecida e deslumbrada, respirei fundo, tentando acalmar minhas lágrimas. Ricky sorriu para mim, e ficamos deitados no chão, conversando até que todas as coisas ruins se dissipassem.

CAPÍTULO DEZESSETE

Na manhã seguinte, tomei um banho demorado e passei o secador no cabelo. Escolhi uma das minhas roupas favoritas. Abri minhas cortinas e olhei para os jardins verdejantes da minha rua. E depois de ficar ali por um minuto, observando tudo, fiz uma ligação.

— Codi?

Lydia parecia surpresa. Tentei evitar que minha voz falhasse.

— Oi. Hum… sei que isso é meio repentino, mas… será que eu posso ir aí te ver?

Ela ficou em silêncio por um bom tempo.

— Agora, agora?

— Sim. Eu queria… é… conversar. Quer dizer, se você estiver livre. Você tá trabalhando?

Parecia que ela estava caminhando. Ouvi um barulho de porta, e depois ficou tudo quieto novamente.

— Na verdade, eu não tô em casa — disse Lydia. — Quero dizer, tipo, não estou em Atlanta.

— Não?

— Não, eu tô na casa da minha tia, em Michigan. A família toda tá aqui. — Ela fez uma pausa. — Minha mãe me fez trazer o retrato que você pintou. Ela queria mostrar pra todo mundo.

— Você tá brincando.

— Todo mundo achou incrível.

Todas as outras vezes em que Lydia elogiou meu trabalho artístico, ela falava de um jeito radiante e enérgico; dessa vez, sua voz era mansa. Isso fez meu peito doer.

— Lydia?

— Sim?

— Eu queria falar com você sobre... você sabe... a noite em que a gente saiu. Sei que fui estranha e que devia ter te ligado antes, e eu realmente sinto muito. Eu poderia te explicar agora, mas... mas eu queria muito falar com você pessoalmente. Você volta logo?

— Sim — disse ela, com certo resguardo —, a gente volta amanhã à noite.

— Posso ir te ver?

Eu nem pensei antes de perguntar; estava com tanta pressa de vê-la que a pergunta simplesmente escapuliu.

— Sim, tá bem — Lydia concordou, sua respiração parecia um tanto ofegante.

— Ótimo — falei, agora com a voz mais firme. — Aliás, hum... vou receber algumas pessoas no sábado à noite. Você viria?

— Legal. Talvez.

— Ótimo. Tá bom. Até amanhã, então. Aproveita muito em Michigan. Espero que você possa jogar pique-esconde com todo mundo, vou torcer pra que sua equipe vença.

Pude ouvir a insinuação de um sorriso em sua voz agora.

— Obrigada, Codi. Te vejo em breve.

— Tchau, Lydia.

Desligamos. Fiquei olhando para os jardins e, com uma convicção profunda, eu soube como seria a noite de amanhã.

* * *

A sexta-feira foi cheia de expectativas. Dirigi ao longo do rio com Ricky ao meu lado, ouvindo uma de suas playlists do início dos anos 2000 enquanto finalizávamos os preparativos para a noite de sábado. Essa festa representava o ápice de tudo o que eu queria me tornar naquele verão: uma pessoa diferente, mais corajosa e mais viva. O tipo de garota que poderia dar uma festa na qual as pessoas beberiam cerveja, inventariam novos jogos de bebida e se pegariam na área de serviço. Nunca me senti tão crescida.

Só faltava uma coisa.

— Eu estive pensando — disse Ricky enquanto eu parava o carro às margens do rio. — Talvez você devesse convidar a Maritza e o JaKory pra amanhã à noite.

Era como se ele tivesse lido a minha mente. Estacionei o carro e tirei a chave da ignição, olhando para ele.

— A casa é sua. É sua festa — continuou Ricky. — Eles são os seus melhores amigos.

— Eu sei, mas não sei como posso explicar tudo isso — falei, gesticulando entre nós dois. — Eles vão ficar chateados comigo.

Ricky respirou fundo e olhou para a água.

— É por esse motivo que eu achei que devia falar com você. Talvez você pudesse... contar a verdade pra eles. Desde o início. Tudo isso começou comigo, então você devia falar pra eles sobre mim. Sobre como você me viu beijando o Tucker na noite da festa e como eu implorei para que você não contasse a ninguém.

— Você não me implorou...

— Mesmo assim, eu te pedi. E fui eu que te chamei para o Taco Mac e te apresentei para a Lydia. De que maneira você ia explicar isso para a Maritza e o JaKory sem explicar como virou minha amiga? A culpa é minha, e eu sinto que devo arcar com isso. Você devia contar pra eles.

Balancei a cabeça, olhando para as chaves na minha mão.

— A culpa não é sua. Eu poderia ter encontrado uma maneira de contornar o assunto se eu quisesse, mas não quis. Eu queria guardar tudo pra mim.

— Você ainda quer?

Desviei o rosto, me virando em direção ao rio.

— Não. Quero ser honesta com eles.

— Você sente falta deles. — insistiu Ricky. Seu tom era suave.

— Sim, eu sinto.

— E eles também devem estar sentindo a sua. Só posso dizer que eu senti, e só te conheço há alguns meses.

Olhei para o meu celular. Imaginei como seria ligar para Maritza, adicionar JaKory na chamada, confessar tudo sobre os últimos dois meses. Imaginei o silêncio que viria depois. A mágoa que eles iriam sentir. A explicação patética que eu tentaria dar.

Mais cedo ou mais tarde, eu ia acabar tendo que esclarecer tudo, mas ainda não estava pronta para isso.

— Eu só quero mais um dia — falei. — Quero que amanhã à noite seja sobre eu e a Lydia, você e o Tucker, e todas as pessoas que fizeram esse verão ser tão importante. E depois disso eu vou contar tudo pra Maritza e pro JaKory.

Ricky apertou os lábios. Percebi que ele estava em dúvida, mas tudo o que ele disse foi:

— A narrativa é sua, Codi. Você pode contar do jeito que preferir.

A mensagem de Lydia chegou no final da noite de sexta-feira.

Lydia Kaufman (ou Jason Waterfalls): Acabei de chegar em casa, você ainda quer vir aqui?

Com certeza. Estarei aí mais rápido do que você consegue dizer Jason Waterfalls.

Meu coração batia freneticamente durante o caminho. Eu tinha a vaga sensação de estar em um daqueles filmes que eu, Maritza e JaKory tínhamos visto um milhão de vezes, quando, bem no final, a garota fica com a garota.

Já estava escuro quando encostei na rua dela. Desliguei o ar-condicionado e coloquei a mão para fora da janela, na esperança de que o ar fresco limpasse o suor nervoso da minha palma.

E lá estava a casa dela, discretamente charmosa, com sua ampla varanda da frente e os sinos de vento que tintilavam sob as luzes. Ela estava sentada em uma das cadeiras de balanço, com as pernas cruzadas, esperando por mim. Quando saí do carro, ela se levantou, mas permaneceu no degrau de cima.

— Oi — falei, trêmula, atravessando o jardim e escutando os grilos ao meu redor.

Ela se mexia inquieta enquanto eu caminhava em sua direção.

— Oi.

— Como foi sua viagem de volta?

Ela me observou atentamente. Sob o brilho das luzes da varanda, as mechas soltas de seu cabelo dançavam como ouro.

— É realmente sobre isso que você estava morrendo de vontade de falar comigo?

Eu a alcancei e pude olhar mais de perto o nervosismo em seu rosto.

— Não — falei delicadamente. — Podemos nos sentar?

Sentamos lado a lado nos degraus da frente. Ela abraçou as próprias pernas, e eu fiquei remexendo as chaves do carro.

— Você está melhor? — ela perguntou depois de um tempo. — A Natalie disse que você cancelou no feriado porque estava doente.

— Eu não estava doente — falei, olhando diretamente para ela. — Disse aquilo porque estava com medo de te ver.

Seus olhos acompanhavam os meus.

— Eu sei. Por quê?

Limpei a garganta e olhei para frente, para a rua escura e as janelas iluminadas das residências.

— Aquela noite no balanço... — comecei. — Eu não sabia... Quer dizer, eu não tinha certeza de como fazer...

Dava para ler sua linguagem corporal; ela estava tão cautelosa, tão tensa.

— Eu pensei que... talvez... você fosse me beijar — confessei.

Respirei fundo e fitei Lydia. Ela me encarou de volta, com olhos assustados e cheios de perguntas.

— Você ia me beijar? — perguntei finalmente.

Ela engoliu em seco.

— Você queria que eu te beijasse?

Meu coração disparou. Eu não conseguia me desviar de seus olhos claros e vulneráveis.

— Sim — sussurrei. — Mas é que... hum... Eu nunca beijei ninguém antes.

Foi uma das coisas mais difíceis que eu já havia dito, arrancada diretamente do meu poço de vergonha interior. Conferi suas reações, mas ela não se retraiu nem arregalou os olhos como eu temia que fizesse. Me estabilizei e prossegui.

— Eu nunca fiz *nada* com *ninguém* — disse, tentando fazê-la entender. — E você estava me perguntando sobre relacionamentos logo antes e... eu entrei em pânico. Me desculpa.

O corpo de Lydia relaxou por inteiro. Ela expirou e passou a mão no rosto.

— Puta merda — ela soltou, rindo de alívio. — Achei que você fosse dizer algo ruim.

Pisquei para ela, surpresa. Na minha cabeça, a minha falta de experiência *era* algo ruim.

— Pensei que você fosse dizer algo do tipo "Eu não gosto de você desse jeito" — continuou Lydia. — Que era esse o motivo de você ter se afastado e não ter falado comigo desde então. Pensei que eu estivesse te entendendo de forma errada esse tempo todo.

— Não — expliquei, ansiosa. — Não, você me entendeu corretamente. Eu só fiquei... não sei. Assustada.

Lydia olhou para mim com firmeza.

— Te assusta saber que eu gosto de você?

— Hum, sim — eu disse, corando. — Mas também me deixa muito feliz.

— E você gosta de mim também?

Meu rosto inteiro estava em chamas, mas eu respirei e continuei olhando para ela.

— Sim. Sim, eu gosto de você.

Ela sorriu para mim de um jeito calmo e reconfortante, como se entendesse perfeitamente o que eu estava sentindo.

— Também tenho medo, Codi. É como eu te disse naquele dia da casa na árvore... às vezes, tenho medo de tudo. Mas gosto de estar com você. Gosto de conhecer você. E eu adoraria passar o resto do verão ao seu lado.

Deixei que aquilo tomasse conta de mim. Pelo modo como estávamos sentadas, pelo modo como estávamos conversando, parecia que tínhamos todo o tempo do mundo. Como se eu pudesse experimentar algo novo e ainda haveria espaço suficiente para respirar.

Lentamente, com cuidado, me aproximei dela nos degraus. Coloquei minha mão sobre seu joelho, como ela havia feito no balanço.

— Eu também quero passar o verão com você. E não apenas como sua amiga.

Ela olhou para minha mão por um momento. Depois, ergueu a própria mão e a colocou sobre a minha, tocando meus dedos gentilmente.

— Você disse que nunca beijou ninguém.
— Sim.
— Isso te incomoda?
— Sim. — Eu ri, constrangida.
— Tá bem... — Ela assentiu com a cabeça, me examinando novamente. — Te incomoda que eu já tenha...?
— Não — respondi, surpresa ao perceber que era verdade.
— Tá bem... então... — Ela respirou e fixou seus olhos em mim. — Tudo bem se eu for o seu primeiro beijo? Não hoje, mas em algum momento?

Da maneira mais estranha e maravilhosa, enquanto estávamos sentadas ali com as mãos entrelaçadas sobre o seu joelho, de repente eu me senti mais calma. Não externamente — meus braços estavam tremendo —, mas no meu coração, no meu estômago, nos lugares onde eu me conhecia melhor.

— Sim — eu disse sem fôlego. — E, pra falar a verdade, eu gostaria muito de te beijar agora.

Lydia abriu um sorriso.
— É mesmo?
— É mesmo.

Ela ficou ali, sentada, com os olhos dançando entre os meus e, em uma reviravolta maluca que eu nunca teria acreditado se me contassem, eu é que me inclinei para ela. Houve uma fração de segundo infinita em que quase congelei de novo, mas me empurrei para a frente e, então, a beijei, suave e cuidadosamente, bem ali nos degraus da varanda.

Foi poesia. Foi como estar no topo de uma montanha-russa. Foi mágico, eletrizante e doce.

— Tudo bem? — perguntou Lydia, verificando minha expressão.

— Melhor do que bem — afirmei, olhando para a boca dela.
— Isso foi... foi... — Eu não conseguia parar de balançar a cabeça. — Hum, sim. Uau.

Ela riu e me puxou novamente e, dessa vez, foi ela que me beijou. Observei seus cílios tremerem enquanto ela se afastava.

— Sim — ela sussurrou, com os olhos ainda fechados. — É, isso definitivamente foi... uau.

CAPÍTULO DEZOITO

Com o carro carregado de malas e garrafas de vinho, meus pais saíram cedo na manhã de sábado. Grant e eu esperávamos sonolentos na entrada da garagem, observando-os arrumar o carro, balbuciando em concordância quando nos disseram para mantermos a casa limpa, sermos gentis um com o outro e ligar para eles se alguma coisa acontecesse.

— E, Codi, não esquece de buscar o Grant amanhã de manhã — disse minha mãe pela quinta vez. — Grant, se comporta na casa do Darin e deixa seu celular ligado para sua irmã poder falar com você.

— Tá — respondemos eu e Grant juntos.

Assim que nossos pais se foram, eu e meu irmão entramos em casa e voltamos a dormir. Só nos falamos novamente quando estávamos a caminho da casa de seu amigo Darin, onde ele passaria a noite. A essa altura, já era fim de tarde e eu estava ansiosa para deixá-lo logo, pois precisava voltar e finalizar os preparativos para a festa.

— Você e o Ricky voltaram a ser amigos? — perguntou Grant enquanto atravessávamos as estradas suburbanas.

— Ah — falei, surpresa com a pergunta repentina. — Sim, voltamos. A gente fez as pazes e tá tudo bem agora.

— Legal — disse Grant. — E a Maritza e o JaKory?

— Hum... — Eu expirei, trocando a estação só para me ocupar com alguma coisa. — Ainda não conversamos, mas eu vou ligar pra eles amanhã.

— Que bom — ele falou com naturalidade. — Você não quer que esse drama acabe saindo do controle.

Eu comecei a rir. Meu irmão mais novo parecia um consultor de amizade, determinado a me colocar nos trilhos. Grant franziu a testa para mim, confuso com a risada, mas então um sorriso tomou conta de seu rosto. Ele mudou a estação de rádio de volta para a anterior e colocou os pés sobre o painel como se seu trabalho aqui tivesse terminado.

A noite de sábado chegou: escura, quente e ilusoriamente humilde. Abri espaço na geladeira da garagem enquanto esperava a caminhonete de Ricky subir a rua. Meu cabelo ainda guardava a quentura do modelador de cachos, e meu vestido de algodão grudava nos meus quadris. Lydia já havia me enviado uma mensagem dizendo que viria junto com os nossos amigos, e eu estava explodindo de vontade de vê-la, de tocá-la, de roubar alguns momentos secretos no calor da festa.

Ricky estava muito bonito quando desceu da caminhonete. Sua camisa de botão e manga curta se ajustava bem aos músculos, e ele usava um relógio impressionante que eu nunca tinha visto nele. Havia um quê de nervosismo em sua expressão, mas ele sorriu e me puxou para um abraço.

— Vestido bonito — disse ele, torcendo o nariz. — Quem você tá tentando impressionar?

— Olha só quem fala. Eu senti o cheiro do seu pós-barba muito antes de você abrir a porta.

Ele riu, mas havia hesitação em seus olhos.
— Tá muito forte?
— Não — falei, abraçando-o novamente. — O Tucker vai adorar.

Abastecemos a geladeira com caixas de cerveja fornecidas pelo Leo; o restante dos nossos amigos havia prometido trazer mais. Fechei os quartos no andar de cima, fazendo uma nota mental para pedir a Leo que não deixasse as pessoas entrarem neles. Colocamos a playlist de Ricky para tocar — ele disse que não me deixaria escolher a música de jeito nenhum —, sincronizando o celular dele com o sistema de som dos meus pais. Depois, não tínhamos nada para fazer a não ser esperar.

O pessoal foi chegando aos poucos. Samuel e Terrica foram os primeiros e trouxeram mais uma caixa de cerveja; em seguida, Leo e seu primo entraram e examinaram a casa em busca dos melhores lugares para pegação; depois, alguns jogadores de beisebol chegaram, me oferecendo abraços e apertando a mão de Ricky. Quando me dei conta, a cozinha estava lotada, com mais pessoas do que Ricky e eu havíamos previsto. Era uma justaposição incrível: o balcão onde meu irmão comia ravióli agora dava palco a Samuel e outros caras entornando latas de Bud Light; a mesa onde Maritza, JaKory e eu tínhamos construído nossas pirâmides egípcias para a aula de história no sétimo ano agora era a base para um jogo de beer pong entre Terrica e outras garotas; ao pé da escada, onde minha mãe calçava suas sandálias de trabalho pela manhã, agora estava Ricky, imóvel, esperando por Tucker.

E, de repente, Lydia havia chegado.

Eu não tinha a visto entrar, mas ouvi um burburinho e, quando me virei, todos estavam cumprimentando Lydia, Natalie e Cliff. Fiquei paralisada, observando-a, sentindo a emoção surreal de tê-la em minha casa.

Ela encontrou meus olhos, piscou várias vezes, e abriu um sorriso tão grande que, naquele instante, pensei que todos haviam percebido. Ela me deu um abraço apertado e, por cima de seu ombro, vi Natalie sorrindo para nós.

Lydia parecia querer me dizer alguma coisa, mas havia gente por toda parte. Julie Nguyen estava usando o forno para assar batatas fritas com queijo, e Aliza Saylor já estava em sua segunda lata de margarita. Peguei Lydia pela mão e a levei até a garagem vazia e silenciosa.

— Você tá linda — disse ela, com os olhos percorrendo meu vestido.

Eu estava tão eufórica que comecei a rir, e Lydia riu também, e não conseguíamos parar de olhar uma para a outra, dando as mãos suadas na garagem úmida e pouco iluminada.

— Aqui — falei, puxando duas cadeiras de praia listradas para o portão da garagem —, senta e toma uma cerveja comigo.

— Você tá abandonando sua própria festa?

— Pequenas reuniões são mais a minha praia — falei, erguendo as sobrancelhas.

— Eu reparei — disse ela —, e isso funciona muito bem pra mim.

Ficamos sentadas ali por um tempo, lado a lado, cada uma com uma cerveja gelada, olhando para a noite escura de verão. Lydia pegou minha mão, deslizou os dedos sobre a minha pele e, quando olhei para ela, nenhuma de nós conseguia parar de sorrir.

Terminamos nossas cervejas e nos levantamos para voltar para dentro, mas eu segurei sua mão antes que ela pudesse abrir a porta. Olhamos uma para a outra por um instante, e então eu me inclinei para frente e a beijei. A sensação foi tão assustadora e maravilhosa quanto na noite anterior.

Ela me beijou de volta e, dessa vez, o beijo foi mais demorado, até que, de repente, ouvimos...

— Uou!

Era Tucker, paralisado em frente à garagem, com o rosto muito branco por causa da luz dos holofotes.

— Desculpa — disse ele, recuando com a mão estendida, como se estivesse tentando se afastar o máximo possível.

Eu ainda estava segurando o braço de Lydia. Olhamos uma para a outra, e eu percebi que ela não estava com medo.

— Tá tudo bem, Tucker — falei. — Quer uma cerveja?

Tucker permaneceu congelado enquanto eu caminhava até ele com a cerveja na mão. Ele aceitou, mas não abriu. Houve uma pausa longa e incômoda.

— Tá tudo bem mesmo — disse Lydia por trás de nós. — Ah, só um segundo, eu e a Codi também precisamos de mais uma.

Ela me trouxe uma nova cerveja. Eu a abri, e Tucker fez o mesmo. Nós três ficamos em roda, bebendo sob os holofotes da entrada da garagem.

— Não foi minha intenção me intrometer nem nada — murmurou Tucker, sem olhar para nós. — Desculpa por ter me atrasado pra sua festa.

Olhei novamente para Lydia, e ela estava com uma expressão que eu nunca tinha visto antes em outra pessoa; como se confiasse que eu sabia como lidar com aquilo, como se acreditasse que havia algo maravilhoso em mim.

— Que bom que você veio — eu disse a Tucker, brindando a minha lata de cerveja na dele. — Todo mundo vai ficar feliz de te ver.

Eu poderia dizer muitas coisas sobre aquela noite. Era a minha terceira vez em uma festa naquele verão — ou a quarta, se contarmos a do Ricky —, e eu já entendia o desenrolar do ritual. Ser a anfitriã me deixou, ao mesmo tempo, eletrizada e à vontade. Olhei para todos aqueles adolescentes da minha idade, espalhados pela minha cozinha, rindo e irradiando aquele brilho de final de verão; seus cabelos longos, bagunçados e reluzentes, suas peles refletindo a luz. Contamos histórias, nos revezamos para pegar bebidas, discutimos sobre música e tiramos sarro dos passos de dança de Cliff. Conversei com pessoas novas, mas também com as pessoas que eu havia conhecido nos últimos dois meses. E, o tempo todo, Lydia continuava me encontrando, às vezes através de um olhar do outro lado da sala, às vezes com um abraço na lateral do meu corpo.

Em algum momento, migramos para o porão, onde todos ficaram mais loucos e barulhentos. Samuel, Terrica, Leo e o primo de Leo estavam se divertindo com a mesa de hóquei de ar em miniatura do meu irmão, e usavam tampinhas de cerveja no lugar dos discos; Cliff e Natalie estavam praticamente se agarrando no canto, a poucos metros de outro casal que eu mal conhecia; O Mágico Dan estava embaralhando cartas para impressionar Aliza Saylor, que tinha perdido a calcinha em algum lugar da escada; e o time de beisebol tinha começado um jogo de King's Cup com algumas garotas que nem eram da nossa escola. Lydia e eu ficamos lado a lado, conversando com Ricky e Tucker, até que eles anunciaram que iam sair para fumar um cigarro. Ricky me lançou um olhar significativo e eu assenti, e eles saíram pela porta sem que mais ninguém percebesse.

As coisas só se acalmaram depois das duas horas. Todos já tinham ido embora, exceto meus amigos, que estavam em círculo no chão do porão, jogando outra rodada de Não me Julgue, Mas — que, àquela altura, se resumia praticamente a piadas de sexo. Eles estavam obviamente bêbados demais para dirigir, então eu e Lydia pegamos cobertores, travesseiros e copos de água, que eles acabaram derrubando nas pernas uns dos outros. Tentamos convencer Natalie e Terrica a dormir nos sofás, mas elas estavam ocupadas tendo "um momento de conexão" e insistiram que precisavam ficar de conchinha uma com a outra no chão mesmo.

— E o Ricky e o Tucker? — Lydia sussurrou, depois de termos arrastado as versões quase mortas de Natalie e Terrica para sofás diferentes. — Eles ainda estão lá fora?

Eu hesitei. Apesar de saber que Lydia não diria nada se encontrássemos Ricky e Tucker aos beijos, eu não queria tomar essa decisão por eles.

— Vou lá olhar — anunciei, apertando a mão dela —, e depois te mostro onde você vai dormir. Pode ficar com a minha cama.

As vozes de Ricky e Tucker se calaram assim que abri a porta do porão. Apontei a lanterna do meu celular para a direita e os encontrei sentados embaixo do deque, completamente imóveis.

— Sou só eu — falei, e seus corpos relaxaram.

— Chega pra cá — disse Tucker.

— Posso chamar a Lydia?

— Sim, traz sua namorada — disse Ricky, sorrindo.

E foi assim que terminamos a noite, com Lydia, Ricky, Tucker e eu sentados embaixo do deque, conversando com vozes suaves e sonolentas. A lua brilhava lá em cima, a terra estava quieta e eu me sentia mais real do que nunca.

— Parece que o tempo não existe agora — disse Lydia.

— Parece que há mais espaço pra tudo — acrescentou Tucker.

Ricky sorriu para mim, à vontade e tranquilo, e eu sustentei seu olhar sob o brilho da lua.

— Não quero te expulsar da sua cama — disse Lydia enquanto bebíamos água na cozinha silenciosa. — Você dorme nela, e eu fico com o sofá.

— Não, ela é sua — insisti. — Quero que você fique confortável.

Lydia tomou um longo gole de água. Ela pareceu incerta, mas depois perguntou:

— Cabe nós duas na sua cama? Só pra dormir, é claro. Eu ia gostar de segurar sua mão durante a noite, mas só se você quiser.

Fitei Lydia, e em seu rosto tinha aquele mesmo olhar que ela me deu mais cedo, em frente à garagem.

— Isso seria muito, muito bom — concordei.

Deixamos Ricky e Tucker decidirem como e onde iriam dormir. Lydia pegou minha mão e, juntas e sonolentas, subimos as escadas. Só então percebi como o álcool havia me deixado zonza. Eu já nem sabia ao certo onde tinha deixado meu celular, mas estava cansada demais para me preocupar com ele.

Lydia entrou no meu quarto sem nenhuma pressa, observando tudo. Ela se debruçou sobre minha escrivaninha, tocando meu caderno de desenho e a paleta de aquarela com as pontas dos dedos. Passou a mão sobre o cobertor marrom felpudo aos pés da minha cama, com os olhos voltados para os travesseiros. Ela pegou a única foto que tinha em minha mesa de cabeceira e sorriu para ela por um longo momento.

— Estes devem ser Maritza e JaKory.

Senti meu estômago retrair.

— Sim.

— Ainda está tentando resolver as coisas com eles? É por isso que eles não vieram hoje?

Senti a súbita necessidade de confessar a ela.

— Eu não cheguei a convidá-los, na verdade. Ricky disse que eu deveria, mas não me senti pronta pra isso.

Lydia examinou o meu semblante.

— Bom, quando as coisas entre vocês voltarem ao normal, eu vou adorar conhecê-los.

Ela me envolveu com seus braços, enterrando o rosto no meu pescoço. Eu a abracei de volta, mas meu estômago ainda estava comprimido.

— Você está bem, Codi?

— Sim — respondi, abraçando-a mais forte.

Suas mãos deslizavam para cima e para baixo pelas minhas costas.

— Foi uma ótima festa.

Lutei contra o súbito aperto em minha garganta.

— Você achou mesmo?

— As pessoas gostam de estar perto de você. Você sabe exatamente quem é e o que sente.

Não consegui responder. Ela beijou a lateral da minha cabeça e perguntou:

— Pronta pra dormir?

Dei a Lydia uma camiseta velha do acampamento de arte e um short folgado. Ela lavou o rosto na pia do meu banheiro e eu me sentei na cama, observando-a, com o coração tranquilo e angustiado ao mesmo tempo.

Nós nos deitamos na cama e ficamos de frente uma para a outra. Ela brincava com meu cabelo, afastando-o do meu rosto. Eu não queria fechar os olhos, mas não conseguia combater a exaustão que se apossava de mim.

— Você me falaria sobre a casa verde? — murmurei. — A primeira em que você morou?

Ela sussurrou palavras doces e reconfortantes, e eu adormeci sob o toque de sua mão em meus cabelos.

Foi a última coisa agradável de que me lembrei ao acordar, horas depois, com Maritza e JaKory gritando comigo.

CAPÍTULO DEZENOVE

— QUE PORRA É ESSA, CODI?!

Minha cabeça latejava, meus membros pareciam de chumbo e tudo estava claro demais. Tentei me levantar da cama e fiquei desorientada ao encontrar Lydia sentada ao meu lado.

— Que porra é essa?! — Maritza gritou novamente, e todos os meus sentidos acordaram.

Maritza e JaKory se encontravam aos pés da minha cama, com expressões alucinadas de choque. Na porta, atrás deles, meu irmão estava de boca aberta, imóvel.

Eu não sabia que horas eram. Não sabia como Maritza e JaKory tinham chegado ali. Nem mesmo sabia se Ricky e os outros ainda estavam na casa.

— O que está acontecendo, Codi? — perguntou JaKory, com a voz tremendo. — Tem gente da escola lá embaixo. Parece que acabaram de acordar aqui. Você deu uma *festa*?

Um silêncio constrangedor se instaurou. Eu podia sentir os olhos de Lydia em mim, mas não conseguia olhar de volta.

— A gente te conhece? — Maritza perguntou em um tom ríspido. Ela estava olhando fixamente para Lydia, e meu estômago revirou tão rápido que achei que iria vomitar.

Lydia respirou fundo ao meu lado. Seu braço encostou no meu.

— Eu sou a Lydia — disse ela em voz baixa. — É um prazer conhecer os dois. Codi me falou muito de vocês.

Maritza e JaKory se viraram para mim. Seus olhares, suas expressões de traição e mágoa, me perfuraram.

— Que engraçado — disse Maritza, com desdém —, porque a Codi nunca falou *nada* sobre você ou qualquer outra pessoa daqui.

O silêncio que se seguiu foi insuportável. Meu coração estava batendo tão forte que doía.

JaKory balançou a cabeça. Havia lágrimas de raiva em seus olhos.

— Vamos, Maritza — disse ele, virando-se —, tá óbvio que a gente não deveria estar aqui.

Eles saíram às pressas do meu quarto, e eu cambaleei para fora da cama atrás deles.

— Lydia, sinto muito mesmo por isso, eu já volto — falei, e então passei por meu irmão e desci as escadas correndo atrás de Maritza e JaKory, implorando para que me ouvissem. Na minha visão periférica, pude ver que a cozinha estava cheia dos meus outros amigos, paralisados em meio ao café da manhã, observando tudo também de boca aberta.

— Codi! — Natalie chamou. — Devemos ir embora?

— Não — gritei de volta, saindo em disparada pela porta —, não, tá tudo bem!

Corri pela entrada da garagem e fui para a rua, onde estava o carro de Maritza. Meus pés descalços queimavam sobre o asfalto quente.

— Maritza! JaKory! Esperem!

Eles se viraram. Esperei que começassem a gritar novamente, que me xingassem, que me chamassem de tudo quanto é nome, mas eles apenas olharam para mim como se nunca tivessem me visto antes.

— Me desculpem — pedi, tentando recuperar o fôlego. — Tem toda uma história por trás disso...

— Tá — interrompeu JaKory, em uma voz ácida. — Qual é?

Abri a boca, mas nenhuma palavra saiu.

— Pelo visto você tem todo um novo grupo de amigos que a gente não conhece — disse Maritza, com lágrimas escorrendo dos olhos. — É por isso que você tem estado tão estranha neste verão? Você sumiu e se tornou essa pessoa completamente diferente que dá festas e acorda com garotas na sua cama, mas não deu tempo de incluir a gente na sua nova vida?

Eu ainda não conseguia responder. Fiquei olhando para o asfalto, me perguntando se era real, se tudo aquilo era real.

— Eles olharam pra gente como se fôssemos alienígenas — disse JaKory.

— Eles só não conhecem vocês ainda...

— Certo — rebateu Maritza, enxugando as lágrimas. — Eles acham que somos *estranhos* invadindo a sua festa. Apenas dois zés-ninguém. Eles não fazem ideia de que já estivemos na sua casa mais vezes do que podemos contar, que sabemos o código da sua garagem, que seu irmão sabia que deveria ligar pra gente quando não conseguiu falar com você hoje de manhã...

— Eu sei, eu sei, me desculpa...

— E tinha uma garota na sua *cama* — disse Maritza, com a voz embargada. — Você tá saindo com uma pessoa e a gente nunca nem ouviu *o nome* dela!

— É recente — expliquei, enxugando minhas próprias lágrimas. — Aconteceu ontem, literalmente.

— Vocês se beijaram? — perguntou JaKory.

Meu estômago se contraiu e meu rosto ficou vermelho instantaneamente. Eu só conseguia olhar para ele e para Maritza, com a resposta óbvia em meu rosto.

JaKory assentiu lentamente, com a mandíbula travada.

— Certo — disse ele. Sua voz soou estranhamente calma.

— Eu ia contar pra vocês, juro, eu só precisava de alguns dias para me acostumar com isso...

— Fico muito feliz por você, Codi — interrompeu Maritza, com a voz trêmula. — Mas acho que você tinha razão. Eu não te conheço mais.

Eu não sabia o que responder. E antes que eu pudesse pensar em qualquer coisa, eles já tinham ido embora no carro de Maritza.

Fiquei sentada em frente à garagem por não sei quanto tempo. O sol queimava meu pescoço, mas não me mexi.

Lydia me encontrou. Ela se acomodou ao meu lado, apoiando a mão sobre a minha perna, mas eu estava muito envergonhada para olhar para ela. Um longo momento se passou antes que ela pegasse minha mão.

— Você está bem?

Comecei a chorar. Não copiosamente, mas o bastante para precisar de um lenço. Limpei o nariz no meu ombro e torci para que ela não percebesse.

— O que aconteceu? — Lydia sussurrou. — Achei que eles eram seus melhores amigos. Eu sabia que vocês vinham se desentendendo, mas não imaginava que fosse tão sério.

Olhei para ela. Não havia julgamento em seus olhos, apenas compaixão e preocupação.

— Eu estava tentando aproveitar esse verão pra ser uma pessoa diferente — confessei, limpando o nariz de novo. — É como te falei naquela noite, na festa do Samuel... Eu não gostava de quem eu era quando estava com eles. Queria experimentar coisas novas. Mas nunca tive a intenção de machucá-los.

Lydia colocou meu cabelo para trás e apoiou a mão gentilmente em meu rosto.

— Por que você não gostava de quem era com eles?

Engoli em seco.

— É difícil de explicar.

— Tenta.

— Tá bem, é que, tipo... Já te contei como me tornei amiga deles? Foi na primeira semana do sétimo ano, durante o recreio. Eu tinha estudado em uma escola primária muito pequena e não sabia como fazer amigos. Costumava passar todo o recreio sozinha em frente à porta, esperando pra voltar para a sala. O JaKory tinha acabado de se mudar pra cá porque os pais dele haviam se separado e, durante o recreio, ele ficava andando sem rumo pelo pátio. A Maritza tentava se enturmar com as garotas populares, mas dava para perceber que ela se esforçava demais e era sempre a excluída do grupo.

— Uhum. — Lydia afagou minhas costas, seus olhos fixos nos meus.

— Então, um dia, a professora pediu para que eu e JaKory organizássemos os materiais da caixa do recreio. Acho que ela cansou de nos ver sempre sozinhos e quis nos ocupar com alguma coisa. Então, JaKory e eu começamos a organizá-la e, um minuto depois, Maritza se juntou a nós. Ela havia insultado uma das garotas populares, e todas as outras viraram as costas pra ela. A professora viu isso e a levou para nos ajudar antes que ela começasse a chorar. Começamos a conversar e eu me lembro de sentir que estava segura, porque eles eram tão nervosos e desajeitados quanto eu. Quando o sinal tocou, voltamos juntos para dentro do prédio, e somos amigos desde então.

Lydia parecia concentrada.

— E você não gosta dessa história.

Balancei a cabeça.

— Eles não foram uma escolha minha, Lydia. Uma professora cujo nome eu nem sequer me lembro juntou nós três porque éramos estranhos e solitários e não nos encaixávamos em nenhum outro lugar.

— Mas isso importa?

— Sim, importa! Eu não quero mais ser essa pessoa.

— Não acho que você seja.

— Mas sinto que sou quando estou com eles.

Lydia passou a mão pelo meu cabelo novamente.

— Vou pedir pra todo mundo ir embora — disse ela baixinho. — Pra te dar espaço para resolver isso.

— Não preciso de espaço — retruquei rapidamente.

A mão dela parou.

— Bem, você precisa de *alguma coisa*, e eu não tenho certeza do que é.

Olhei para ela.

— Desculpa.

Ficamos em silêncio por um minuto e, em seguida, ela falou:

— Codi, entenda uma coisa: eu gosto de quem você é. Não só da Codi que usa vestidos bonitos nas festas, mas também da que foi uma criança extremamente tímida e que se assustou no balanço quando tentei beijá-la. Você não precisa ser apenas uma versão de si mesma. Você é muito mais dinâmica do que isso.

Enxuguei minhas lágrimas mais uma vez.

— Obrigada.

Lydia me beijou com delicadeza.

— Vou te dizer uma coisa — ela falou. — Se eu fosse aquela senhora rica e extravagante que te enviou uma mensagem na garrafa, eu teria dito tantas coisas bonitas a seu respeito naquela mensagem que você nunca mais teria que se preocupar.

Ela me deu um beijo na testa e me levou de volta para dentro de casa.

* * *

Ricky ficou comigo durante a maior parte do dia. Ele preparou omeletes recheadas com queijo e pimentão, e o tempo todo me dizia que as coisas iam se acertar. Ele estava mais tranquilo consigo mesmo, e mais aberto e carinhoso comigo do que jamais havia sido antes. Apesar do gosto amargo deixado pela minha briga com Maritza e JaKory, eu estava feliz por ele.

— O que vai acontecer entre você e o Tucker agora? — perguntei.

Ele deu de ombros, mas foi o dar de ombros mais tranquilo que eu já tinha visto até então.

— Vamos dar um passo de cada vez. Primeiro, a gente vai sair pra jantar na quarta-feira.

Debruçados sobre o balcão, sorrimos um para o outro. Não era preciso dizer mais nada. Depois, limpamos tudo de cima a baixo, exatamente como havíamos feito naquela tarde de maio na casa dele, até que não houvesse nenhum vestígio da festa.

Não fez diferença; meus pais descobriram de qualquer forma. Grant ligou para eles quando não conseguiu falar comigo no domingo de manhã. Em seguida, minha mãe ligou para a sra. Stinch, nossa vizinha, pedindo que ela desse uma olhada aqui em casa para ver se eu estava bem; e obviamente a sra. Stinch contou para ela sobre a fila de carros e a música estridente da noite anterior. Com a declaração mais passiva-agressiva que eu poderia imaginar, ela disse à minha mãe: "Nunca achei que a Codi fosse uma festeira, Jen".

Meus pais não sabiam o que fazer comigo. Para começo de conversa, o simples fato de eu ter amigos o suficiente para dar uma festa parecia estar além de suas expectativas. Quando me perguntaram diretamente se eu havia, de fato, dado uma festa, e eu respondi com um "sim" calmo e objetivo, eles simplesmente me olharam perplexos.

— Mas eu fui muito responsável, se vale de alguma coisa — acrescentei. — Nada foi quebrado ou manchado, e ninguém vomitou em lugar nenhum.

Eles se entreolharam; era nítido que não tinham ideia de como lidar com isso. Finalmente, minha mãe estendeu a mão e disse:

— Entregue suas chaves. Você está de castigo por uma semana. A Bodes&Bolsas e esta casa são os únicos dois lugares que você pode frequentar. — Ela olhou para meu pai, como se quisesse verificar se era assim mesmo que se fazia. Ele apenas deu de ombros e levantou as sobrancelhas.

Fiquei quieta, grata por minha punição não ter sido pior. Passou pela minha cabeça que eu estaria perdendo um sábado e um domingo inteiros dos únicos três fins de semana que tínhamos antes das aulas voltarem, mas, ainda assim, esse castigo não parecia uma permuta tão ruim para a primeira festa que eu já tinha organizado.

— E pode ir se desculpar com seu irmão — disse minha mãe. — Você deixou ele na mão, e isso não foi certo.

Grant estava no quarto dele, de porta fechada, e uma música abafada ecoava de seu notebook. Bati na porta e ouvi o barulho de sua cadeira girando.

— O quê? — disse ele quando abriu a porta.

— Posso falar com você?

Ele parecia desconfiado.

— Sobre o quê?

— Não sei, Grant, só me deixa entrar.

Ele se afastou, mas deixou a porta apenas ligeiramente aberta, de modo que precisei me espremer para passar entre a porta e o batente enquanto ele me observava. Fui em direção à escrivaninha e me encostei na janela, olhando para a entrada da garagem lá embaixo. Ele realmente podia ver tudo dali.

— E aí? — Grant questionou.

Eu me virei para olhá-lo.

— Desculpa por ter esquecido de te buscar na casa do seu amigo.

Os olhos de Grant se fixaram nos meus.

— Foi muito vacilo mesmo.

— Me desculpa.

— Os pais do Darin ficaram irritados. Eles queriam que todo mundo fosse embora às nove e meia porque eles iam pra igreja. Você disse que estaria lá às nove e quinze.

— Eu me esqueci, *desculpa*. Não é como se eu já tivesse feito isso com você antes. Quantas vezes já fui te buscar no acampamento de basquete, no cinema ou na casa de outros amigos? E sempre chego na hora e nunca reclamo quando você se atrasa.

— Não precisa fingir que você faz isso por ser legal ou algo do tipo. É só porque a mamãe e o papai te obrigam.

Ignorei aquilo e lancei mão do meu próprio ataque.

— Você não precisava ter ligado pra Maritza e pro JaKory. Eu te disse que ainda não estava falando com eles.

— E pra quem mais eu poderia ter ligado? Eles quase não conseguiram me buscar também. A Maritza tá de castigo, sem celular e sem carro. O JaKory precisou ligar pra casa dela e dizer que eu estava largado lá e que ninguém sabia onde você estava. A sra. Vargas quase foi me buscar por conta própria.

— A Maritza tá de castigo? — perguntei, momentaneamente distraída.

— O sr. Vargas descobriu que ela andou bebendo o rum dele. Foi a única coisa que o JaKory perguntou pra ela. Parecia que eles não queriam falar um com o outro. Provavelmente por causa daquela noite em que você gritou com os dois no deque.

Eu me afastei dele e voltei a olhar pela janela. Meu estômago estava embrulhado.

— Você não entende.

— Não fica fazendo drama só porque você tem sido uma bosta de amiga — disparou Grant, com uma voz ácida. — Você deve se achar legal agora que deu uma festa, mas adivinha, isso não te torna legal. Você era mais legal antes, quando se importava com as pessoas.

— Eu ainda me importo com as pessoas! — retruquei, irritada.

— Sim, com seus *novos* amigos — disse ele de forma condescendente. — Você obviamente não se importa com Maritza, JaKory ou qualquer pessoa da sua família.

— Você não tem noção de como eu me sinto — falei, com a voz embargada. — Tudo é muito fácil pra você, Grant. Você é esportista e extrovertido, o orgulho e a alegria da mamãe e do papai, e você é...

Eu me segurei; estava prestes a dizer que ele era hétero. A palavra morreu na minha língua.

— É, você realmente sabe tudo sobre mim, Codi — rosnou. — Sai do meu quarto. Você é péssima em pedir desculpas.

Ele se jogou na cadeira da escrivaninha e eu saí furiosa do quarto.

Foi uma longa semana.

Fui trabalhar, ajudei mães arrogantes do subúrbio a encontrar bolsas com estampa de pavão e voltei para uma casa silenciosa, onde meu irmão me ignorava e meus pais me observavam como se estivessem incertos de quem eu era. Tentei ligar para JaKory, mas ele ignorou minhas ligações, e em algum momento me convenci a ligar para o telefone da casa de Maritza. Quem atendeu foi o sr. Vargas, que me explicou de forma impassível que Maritza estava de castigo e ele precisava desligar porque estava limpando o aquário.

Lydia apareceu em algumas tardes para ver como eu estava. Ela me trazia café gelado do Court Café, e nós conversávamos no balcão da cozinha sobre suas aulas de matemática e nossos expedientes de trabalho e ficávamos repassando aquela manhã seguinte à festa o tempo todo.

— Você já falou com eles? — perguntava, com a mão sobre as minhas costas, e quando eu explicava que não cheguei nem a conseguir entrar em contato com eles, ela fazia movimentos circulares sobre a minha camisa e, como uma promessa, me assegurava de que eu ia dar um jeito em tudo.

Ricky e eu ficamos trocando mensagens ao longo da semana e na quinta-feira, depois do trabalho, ele veio me contar sobre seu encontro. Descemos para o porão com refrigerantes e sanduíches de presunto e queijo, e ele falou extasiado sobre as piadas que Tucker havia contado, sobre o anonimato libertador que os dois sentiram no restaurante do centro da cidade, e até mesmo sobre o fato de Tucker ter dito seu nome.

— Ele não costumava falar antes... Simplesmente evitava me chamar de qualquer coisa, mas agora ele diz "Ricky" quando está falando comigo, e eu fico tipo... — Ele balançou a cabeça e apontou rapidamente para o peito. — Isso me pega bem aqui.

— Quem diria que você era um romântico?

— Cala a boca. Você é a única pessoa pra quem eu posso contar, então vai ter que aturar as pieguices.

Olhei para ele.

— Ainda sem vontade de contar para os amigos que você sente que conhece desde o jardim de infância? Nem mesmo pro Cliff?

Ele limpou as migalhas de seus dedos.

— Eu também sinto que te conheço desde o jardim de infância e isso basta por enquanto.

Se meu irmão viu Lydia ou Ricky entrando e saindo, ele não comentou nada. Continuou enfurnado em seu quarto, ouvindo música e assistindo à televisão; às vezes ele saía para se encontrar com os amigos da vizinhança e só voltava na hora do jantar. Não estávamos nos falando e no geral ignorávamos a presença um do outro. Foi somente na sexta-feira à noite, quatro dias depois da minha tentativa fracassada de pedir desculpas, que ele se dirigiu a mim de novo.

— Você já perguntou ao seu amigo Ricky que tipo de caminhonete ele tem?

Levantei os olhos do celular, no qual eu vinha encarando minha última mensagem não respondida na conversa com Ja-Kory. Grant não estava olhando para mim, mas tinha feito uma pausa entre uma garfada e outra em seu macarrão enlatado.

— Não — respondi em voz baixa. — Eu esqueci.

Meu irmão balançou a cabeça, não como um garoto de catorze anos irritado, mas como um senhor cansado e decepcionado. Ele pegou sua tigela e saiu da cozinha sem dizer mais nada.

O sábado que marcava o penúltimo dia do meu castigo durou uma eternidade. Trabalhei de meio-dia até o fechamento da loja, um dos expedientes mais longos e entediantes que tive durante todo o verão. Tammy ficou postada em frente à loja aberta, segurando os pulsos atrás das costas e transferindo o peso de uma perna para a outra enquanto olhava para o centro comercial.

Fiquei me arrastando pela loja, borrifando Windex em todas as superfícies de vidro, reorganizando os lápis de zebra de modo que todos ficassem com o mesmo lado para cima e contemplando a ideia de aparecer no acampamento de dança da Maritza na segunda-feira só para poder falar com ela.

— Codi — chamou Tammy, girando metade do corpo para olhar para mim —, que dia é hoje?

— Dia 23 — respondi.

— Ah, droga. A CuppyCakes tinha feito uma promoção em que os muffins estavam saindo metade do preço, mas o anúncio dizia "Válida até 22/07". Eu pretendia comprar um ontem. Droga, droga, droga.

Essa data — 23 de julho — acionou alguma coisa em meu cérebro, mas eu não conseguia identificar o que era. Voltei a me arrastar de um lado ao outro pela loja, tentando me lembrar o que era, mas nada me ocorreu.

Foi só quando já estava em casa, sentada no deque com um copo de água com gelo pressionado contra a testa, que um sentimento agudo e doloroso me trouxe a lembrança do porquê a data de hoje estava ressoando.

Sábado, 23 de julho. O dia em que JaKory pretendia se encontrar com Daveon.

A data que ele havia nos dado quando pediu para que Maritza e eu o levássemos até o Alabama.

Verifiquei meu relógio: já eram quase dez horas da noite — muito além do que seria um horário razoável para dirigir até lá. Talvez Maritza tivesse se livrado do castigo para levá-lo; ou talvez Daveon pudesse ter dado um jeito de vir para cá e a essas horas ele e JaKory estivessem confortavelmente aninhados sob os cobertores, vendo *Doctor Who*. Eu não conseguia suportar a imagem de JaKory sozinho em seu quarto, mandando mensagem para Daveon dizendo que eles precisariam encontrar outra maneira de se encontrar, explicando amargamente que ele nunca teria imaginado que suas duas melhores amigas o deixariam na mão daquela forma.

Liguei para ele antes que pudesse pensar duas vezes. JaKory não atendeu. Liguei novamente. Ele me ignorou outra vez.

Mandei uma mensagem para ele ao mesmo tempo que fazia uma oração ao universo.

Você conseguiu se encontrar com o Daveon?

Ele respondeu depois de um bom tempo. Eu quase podia visualizá-lo olhando para o celular, me odiando por ter perguntado.

JaKory Green: O que você acha?

Meu estômago ficou ainda mais embrulhado. Meu corpo inteiro formigava de agonia.

JaKory Green: Para esclarecer, não, não cheguei a conhecer o garoto por quem estou perdidamente apaixonado. Mas valeu por se importar.

Eu me senti um lixo. De todas as coisas que eu havia feito na última semana, essa foi de longe a pior.

Fiquei sentada no deque, na companhia do barulho dos insetos, do ar ainda quente, da intensidade do verão em seus últimos dias intocáveis. Pensei nos meus pais, que estavam dentro de casa assistindo às reprises de NCIS enquanto o relógio não marcava onze horas — quando, sem dúvida iriam dormir —, e no meu irmão, que estava trancado no quarto, me odiando, achando que eu não me importava. Fiquei me perguntando se ele tinha razão.

O tempo parou de passar enquanto eu permaneci ali, imóvel, com o copo de água gradualmente esquentando em minha mão. De repente, eu estava revivendo todo o verão na minha cabeça. Vi o início, com Maritza, JaKory e meu irmão, e vi a noite em que tudo mudou, quando encontrei Ricky entre as árvores. Eu me concentrei nos meus pés, meu estômago, minhas mãos, e me perguntei se aquelas partes eram realmente minhas. Me perguntei se, naquele momento, elas eram as mesmas de maio, antes de tudo começar.

Não consegui dar um jeito em tudo, não como Lydia havia prometido que eu faria; mas compreendi, depois de ficar lá fora por um tempo, o que queria e precisava fazer.

Ricky não atendeu minha primeira ligação, mas, quando tentei novamente, ele atendeu no segundo toque.

— Tá tudo bem, Codi? Estou na rua com o Tucker.

— Preciso te pedir um favorzão — falei, dando um salto da cadeira. — O que você acha de dirigir até o Alabama?

CAPÍTULO VINTE

A mensagem chegou às 23h45.

Ricky Flint: Na sua rua. Duas casas à frente. Tô com o farol desligado.

Eu já estava no porão, esperando para sair pela porta dos fundos e não esperei nem mais um segundo. Meu coração disparou quando me esgueirei pela entrada da garagem. Quando coloquei os pés na rua, com a cabeça já virada para procurar a caminhonete de Ricky, uma ideia invadiu meu cérebro. Fiquei parada ali por um instante, travando uma batalha interna, imaginando quais seriam as consequências se meus pais descobrissem.

Então, dei meia-volta e entrei em casa, subi pelo porão e fui para o segundo andar.

A luz do quarto do meu irmão estava acesa. Bati bem baixinho, torcendo para que meus pais já estivessem dormindo.

— Vai embora — disse Grant.

Bati novamente, e mais uma vez, até que ele finalmente abriu a porta.

— *Que é?*

Quase me senti uma idiota, agora que estava diante dele, mas respirei fundo e segui em frente.

— Estou tentando resolver as coisas com o JaKory e a Maritza. Vou sair escondida, e eu e o Ricky vamos de carro para o Alabama. Na caminhonete dele. Você quer vir?

Meu irmão me olhou com atenção. Ele parecia confuso e, depois de um segundo, foi até a janela.

— Não tô vendo ele — falou Grant, duvidando.

— Ele estacionou no fim da rua para que a mamãe e o papai não percebam. — Senti meu telefone vibrar e imaginei que era Ricky, perguntando por que eu estava demorando tanto. — Você não precisa vir, mas eu queria que você soubesse que está convidado.

Meu irmão fez uma pausa com a mão na janela. Depois de um segundo, ele perguntou:

— Posso ir na frente?

Ricky e Grant se deram bem de imediato. Ricky adorou as perguntas de Grant sobre sua caminhonete, e Grant adorou as perguntas de Ricky sobre o basquete, e os dois concordaram que meu gosto musical era deplorável.

— Ah, claro, porque seu gosto musical é muito melhor, né, sr. Nickelback? — provoquei.

— Ignora ela, Grant — disse Ricky. — Ela tá inventando coisa.

— Ah, sim, não tenho dúvida — concordou Grant, ajeitando a postura no banco do passageiro.

Havia poucos carros na rua, e chegamos ao bairro de JaKory em alguns minutos.

— Vira aqui — indiquei a Ricky. — Grant, explica o caminho pra ele.

Grant orgulhosamente guiou Ricky até a casa de JaKory. Ricky desligou os faróis assim que chegamos; eles ficaram na caminhonete enquanto eu me esgueirava pela entrada da garagem de JaKory. Já passava da meia-noite e o único som ao redor era o dos irrigadores no jardim da frente.

>Estou na porta da sua casa. Tenho um carro. Você vai pro Alabama.

JaKory saiu pela porta da frente um minuto depois. Ele estreitou os olhos para conseguir enxergar a caminhonete estacionada em frente à sua casa, depois se virou para mim com os olhos praticamente saltando para fora.
— Em nome de Deus, o que você fumou hoje?
— Não dá tempo de me desculpar como eu gostaria — falei às pressas. — Especialmente porque você merece um pedido de desculpas muito eloquente e eu gostaria de ter as palavras certas pra te dizer. Mas sei que você quer conhecer o Daveon, e sei que hoje era o dia que vocês tinham planejado, e eu e o Ricky estamos totalmente dispostos a te levar até lá, se você ainda quiser. Topa?
Por um instante, JaKory ficou rígido de tão imóvel. Mas, logo em seguida, ele voltou a si e fez uma ligação.
Fiquei a alguns metros de distância dele, ouvindo o *ts ts ts ts* dos irrigadores, com a mente ainda trabalhando na logística daquele plano.
— Ele topou — disse JaKory, agora em uma voz urgente. — Me dá cinco minutos.
Ele correu de volta para dentro de casa e, quando reapareceu na porta da caminhonete de Ricky, sete minutos depois, estava com uma camisa de linho e aquele maldito chapéu fedora.

* * *

JaKory nos guiou até a saída de seu bairro e apontou o caminho que levava à interestadual, mas havia mais uma coisa que precisávamos fazer primeiro. Quando falei para Ricky virar à esquerda, JaKory apenas se recostou no banco e deu de ombros, como se já soubesse o que eu pretendia fazer.

Não parecia certo ir sem Maritza. De alguma forma, eu sabia que, se fôssemos para o Alabama sem ela, nossa amizade jamais se recuperaria. Ela certamente iria querer fazer parte disso, e ela merecia.

As luzes da casa dela estavam apagadas. Não me dei ao trabalho de enviar mensagem, já que o celular dela ainda estava confiscado pelos pais; assim, caminhei até a porta dos fundos, vasculhei a casa de passarinho próxima ao beiral e, como era de se esperar, encontrei a chave reserva dos Vargas. Eu só podia estar maluca — tecnicamente, aquilo poderia ser considerado uma invasão —, mas girei a chave na fechadura mesmo assim.

O interior da casa estava escuro e silencioso. O aquário do sr. Vargas brilhava na sala de estar, e os peixes-elétricos em tons de rosa e laranja se movimentavam sob a luz azul. Passei reto e subi as escadas até o quarto de Maritza com o coração batendo forte. Quando cheguei à porta, ouvi barulhos de TV e respirei aliviada: Maritza assistindo à Netflix era um cenário com o qual eu conseguia lidar.

Minha batida na porta foi muito suave. Se eu tentasse bater mais forte, arriscaria acordar os pais dela. Abri a porta devagar e logo coloquei minha cabeça para dentro, de forma que ela imediatamente percebesse que era eu.

Encontrei Maritza sentada na cama; ela parecia congelada enquanto segurava o notebook e me encarava com um semblante assustado e irritado ao mesmo tempo.

— Mas que diabos é isso?!

Fechei a porta e me coloquei em frente à cama dela. Maritza ficou olhando para mim como se eu tivesse enlouquecido, como se eu estivesse a deixando até um pouco apavorada.

— JaKory vai se encontrar com o Daveon hoje à noite — sussurrei.

Ela não disse nada. Olhamos uma para a outra, esperando que algo acontecesse.

— E daí? — perguntou finalmente.

— E daí que eu vou com ele... e a gente quer que você venha junto.

Seus olhos se estreitaram.

— Você vai dirigir até o Alabama pra levar o JaKory? Neste exato momento?

Tentei segurar a resposta, sabendo que Maritza a odiaria, mas ela escapuliu da minha boca mesmo assim.

— Tecnicamente, é o Ricky que vai dirigir.

Por um instante muito breve, ela pareceu abatida, mas então seus olhos lampejaram e ela fechou o notebook com certa violência.

— *Ricky* — disse ela com desdém. — É claro. Seu novo melhor amigo.

— Ele não é meu melhor amigo.

— É mesmo? Você tá reservando esse posto pra sua namorada agora?

— Maritza... — comecei.

— Você está iludida se acha que vou embarcar nessa sua aventurinha depois de você ter mentido pra mim o verão inteiro.

Eu estava me esforçando muito, muito mesmo, para encará-la, mas, naquele momento, tive que desviar os olhos, sem muita certeza do que dizer em seguida. Pela milionésima vez naquele verão, visualizei a mim mesma de longe. Parada de forma patética no meio do quarto da minha velha amiga, eu só me perguntava como as coisas tinham chegado a esse ponto.

— Eu sei que fiz besteira — falei, enfim.

— "Besteira" é um eufemismo.

Respirei fundo.

— Olha, esse momento não é sobre mim e você, é sobre o JaKory. Ele tem uma chance real de conhecer o Daveon e a gente já fez pouco caso dos sentimentos dele, e acho que foi muita sacanagem da nossa parte. Você pode voltar a me odiar quando voltarmos do Alabama, mas, por essa noite, a gente devia focar em ajudar o JaKory.

Maritza me fitou por um bom tempo. Depois, seus olhos se dispersaram.

— Eu tô de castigo.

— Eu também.

— Tenho missa de manhã.

— Eu tenho que trabalhar às nove.

Ela desviou o olhar mais uma vez, mas eu podia vê-la fazendo cálculos em sua cabeça, ponderando a resposta correta.

Meu celular começou a tocar no meu bolso. Era JaKory, gritando para que eu me apressasse.

— Eu sei, eu sei, já estamos indo — assegurei. — Já estamos descendo.

Os olhos de Maritza estavam semicerrados quando desliguei.

— "Estamos" — disse ela. — Que presunção.

Eu simplesmente a encarei, esperando.

Finalmente, depois de uma longa pausa, ela revirou os olhos, jogou as cobertas para frente e se levantou.

— Isso é tão dramático. — Maritza pulava enquanto tentava calçar os tênis. — É claro que o primeiro beijo do JaKory tinha que ser assim.

É provável que tenha sido a viagem de carro mais estranha da minha vida.

Maritza e JaKory estavam sentados à minha direita no banco de trás, sem dizer uma palavra. JaKory checava o celular a cada minuto, inquieto. Ricky e Grant ficaram em silêncio nos bancos da frente, com a luz do GPS brilhando entre eles. Grant mantinha o cotovelo apoiado no console central, espelhando Ricky, e a cada poucos minutos ele se virava e examinava nossos rostos. Em nenhum momento ele perguntou o que estávamos indo fazer no Alabama.

Pegamos a interestadual que atravessa o coração de Atlanta, passando pelo Instituto de Tecnologia da Geórgia, em seguida o restaurante The Varsity, em seguida a saída para a Martin Luther King Jr. Drive, no contorno dos arranha-céus sinuosos e da cúpula dourada do Capitólio. As luzes da cidade pareciam tão reais, e bonitas, e brilhantes. Carros em alta velocidade passavam por nós em ambas as direções, e eu me perguntava para onde estavam indo todas aquelas pessoas e o que diriam sobre cinco adolescentes se aventurando em uma viagem secreta para o Alabama, só para que um deles pudesse finalmente beijar o garoto com quem sonhou durante todo o verão.

A interestadual nos levou para o sul da cidade, depois do aeroporto, onde as vias eram sombrias, com poucos veículos e iluminação escassa. Estávamos em algum lugar entre o oeste da Geórgia e o leste do Alabama, e não se via nada além de árvores e placas de saída. Abaixei o vidro da minha janela e deixei o ar leve e suave, mas ainda quente, soprar pelo meu rosto. Esperei que os outros me pedissem para subir o vidro, mas eles simplesmente abaixaram os deles também, e foi assim que dirigimos por uma hora inteira, em silêncio, sem música, apenas escutando o sussurro do vento atravessando os vidros abertos.

Depois de um tempo, JaKory verificou o celular e se inclinou na diagonal, ficando bem no centro da caminhonete.

— O Daveon disse que ele e os amigos estão quase chegando. Passaram por algum ponto com uma obra noturna, mas só vão se atrasar uns cinco minutos.

— A gente não tá indo pra casa dele? — perguntei.

— Outra casa — respondeu Ricky. — Waffle House.

Maritza bufou ao meu lado.

Eu só tinha ido à Waffle House duas vezes: a primeira foi em uma viagem de carro com a minha família para a Virgínia, quando não conseguimos encontrar nenhum outro lugar para tomar café da manhã fora da interestadual, e a segunda foi com Maritza e JaKory, quando estávamos voltando para casa depois de um jogo de basquete do time da escola, o qual só assistimos porque Maritza participou das danças do intervalo. Nas duas ocasiões, comi batatas fritas gordurosas com ketchup e acidentalmente apoiei o cotovelo sobre respingos de xarope na mesa. Mas compreendi por que JaKory e Daveon escolheram a Waffle House como ponto de encontro: era o tipo de lugar onde as pessoas estavam sempre indo e vindo, mesmo no meio da noite. Você poderia ser quem quisesse, e ninguém olharia duas vezes para você.

Saímos da interestadual perto de um lugar chamado Opelika, já no Alabama. Era uma saída escura, iluminada por apenas alguns postes de luz e um posto de gasolina 24 horas. Ricky dirigia devagar, cauteloso, e ele e meu irmão se inclinavam para a frente, observando a área. JaKory estava silencioso como um gato, mas tamborilava os dedos incessantemente na própria perna. Eu encontrei o olhar de Maritza e chamei sua atenção para JaKory de forma incisiva. Ela hesitou, mas logo agarrou os dedos dele e os apertou.

— Ali! — disse Grant, apontando para a frente.

O telhado amarelo e brilhante saltou à vista. Ficamos olhando para aquilo como se nunca tivéssemos visto um lugar assim antes. Ricky entrou suavemente pelo estacionamento que tinha um punhado de carros espalhados de forma irregular. Ele deu a volta no restaurante pelo caminho mais longo, contornando todo o terreno.

— Ele tá lá dentro — balbuciou JaKory, abaixando-se no banco. — Ai, meu Deus, puta merda, ele realmente está lá dentro.

— Cadê? — perguntamos Maritza e eu.

— No canto esquerdo, perto da janela!

Nós esticamos o pescoço, tentando ver. Eu só conseguia enxergar uma camisa vermelha e a cabeça de um garoto.

Se meu irmão tinha percebido o que estava acontecendo, ele não se manifestou. Apenas olhou de relance para JaKory, depois para Maritza, depois para mim, mas não disse nada.

Ricky estacionou na segunda fila de vagas — longe o suficiente para que JaKory e Daveon tivessem alguma privacidade, mas perto o bastante para que pudéssemos fugir depressa se algo desse errado. Ele desligou a caminhonete e, de repente, não havia som algum.

Qualquer um imaginaria que Maritza ou eu falaríamos primeiro, incentivando JaKory a sair do carro, mas foi Ricky quem se virou e perguntou para ele:

— Você tá pronto?

JaKory assentiu com a cabeça. Ele saiu da caminhonete sem olhar para ninguém e ficou parado em frente à porta, ajeitando a camisa.

— Como estou? — perguntou.

Ele continuou sem olhar para nós, mas estava óbvio para quem estava perguntando.

— Você tá maravilhoso — respondi.

— Como o Príncipe Encantado — elogiou Maritza com sinceridade.

— E se... — disse ele em voz baixa. — E se não der certo?

Eu encontrei seus olhos.

— E se der certo?

JaKory respirou longa e profundamente.

— Não sei o que dizer pra ele.

Maritza estendeu a mão para frente e ajeitou seu chapéu fedora.

— Diga "oi" — incentivou ela. — Recita um poema, se quiser. Mas só vai!

* * *

Já passava das duas da manhã, mas tudo parecia atemporal e estático. Ricky e eu nos sentamos juntos no meio-fio, e Maritza se acomodou a alguns metros de nós. Grant estava andando de um lado para o outro sobre o meio-fio perpendicular a nós, com as mãos nos bolsos e os olhos atentos aos diversos tipos de carros no estacionamento.

Ricky observava Maritza, cuja ternura havia evaporado assim que JaKory entrou no restaurante. Agora ela estava sentada com os braços em volta dos joelhos e o rosto resolutamente virado na direção contrária a mim.

— Faz alguma coisa — sussurrou Ricky, batendo no meu cotovelo.

Olhei para Maritza novamente. Ela ainda estava inclinada para o outro lado, mas eu a encarei por tempo suficiente para que ela sentisse o meu olhar.

— O quê? — vociferou, me fuzilando com os olhos.

Fiquei de pé e fui até ela.

— Posso me sentar?

— Não estou no clima, Codi.

Passei por cima do meio-fio e fui para a grama atrás dela. Havia lixo espalhado aqui e ali, um copo de papel de fast-food e um guardanapo sujo, mas o local onde eu me coloquei estava limpo. Me ajoelhei e comecei a deslizar meus dedos sobre a grama.

— Então, seu pai deu falta do rum? — perguntei.

Ela me ignorou.

— Por quanto tempo você vai ficar de castigo?

Ainda nada.

— Eles estão pelo menos deixando você ir ao acampamento de dança?

Dessa vez, ela respondeu.

— Vou desistir da dança.

Olhei profundamente para ela.

— O quê?

Ela apertou os joelhos com mais força, mas não disse nada.

— Maritza, você não pode desistir da dança, seria um desperdício! Isso é por causa da Rona?

Ela ficou em silêncio.

— Qual é, cara, me desculpe por ter mentido pra você, mas você tem que falar comigo.

Ela se virou, mas só pela metade.

— Aconteceu uma coisa e eu realmente *quero* conversar com você sobre isso, mas não confio mais em você.

Fiquei em silêncio. Maritza era o tipo de pessoa que subjugava os outros, mas não era isso que ela estava fazendo. Ela estava magoada.

— Sinto muito — falei suavemente. — Eu realmente sinto muito, muito mesmo. Não consigo imaginar como você deve ter se sentido ao entrar na minha casa no fim de semana passado.

— Como se alguém tivesse me dado um soco no estômago e depois me dissesse que eu deveria ter esperado.

— Sinto muito — repeti.

— É, você não para de dizer isso, mas não significa mais nada. Você fez eu me sentir como a menor pessoa do mundo, a mais estúpida de todas, como se eu nunca pudesse me comparar àquelas pessoas que estavam na sua cozinha. Você deve ter se divertido tanto com eles nesse verão, bebendo, indo pra festas e fazendo todo tipo de coisa que nunca fez comigo e com o JaKory. — Ela fez uma pausa, e sua voz estremeceu. — Você tem vergonha da gente?

Agora eu é que sentia como se alguém tivesse me dado um soco no estômago.

— Não, Maritza, é claro que não.

— Então *por quê?* — perguntou ela, com a voz embargada.
— Por que você fez isso?

Fiquei em silêncio por um longo, longo momento. Então, perguntei:

— Posso te contar a história toda?

Ela não assentiu nem balançou a cabeça negativamente. Comecei a falar antes que ela pudesse se decidir.

Contei a ela sobre a noite em que encontrei Ricky nas árvores e sobre como ele estava chateado, mas não expliquei o motivo. Falei sobre tudo o que aconteceu a partir dali: a noite no Taco Mac, quando conheci os amigos de Ricky; a conversa no quarto de Lydia, quando suspeitei pela primeira vez que ela gostava de mim; o momento nos balanços, em que perdi minha chance, e o momento nos degraus da frente da casa da Lydia, quando a recuperei.

— Mas por que você não pôde me contar tudo isso antes? — perguntou Maritza, parecendo aflita.

Abaixei a cabeça.

— Eu só... Eu queria tudo só pra mim. Você sabe o quanto amo você e o JaKory, mas às vezes parece que vocês tentam me dizer quem eu sou com base no que *vocês* veem. Conheci o Ricky naquela noite e, de repente, senti que poderia ser quem eu quisesse, porque ele não perceberia a diferença. Eu precisava saber que era capaz de fazer tudo isso. E precisava saber que era capaz de fazer tudo isso sem você e o JaKory. Queria sentir que estava me tornando *eu* mesma, não *nós* mesmos.

Maritza ficou quieta. Respirou lenta e profundamente.

— Me desculpa — pedi mais uma vez. — Foi egoísmo.

Maritza engoliu em seco. Ela se deslocou no meio-fio, de modo que seus pés agora estavam na grama junto com os meus.

— Não foi egoísmo.
— Não?

Ela suspirou.

— Lembra do ano passado, quando você perguntou se você e o JaKory poderiam ir ao Panamá algum dia?

— Sim. E falei sério.

— Eu sei. — Ela fez uma pausa. — Há alguns meses, a mamãe e o papai me disseram que eu poderia convidar vocês este ano. Eles falaram que vocês poderiam passar uma semana inteira lá com a gente, ou até duas, se quisessem. Tinham acertado as coisas com a minha avó e tudo mais. Minha mãe estava tão empolgada que não parava de dizer: "Você não vai ligar para os seus amigos e contar a notícia maravilhosa?"

Eu olhei para ela.

— Mas você já tinha se comprometido com o acampamento de dança.

Maritza balançou a cabeça.

— Não, naquele momento eu ainda não tinha. É que o Panamá sempre foi uma coisa *minha*, sabe? É a única vez no ano em que me sinto como alguém diferente, tipo uma versão de mim mesma em um universo alternativo, como se eu fosse uma garota panamenha normal que cresceu com toda a família ao redor. Você e o JaKory nunca vão entender isso, porque a família de vocês está toda aqui, nos Estados Unidos. E eu adoro a minha família, mas acho que o que mais amo é quem eu sou quando estou com eles. Não preciso ser a garota que está tentando provar alguma coisa *o tempo todo*. Quando estou com meus primos e o restante da família, simplesmente sinto que faço parte e... e que eles me amam só por me amarem.

Eu sorri com tristeza.

— E teria sido difícil compartilhar isso comigo e com o JaKory, porque você se sentiria pressionada a agir como a versão de si mesma que é perto de nós.

Ela fez uma careta, como se estivesse pedindo desculpas.

— Sim. Então eu acho que entendo o que você quer dizer.

— Obrigada.

Ela se ocupou com a grama por um momento, arrancando as folhas e colocando-as verticalmente na palma da mão.

— Codi? — disse Maritza. — Só pra você saber, acho que você é uma das melhores pessoas que já conheci. E acho que ser amigo de alguém deve ser como o conceito de infinito... tipo, você acredita que essa pessoa é capaz de fazer qualquer coisa, e você só quer continuar crescendo com ela, esperando para ver até onde dá pra ir. — Ela fez uma pausa. — Sinto muito por não ter feito você se sentir assim ultimamente.

Minha garganta estava apertada demais para verbalizar qualquer coisa; tudo o que consegui fazer foi acenar com a cabeça em sinal de gratidão.

— Ainda dói o fato de você ter mentido pra mim — continuou Maritza —, mas meu lado altruísta está feliz de verdade por você. Se você se aproximou mais do Ricky e dos outros amigos que fez, tudo bem. Não preciso ser a sua melhor amiga no mundo inteiro. Só quero estar na sua vida.

Levantei e fui me sentar ao lado dela no meio-fio. Ela não recuou.

— Você é minha melhor amiga, Maritza. Ninguém pode substituir você.

Peguei sua mão e a apertei com força. Ela engoliu em seco e piscou rápido.

— Você acha que o Ricky também está se tornando um melhor amigo? — perguntou Maritza. Seu tom de voz era sério.

Hesitei, mas não havia traços de ciúme ou insegurança em sua expressão. Ela perguntou aquilo da mesma forma que perguntava sobre as minhas pinturas: como se fosse importante para ela porque era importante para mim.

— Acho que ele está se tornando um deles — respondi, e contei a ela sobre o momento em que eu e Ricky olhamos um para o outro entre árvores, como se tivéssemos nos entendido intuitivamente.

— Eu adoro essa sensação. Foi assim que me senti quando conheci você e o JaKory.

Fiz uma pausa; o sentimento expansivo que estava ocupando meu peito desinflou por um instante.

— Sim. Organizando a caixa do recreio.

— Não, no dia seguinte — disse Maritza.

— Pera, o quê?

— Você não se lembra do dia seguinte? Aquela professora, a sra. Hillgrove, pediu que carregássemos a caixa do recreio até o ginásio e, no caminho, encontramos aquele jardim de flores na lateral da escola. Não lembra?

— Eu não...

— Estávamos lendo *Rikki-Tikki-Tavi* na aula de inglês, daí eu e você nos abaixamos nos arbustos e fingimos ser as cobras, e o JaKory começou a gritar com a gente num sotaque britânico. Foi tão estranho, tão aleatório, mas nós três simplesmente entramos na onda. Até hoje me lembro de ir para casa e contar aos meus pais que tinha feito amigos.

Eu não tinha memória daquele momento, mas um sorriso começou a tomar conta do meu rosto. Maritza riu e colocou um braço em volta dos meus ombros.

— Nós éramos esquisitões, Codi.

— Ainda somos uns esquisitões.

— Até você?

— Meu Deus, mais do que nunca.

Sua risada ecoou novamente, e havia traços de alívio nela.

— Bom, desde que Ricky, Lydia e essas outros amigos seus não tenham tirado isso de você, acho que posso conviver com eles.

— Obrigada. — Soltei uma risada, apertando seu braço.

O ar entre nós havia mudado; parecia leve, espaçoso, como se eu pudesse realmente respirar nele.

— Agora me conta o que aconteceu com a dança.

— Ai, Senhor — suspirou. — É dramático.
— Me conta mesmo assim.

Era uma longa história, que começava com a tensão entre Maritza e Rona depois da noite em que elas se beijaram no sofá da casa de Maritza. A animosidade entre elas havia aumentado nas últimas três semanas, mas as outras dançarinas não sabiam o motivo.

— E aí, ontem teve uma festa do pijama da equipe — disse Maritza. — Meus pais me tiraram temporariamente do castigo para que eu pudesse ir, porque eu menti e disse a eles que era obrigatório. A gente brincou de Verdade ou Desafio, e eram coisas bobas, tipo, a Maggie teve que responder com qual pai de algum membro da equipe de dança ela transaria, e a Brenna teve que mandar uma foto do sutiã para um cara. Em algum momento a Rona foi desafiada a beijar uma de nós, e a equipe *me* escolheu.

Eu ofeguei.

— Ai, Deus. E vocês se beijaram?

— Óbvio que não, mas foi esse o problema. Todo mundo estava gritando "Beija ela, beija ela!", e eu surtei e comecei a gritar que não ia fazer aquilo. Todas as meninas ficaram muito quietas e me olharam de forma estranha, e a Mary Glenn disse: "Não é nada demais, Maritza, todo mundo tem um pé no espectro". Elas acharam que eu era algum tipo de maluca conservadora e homofóbica.

Ela fez uma pausa; sua expressão era de mágoa.

— O que você fez? — perguntei.

— Tentei dizer que elas tinham entendido tudo errado e explicar que eu simplesmente não gostava de brincar com coisas que não são brincadeira pra mim, mas ninguém me ouviu. Elas simplesmente me ignoraram e começaram a falar sobre o filme que iríamos assistir. Então, eu peguei minha bolsa e saí daquele porão idiota, e corri pela porta da frente para que os pais da Mary não me vissem, só que depois…

— O quê?

— Bom, a Vivien foi atrás de mim.

— Vivien *Chen*?

— A própria — confirmou Maritza, com um sorriso irônico. — Eu estava sentada no meu carro, chorando, tentando me acalmar o suficiente para conseguir dirigir e, do nada, ela apareceu batendo na janela. Ela me deu um abraço muito forte e perguntou se eu queria conversar. Acabei contando a verdade sobre o que havia acontecido entre mim e a Rona, e sabe o que a Vivien Chen disse? Ela disse: "A Rona não tem ideia de quem ela é ou do que ela quer, mas você tem, e você não pode deixar que ela tire isso de você".

— Uau — soltei.

— E depois disso... — Os olhos de Maritza brilharam. — Ela me disse que, alguns meses atrás, ela beijou uma garota da igreja. E que eu poderia contar com ela se precisasse conversar.

— Espera um pouco. Você tá me dizendo que a Vivien Chen gosta de *garotas*?!

— Acho que sim — disse Maritza, rindo de um jeito tímido, quase corando.

Fiquei olhando para ela.

— Maritza, você tá a fim da Vivien Chen?

Ela balançou a cabeça, mas o sorriso em seu rosto era irremediável.

— Maritza! — praticamente gritei, eufórica.

— Ela me enviou mensagens o dia todo, checando como eu estava. E agora não para de mandar GIFs de *Se brincar o bicho morde*.

Eu ri, lembrando dos GIFs que Lydia me enviava quando começamos a trocar mensagens.

— É, não tem jeito, isso definitivamente significa alguma coisa.

Maritza balançou a cabeça.

— Mas não importa. Não vou conseguir encarar essas garotas da dança de novo.

— É claro que vai. A Vivien tem razão, você não pode deixar que a Rona ou qualquer outra pessoa tire de você algo que você ama. Você sabe disso.

Maritza ficou em silêncio.

— Sabe... durante todo esse tempo, achei que se eu não fizesse um esforço constante para me jogar no mundo, nada aconteceria pra mim. Pra *nenhum* de nós. Fiquei tão bitolada, tentando forçar a existência das coisas, que não percebi o que já estava existindo por conta própria. — Ela respirou profundamente. — Eu nunca deveria ter forçado as coisas com a Rona. No fundo, eu sabia que aquilo não se encaixava. E eu não deveria ter tentado dizer a você e ao JaKory quem vocês eram ou do que precisavam. Vocês fizeram um trabalho muito melhor descobrindo isso sozinhos.

Nós nos viramos para observar JaKory pelas janelas da Waffle House. Ele estava falando e parecia animado; dava para ver seu sorriso mesmo de longe. Daveon estava usando o chapéu fedora de JaKory.

— Aquele maldito chapéu — resmungou Maritza, estalando a língua. — Enfim, cansei de toda essa baboseira emo. Tá a fim de um café?

Ela entrou para buscar café para nós, e eu voltei para perto de Ricky e meu irmão. Os dois estavam sentados no meio-fio e, ao lado deles, me deixei levar pela conversa que estavam tendo. Maritza voltou trazendo quatro cafés equilibrados em uma bandeja e distribuiu um pra cada.

— Você vai se acostumar — assegurei, quando Grant não conseguiu esconder a careta depois de tomar um gole. — Com o tempo, talvez até passe a gostar.

Ficamos ali, sentados sob a noite úmida, por um tempo, observando enquanto os carros entravam e saíam do estacionamento, contando as pessoas cansadas e empoeiradas que atravessavam as portas do restaurante. Um carro continuou parado no lado oposto do estacionamento durante o tempo, e Maritza supôs que fossem os amigos de Daveon esperando por ele.

Por fim, JaKory saiu da Waffle House acompanhado de um garoto mais ou menos da sua estatura, que usava óculos e uma camisa xadrez vermelha mesmo com o calor intenso de julho. Observamos enquanto eles se dirigiam ao carro àquele carro no lado oposto do estacionamento, de onde saíram duas pessoas — um garoto e uma garota da nossa idade — para apertar a mão de JaKory. Era evidente que JaKory e Daveon estavam transbordando de felicidade; uma energia radiante se derramava em cada gesto e sorriso.

— É a nossa vez — sussurrou Maritza, assim que os quatro começaram a caminhar em nossa direção.

De perto, o sorriso de JaKory parecia ainda mais iluminado.

— Gente, esse é o Daveon — apresentou ele, encostando o ombro no do outro garoto. — E esses são seus amigos, Kara e Julian.

Nós nos apresentamos, trocando sorrisos e apertos de mão, como se estivéssemos participando do casamento de JaKory e Daveon. Até meu irmão parecia animado.

— Estou muito feliz que a gente pôde enfim te conhecer — falei, tentando captar o olhar de Daveon.

Percebi que ele estava tímido, mas seus olhos se encontraram com os meus através das lentes espessas dos óculos.

— Eu também — disse ele. — A noite toda está sendo um sonho.

Maritza e Jakory estavam em uma conferência peculiar. Com base em seus gestos, eles pareciam estar tentando elaborar algum tipo de plano. Eu estava prestes a perguntar o que estava acontecendo quando JaKory pegou a mão de Daveon e o puxou para a parte de trás da caminhonete.

— Então, pessoal. — Maritza fez um gesto para chamar a atenção do restante de nós. — O que vocês acham de virmos pra cá?

Nós seis nos afastamos mais para dentro do estacionamento, formando uma espécie de barreira protetora entre a caminhonete e o resto do mundo. Quando olhei para a caçamba da caminhonete, pude ver JaKory de pé sobre a grama, com a cabeça próxima à de Daveon.

É claro que Maritza assumiria a tarefa de garantir que JaKory recebesse seu beijo.

Dez minutos depois, Kara consultou o relógio em seu pulso e disse que eles deveriam ir embora. A passos lentos, começamos a voltar para o carro, mas nenhum de nós parecia disposto a fazer com que JaKory e Daveon se despedissem. Ricky tomou a iniciativa e bateu suavemente no capô da caminhonete.

JaKory se arrastou em nossa direção, puxando Daveon atrás de si, e suas expressões eram tristes e relutantes.

Todos se despediram. Abracei Kara e Julian e dei um abraço mais longo em Daveon. Ao fim, só faltavam JaKory e Daveon se despedir. Eles se abraçaram com força enquanto o resto de nós examinava o asfalto.

Nossos carros saíram juntos do estacionamento, o nosso na frente e o deles logo atrás. JaKory não tirou os olhos do carro em que Daveon estava até que saíssem pela interestadual oposta. Todos nós ficamos muito quietos.

— E então? — Maritza enfim quebrou o silêncio.

— E então o quê? — disse JaKory.

Meu irmão virou a cabeça para trás.

— E então, *como foi?* — perguntou ele, e todos nós gargalhamos.

JaKory balançou a cabeça e se encostou na janela. Ele estava com um tipo de sorriso que eu nunca tinha visto em seu rosto antes.

— Perfeito — respondeu JaKory. — Ele foi perfeito.

Dirigimos para o leste, seguindo em direção a um céu que clareava aos poucos, cruzando com alguns poucos veículos na interestadual. Os vidros estavam abaixados e o vento agitava meus cabelos, fazendo com que algumas mechas se enroscassem em meus cílios. O sistema de som do carro ecoava uma melodia em um volume que, ao mesmo tempo, tornava sua presença inconfundível, mas não permitia reconhecer a música.

O sol estava começando a aparecer quando chegamos ao nosso canto no norte de Atlanta. Deixamos JaKory em casa primeiro, gesticulando profusamente para que ele saísse do torpor e descesse da caminhonete. Ele ficou de pé na entrada da garagem com a luz do início da manhã incidindo sobre seu rosto, e eu não sabia se era apenas a minha percepção, mas ele parecia estar mais alto.

Maritza hesitou quando chegamos à sua casa. Ela abriu a porta para sair, mas recuou no último minuto e colocou a mão no braço de Ricky.

— Obrigada por tudo — disse Maritza a ele. — Você é um motorista quase tão bom quanto eu.

Ricky riu e apertou a mão dela.

— Tchau, Maritza. Vou ver você dançar qualquer dia desses!

Desci do carro junto com ela. Ficamos em frente à sua porta, trocando um olhar recheado de compreensão, e então eu a abracei. Ela me abraçou de volta e, quando se afastou, seus olhos estavam úmidos. Nenhuma de nós falou nada a respeito.

Então, éramos apenas eu, Ricky e Grant no percurso tranquilo de volta ao nosso bairro, com a luz do sol cada vez mais forte e o canto dos pássaros que começavam a despertar. Ricky encostou a caminhonete suavemente em frente à nossa casa no mesmo momento em que os irrigadores começaram seus *ts ts ts ts* no gramado dos vizinhos. Grant fez questão de apertar a mão de Ricky, depois saiu da caminhonete e ficou me esperando na entrada da garagem.

— Você vai conseguir dormir um pouco antes da igreja? — perguntei a Ricky.

— Não muito — disse ele, parecendo cansado. — Mas valeu a pena.

Naquele momento, eu queria dizer muitas coisas a ele — coisas que haviam crescido dentro de mim nos últimos dois meses, à medida que eu o conhecia melhor era apresentada ao seu mundo —, mas sabia que não era necessário dizer essas coisas em voz alta. Então, apenas olhei para o meu amigo e lhe ofereci um sorriso cansado.

— Tá se sentindo como uma adolescente idiota? — ele perguntou.

— Tipo isso.

— Boa noite, Codi.

— Boa noite, Ricky.

Segui meu irmão pela entrada da garagem até o porão. Entramos em casa e subimos para os nossos quartos, e ele me deu um único aceno antes de se fechar atrás da porta.

Coloquei meu pijama, fui para a cama e adormeci ao som dos pássaros cantando.

CAPÍTULO VINTE E UM

Duas semanas depois

O último dia do verão foi quente como só agosto consegue ser. Às dez horas da manhã, o exterior da casa já fervia sob um sol tão intenso que o simples ato de caminhar até a caixa de correio era uma tarefa árdua. As árvores e os arbustos já haviam passado da fase de floração e estavam começando a murchar.

Felizmente, tínhamos a piscina do bairro. Não havia quase nenhuma criança lá naquele dia, provavelmente porque elas estavam sendo arrastadas de um lado para o outro em meio a compras de última hora: roupas escolares, fichários, lapiseiras e assim por diante. Havia um casal de idosos que eu nunca tinha visto antes e que parecia muito satisfeito com o início do ano letivo, um grupo de garotos do ensino médio que, sem dúvida, havia abandonado suas mães para um último dia de mergulho na piscina, e uma família com um bebê obviamente muito novo para o jardim de infância. E havia nós.

Maritza e JaKory ainda não tinham chegado, mas estavam a caminho com a promessa de petiscos e uma bandeja de frutas. Maritza mandou uma mensagem dizendo que havia deixado JaKory dirigir seu carro. Ele queria praticar porque estava tirando a carteira de motorista, mas havia uma grande desvantagem que Maritza não tinha previsto:

Maritza Vargas: Ele alega que o motorista tem o controle da música e esse vagabundo não para de tocar as mais emos do Troye Sivan.

Por enquanto, éramos apenas nós quatro: Ricky, Cliff, Lydia e eu. Ricky finalmente contou a Cliff sobre o fato de gostar de garotos — e de Tucker — e Cliff estava fazendo um espetáculo de aceitação.

— Sempre achei o Leo DiCaprio bonito pra caralho — disse ele a Ricky, como se estivessem avaliando recrutas de futebol. — Eu provavelmente não negaria um beijo a ele. E tipo, se ele tentasse algo mais, também acho que eu não diria…

— Cara — interrompeu Ricky. — Não precisa forçar a barra.

— Só tô dizendo… todo mundo é um pouco gay, né não? — alegou Cliff. — Eu consigo entender o que você viu no Tucker. Os braços do cara arremessam que é uma beleza.

— Sim, foram os braços de arremesso que realmente me ganharam — zombou Ricky. Ele revirou os olhos, mas eu sabia que ele estava adorando poder falar livremente na frente do melhor amigo.

— Seja o que for, mano… — Cliff bocejou, recostando-se em sua espreguiçadeira. — Só não esquece de não sair com nenhum babaca na UGA. Qualquer que seja o cara que você decidir namorar, é melhor que ele seja um dos nossos.

— Você e o Tucker não vão continuar juntos? — perguntou Lydia enquanto passava protetor solar nos meus ombros.

— Não sei — disse Ricky, mordendo o lábio. — Clemson fica a apenas uma hora e meia de Athens, mas tenho medo da gente não conseguir conciliar as coisas...

Lydia ficou quieta, passando mais protetor no meu pescoço. Eu e ela ainda não havíamos conversado sobre o que aconteceria quando ela partisse para a GCSU em dez dias.

Maritza e JaKory chegaram em seguida e, para minha surpresa, Maritza havia trazido alguém com ela. Vivien Chen era mais bonita do que eu me lembrava, ou talvez eu nunca tivesse prestado atenção nela antes. Dessa vez, quando ela se aproximou de nós com a bandeja de frutas nas mãos, estava sorrindo generosamente. Também notei que ela estava usando uma das camisas favoritas de Maritza.

— Todo mundo conhece a Vivien? — perguntou Maritza, tentando soar despreocupada.

Lydia imediatamente olhou para mim. Eu havia contado a ela tudo sobre a viagem até o Alabama, inclusive a surpreendente reviravolta entre Maritza e Vivien, e ela rapidamente se tornou uma grande fã de "Vivitza", como ela passou a chamá-las. Lydia me lançou uma piscadela e se levantou da cadeira para receber Vivien com um abraço. Ela não poderia ter sido mais fofa.

Levou um tempo para chegarmos a esse ponto. Maritza e JaKory não estavam exatamente empenhados em se tornar amiguinhos dos meus novos amigos, mas eles se aproximaram de Ricky e Lydia nas últimas duas semanas. Ricky até se assumiu para os dois, o que foi o gesto mais significativo que eu poderia esperar dele.

Nós sete ficamos lá a tarde toda, nadando, pegando sol e petiscando. Jogamos adedanha na piscina e Eu Nunca nas espreguiçadeiras. Quando um caminhão de sorvete passou, usei o dinheiro que estava sobrando do meu trabalho na Bodes&Bolsas e comprei sorvete para todo mundo.

— Deus abençoe aqueles guardanapos de festa com estampa de porco que você vendia — disse Ricky, dando uma mordida em sua casquinha de sorvete. — Eles realmente vieram a calhar.

Ficamos até não podermos mais ignorar que já estava na hora do jantar. Os primeiros a ir embora foram Ricky e Cliff, se despedindo com um aperto de mãos ao lado da caminhonete de Cliff. Antes de partir, Cliff abraçou o restante de nós, até mesmo Maritza e JaKory, que se sobressaltaram no momento, mas logo o abraçaram de volta. Ricky também seguiu com sua própria rodada de abraços, e a imagem dele abraçando meus dois melhores amigos fez minha garganta arder, mas da melhor maneira possível.

— Espero que seu primeiro dia seja ótimo — Ricky falou para mim depois de nos abraçarmos. — Você ainda vai pintar meu retrato depois da aula?

— Só se o Cliff também estiver lá para levantar a pauta gay — brinquei.

— Cala a boca. E, Codi, não desperdiça o primeiro dia do último ano, tá bem? Ou nenhum dia.

— Pode deixar.

— E fala pro Grant que eu mandei um abraço.

— Falo, sim.

Ficamos jogando conversa fora ao redor dos carros depois que eles saíram. JaKory recebeu uma ligação de Daveon e se afastou com um sorriso no rosto antes mesmo de atender, então ficamos apenas eu, Lydia, Maritza e Vivien.

— Vou continuar na equipe de dança. — Maritza anunciou, revirando os olhos e sorrindo ao mesmo tempo. Ela olhou de relance para Vivien.

— O quê? — perguntei.

Vivien sorriu e falou:

— Eu tive uma conversinha com a Rona. Aparentemente, ela morre de medo de mim? Pois é, não sei, já me disseram que pareço intimidadora. Enfim, eu disse a ela pra deixar a Maritza em paz.

Maritza sorriu da mesma forma que JaKory vinha sorrindo ultimamente antes de dizer:

— Acontece que namorar a capitã tem suas vantagens.

— Vocês contaram para a equipe? — perguntou Lydia.

— Nem a pau — respondeu Maritza. — A gente quer sacanear elas e ver quanto tempo levam pra descobrir.

— Provavelmente o ano inteiro — disse Vivien.

Maritza riu e lhe deu um beijo na bochecha, o que foi a coisa mais anti-Maritza que eu já tinha visto.

— *Vivitza!* — Lydia comemorou baixinho, levantando o punho em um gesto de vitória, e Maritza revirou os olhos, mas sorria mais do que nunca.

— Vejo vocês amanhã — falei quando JaKory retornou. — A gente se encontra perto do meu armário?

— Sim — respondeu JaKory imediatamente. — Imprimi algumas cópias da minha curadoria de leituras de verão. Eu até plastifiquei. Vou levar amanhã. A sra. Barley vai me odiar, mas o Daveon...

— O Daveon te ama — completei. — A gente sabe.

— Eu ia dizer que o Daveon acrescentou algumas sugestões — disse JaKory. — Mas sim, mesma coisa.

Nós nos dividimos entre os carros; eu e Lydia fomos para o dela, e os outros três entraram no de Maritza, mas ela não deixou JaKory dirigir dessa vez.

O interior do carro Lydia parecia um forno de tão quente e, por um tempo, ficamos sentadas com as portas abertas e o ar-condicionado no máximo, tossindo e limpando o suor do rosto.

— Precioso Vivitza — disse Lydia, com uma voz nostálgica. — Elas me lembram de quando a gente se conheceu.

— Nada disso, somos muito mais fofas — falei, alcançando a mão dela.

Ela fingiu pensar sobre o assunto, enrugando o rosto de forma cômica.

— Sabe de uma coisa? — disse ela, virando-se para mim. — Você tem razão, somos mesmo.

Não conversamos durante o curto trajeto de volta à minha casa. Estávamos com aquela exaustão típica de quem passou o dia sob o sol quente do verão, e eu me contentei em apenas segurar a mão de Lydia. Tínhamos ficado de mãos dadas por quase duas horas na noite anterior, quando a levei ao cinema. Cumprimos com todos os clichês de um encontro: a pipoca, o canudo de refrigerante compartilhado, a pegação no carro depois. Parecia uma cena comercial de Utilidade Pública sobre namoro adolescente. E quando eu me deitei no banco de trás do carro, aos beijos com Lydia — ela em cima de mim —, pensei em como a sra. Wexler, minha professora de educação sexual do oitavo ano, nunca tinha conseguido descrever para as meninas o que acontecia com o nosso corpo quando ficávamos excitadas. Se eu tivesse conhecido Lydia naquela época, não teria achado tudo aquilo tão misterioso.

O portão da garagem estava aberto e os carros dos meus pais estavam em suas devidas vagas. Quando nos sentássemos à mesa para jantar, eles fariam o discurso habitual de início do ano letivo, enfatizando as boas notas, o bom comportamento e a experimentação de coisas novas. Eu estava bem convicta de que essa última parte eu já havia conseguido cumprir.

— Espero que você tenha o melhor primeiro dia de todos — disse Lydia, parando o carro na entrada da minha garagem.

— Mal posso esperar para ouvir sobre ele.

— Vou te buscar amanhã à noite — falei enquanto a puxava para um beijo de despedida. — Podemos dar uma volta de carro.

Estávamos adiando a conversa que precisávamos ter sobre continuar namorando ou não, e eu sabia disso; mas, naquele momento, com a emoção de um novo ano letivo fresca em meu estômago, eu estava esperançosa demais para ter medo. Independentemente do que acontecesse comigo e com Lydia no próximo semestre, eu sabia que seria capaz de lidar com isso, e ela também. Éramos mais corajosas do que havíamos sido há dois meses.

Com a mão no meu rosto e o cabelo ainda molhado da piscina, Lydia me deu um beijo lento e demorado. Apertei sua mão e saí do carro, acenando enquanto ela dava ré em direção à rua.

Meus pais estavam descansando na sala de estar, assistindo ao seu programa de notícias favorito. Eles me disseram que o jantar estaria na mesa em vinte minutos. Corri para o meu quarto, ansiando por um banho quente, mas antes que eu pudesse fazer qualquer coisa além de jogar a toalha molhada da piscina no cesto de roupas sujas, alguém bateu na porta do meu quarto.

Era Grant, com uma expressão perplexa. Ele cruzou os braços e abriu a boca para falar, mas nenhuma palavra saiu.

— O que foi? — perguntei. — O que aconteceu?

Ele entrou no meu quarto.

— Eu não vi de propósito, mas minha janela dá para a entrada da garagem...

— Ai, Deus... — soltei, inclinando a cabeça para trás e cobrindo os olhos. — Você e essa maldita janela.

— É aquela garota que estava na sua cama? Foi pra ela que você levou a pipoca?

Eu hesitei. Esse deveria ser um grande momento para mim e meu irmão, e parte de mim ainda não estava pronta para isso.

Ele examinava o meu semblante, esperando por uma explicação — não apenas sobre Lydia, mas sobre mim. Eu provavelmente nunca estaria pronta para essa conversa, mas depois de tudo o que vivemos juntos neste verão, eu sabia que Grant merecia um pouco mais de fé.

— Sim — respondi finalmente. — O nome dela é Lydia.

— E vocês estão namorando? — perguntou Grant.

Tentei manter uma expressão casual.

— Estamos.

— Mamãe e papai sabem?

— Não. Só nós.

Meu irmão pareceu pensar a respeito. Ele assentiu com a cabeça, e eu soube qual seria a próxima pergunta.

— Como você...

Eu esperava qualquer variação de *Como você descobriu*, *Como você se aceitou*, *Como você escondeu isso esse tempo todo*, mas acho que essas suposições só mostram que eu ainda tinha muito a aprender sobre meu irmão, porque a pergunta que ele fez foi:

— Como você soube que ela gostava de você?

Pisquei.

— O quê?

— Como você consegue saber, tipo, se uma garota gosta de você?

Ele perguntou isso com aparente indiferença, avaliando meu papel de parede, como se não se importasse tanto com a resposta, mas me lembrei daquela noite em que dei uma carona a ele até o cinema e da garota magra que ele quase beijou.

— Ela gosta de você — afirmei.

— O quê?

— A garota do cinema, com cabelo castanho comprido e aparelho nos dentes, não é? Deu pra perceber que ela gosta de você.

Meu irmão ficou vermelho e seus lábios se curvaram.

— Hum, na verdade... estou falando de outra menina. A gente se conheceu na orientação na quinta-feira. E eu, o Darin e o Ryan saímos com ela e os amigos dela ontem.

Eu ri, surpresa.

— Caramba, Grant, você tá cheio de perspectivas.

Ele olhou para o lado, tentando esconder o sorriso.

— Então, como posso saber se ela gosta de mim?

— Você vai descobrir. Continua saindo com ela, se torna amigo dela e, depois de um tempo, a sua intuição vai dizer se ela gosta de você ou não. Ou você pode trazer a garota pra perto de mim, Maritza e JaKory e a gente descobre pra você.

Ele balançou a cabeça.

— Não, não precisa. Eu vou... é, só vou continuar saindo com ela. Valeu.

Ele saiu do quarto, fechando a porta atrás de si.

Fiquei ali, admirada por um tempo, balançando a cabeça para tudo aquilo, até que uma risada escapou da minha garganta. Então fui tomar um banho antes que eu perdesse a hora.

AGRADECIMENTOS

Em primeiro lugar, nada disso teria sido possível sem a minha destemida agente, Marietta Zacker. Seu amor por Codi, Ricky, Maritza e JaKory impulsionou todo esse processo desde outubro de 2017 até hoje. Agradeço por sua defesa inabalável e sua fé constante. Meus agradecimentos também a Erin Casey e à equipe da GZLA.

Eu rezei por um editor que compreendesse a essência deste livro e, ao mesmo tempo, soubesse como aprimorá-lo, e foi exatamente isso que encontrei. Mekisha Telfer, você é literalmente uma dádiva de Deus. Você pegou um manuscrito sincero, mas anêmico, e soube exatamente onde ele precisava de sangue vital. Sou muito grata por seu brilhantismo, sua perspicácia, seus instintos e sua generosidade.

Annie Quindlen e Kim Quindlen (ou Ruane, que seja), obrigada por estarem sempre tão dispostas a ler meus rascunhos e oferecer feedbacks. Também sou grata aos meus outros leitores mais antigos: Debbie Savino, Sean Ruane, Meaghan "Fashion Secrets" Quindlen, Haley Neer (que quer que as pessoas saibam que ela está solteira), Adrienne Tooley, Marquise Thomas e Sana "The Dark Lord" Saiyed. Ruqayyah Strozier, sua crítica foi especialmente útil. Apresse-se e termine seu livro. E Sarah Cropley, eu não teria conseguido acessar a mente artística de Codi sem você. Obrigada por compartilhar seus talentos.

Tenho a sorte de ter uma comunidade incrível em minha cidade natal. Meus mais profundos agradecimentos à minha tribo FFF ATL, especialmente a Kathy Farrell, que sempre sabe o caminho a seguir, e a Casey Long, a nossa extraordinária fada-mãe gay. Julia B. e Dr. C., obrigada por me ajudarem a ser uma versão mais saudável de mim mesma enquanto escrevia esse romance. Decatur Writers Studio, gostaria que seu estacionamento comportasse mais vagas, mas sou grata pelas aulas e pela comunidade construída por vocês. Agradeço a Joshilyn Jackson, que me deu aula de escrita no DWS no inverno de 2018, e às minhas parceiras de crítica, Kimberly Hays de Muga, Kay Heath e Cassie Gonzalez.

Durante toda a minha vida, sempre quis escrever livros. Agradeço a três professores especiais que cultivaram e aprimoraram meu talento para a escrita: sra. Judy Miller, da St. Louis School, em Pittsford, Nova York; sra. Sandy Bensky, da Singapore American School; e professora Teresa Goddu, da Vanderbilt University.

O coração desta história é a amizade, portanto, eu seria negligente se não agradecesse aos meus amigos incríveis. Às minhas garotas do RH, QTCs, Spewies, Vandy gang, Keops krew, Louisiana loves e Atlanta fam (até você, Thomas), obrigada por serem quem são. Um agradecimento especial aos meus irmãos, Kim, Michael e Annie, por serem meus melhores amigos desde sempre.

Melissa Correa, obrigada por ser minha companheira de vida durante todo esse processo. Minha versão adolescente teria ficado em êxtase se soubesse que você entraria na minha vida algum dia. Você é o topo da montanha-russa de Maritza, a poesia de JaKory, os amigos do jardim de infância de Ricky e a casa verde de Lydia. Você é a crença renovada de Codi de que ela merece coisas boas. Eu não poderia amar mais você.

Acima de tudo, agradeço à minha família. A tia Tish e o tio Stephen me mantiveram alimentada e sorridente enquanto eu estava na costa, trabalhando nas revisões; a tia Meggie e o tio Bobby fizeram o mesmo enquanto eu trabalhava na segunda rodada de revisões durante o Natal. Para todos os Quindlens e Kearneys, especialmente para a vovó, o vovô, a mamãe e o papai: eu não seria quem sou nem estaria onde estou sem vocês. Um agradecimento especial à minha madrinha, tia Patty, a quem dedico este livro.

Mãe, pai, vocês incentivaram a minha paixão pela escrita desde que eu tinha seis anos de idade. Obrigada por agirem como se fosse totalmente normal eu ter passado a maior parte dos meus anos de ensino médio escrevendo fanfics de Harry Potter no porão. Eu não poderia ter feito isso sem você. Amo muito vocês.

Por fim: à Maryse Alexandre, que esteve presente no dia em que recebi a notícia de que este livro seria publicado. Gostaria que você pudesse estar aqui para vê-lo impresso. Sinto a sua falta o tempo todo.

Este livro, composto na fonte Fairfield,
foi impresso em papel Ivory Slim 65g/m² na gráfica Grafilar.
São Paulo, Brasil, março de 2025.